Jean Dutourd

de l'Académie française

Au Bon Beurre

Scènes de la vie
sous l'Occupation

Gallimard

A
JACQUES SILBERFELD,
dit MICHEL CHRESTIEN

PRÉFACE

Corneille a tué son beau-père puisqu'il a peint Le Cid, *et ensuite assassiné sa sœur puisqu'il a écrit* Horace. *Cervantès se prenait pour un chevalier du Moyen Age car il a fait* Don Quichotte. *Victor Hugo était bagnard, sinon comment aurait-il eu l'idée de Jean Valjean ? Quant à Gœthe, c'était le diable ; la preuve : il a imaginé Méphisto.*

Je suis parvenu à ces conclusions en réfléchissant sur mon propre cas. Ayant écrit le roman d'un crémier, j'ai appris par les journaux que j'étais crémier. Au début, cela m'étonnait car je croyais naïvement avoir réussi un portrait assez cruel. Puis, je me dis (non sans satisfaction) que décidément la littérature est une activité dangereuse : quoi que l'on imprime, cela se retourne contre vous.

Flaubert nous a causé un tort immense lorsqu'il s'est écrié « Madame Bovary, c'est moi ! ». Il ne faut pas dévoiler de pareils secrets. Cela crée des malentendus qui durent cent ans et plus et qui jettent le discrédit sur toute la profession. Les critiques prennent tout au pied de la lettre. Leur raisonnement est le suivant : « Puisque Flaubert avoue lui-même qu'il s'est peint dans son personnage, il est clair qu'il avait le caractère et les aspirations d'une petite provinciale insatisfaite, etc. »

Ayant le désir frénétique de plaire à la critique, j'affirme sur l'honneur que je ne suis pas crémier, que je ne me suis pas enrichi dans ce commerce et que je n'ai écrit le Bon Beurre *que pour trois raisons.*

La première est qu'en 1952, le crémier me paraissait un personnage curieux, un phéno-mène social inédit, tout à fait digne qu'on lui consacrât un roman. Secondement, en obser-vant sous l'Occupation les mercantis qui s'enri-chissaient en spéculant sur la misère du pauvre monde, je me jurais qu'un jour je tirerais vengeance de ces canailles. Ce fut une ven-geance d'homme de lettres, que je mangeai froide à souhait, à cause du recul romanesque. Troisièmement, vers l'âge de trente ans, je voulus me prouver que j'étais capable de mener à bien un roman traditionnel, c'est-à-dire com-portant une intrigue inventée par moi, des personnages qui m'étaient complètement étran-gers et la description d'un coin de la société de mon temps.

Lorsque j'eus l'idée du Bon Beurre, *j'écrivis*

d'un trait cinquante pages puis je tombai en panne. Tout à coup le sujet me dégoûta. Je fourrai les cinquante pages dans un tiroir, où elles dormirent quelques mois. Un jour je les ressortis, je les relus et j'eus une bonne surprise. J'ajoutai une phrase, puis une page, et le reste suivit en trois mois. J'habitais alors un pavillon en meulière à Gournay-sur-Marne où j'étais fort mal. Grâce au Bon Beurre j'ai gardé un excellent souvenir de ce domicile. Je passais des heures charmantes derrière ma machine à écrire, pouffant tout seul quand j'inventais une noirceur particulièrement pommée de mon héros. Le soir, je lisais le travail du jour à ma femme qui me récompensait par des éclats de rire.

Il est exact que l'on a à l'égard de ses œuvres des sentiments paternels. La préférence va tantôt à l'une, tantôt à l'autre. Je me suis assez vite détaché du Bon Beurre, à cause de son succès sans doute, car les parents n'aiment pas beaucoup ceux de leurs enfants qui réussissent. En outre, pendant plusieurs années, ce livre, je ne sais pourquoi, m'a paru un peu extérieur à moi. Aujourd'hui que je le place dans la perspective de mes autres ouvrages, je vois bien que je devais l'écrire, et dans ce style-là.

Avril 1972.

PREMIÈRE PARTIE

I

Quoi qu'elle fît, Julie Poissonard fleurait toujours le Brie-Coulommiers : elle était crémière. Au grand soleil de juin 1940, sur la route de Bordeaux où le Gouvernement l'avait précédée, un homme qu'elle recueillit dans sa camionnette lui dit : « Tu sens le fromage, ma petite mère. Si t'es pas crémière, moi je suis le pape. » Cet homme portait l'uniforme des zouaves et buvait du vin rouge sans en offrir à personne. Julie Poissonard pensa : « Le monde est mauvais. »

Au volant, son mari, Charles-Hubert Poissonard, que la défaite de la France rendait bavard, disait au soldat : « Pourquoi qu'on n'a pas envoyé tous les Juifs au front? Moi, si j'étais le Président de la République, c'est ce que j'aurais fait. Et on n'en serait pas là. » Les deux enfants Poissonard, une fille de dix ans, Jeannine, et un petit garçon de quatre, Henri, ne disant rien, donnaient une leçon de dignité qui était perdue pour tout le monde.

A Bordeaux, on se débarrassa du zouave qui

n'avait plus de vin et menaçait les provisions de ses hôtes nomades. Le voyage, que plus tard on appela « exode », n'avait pas, en somme, été trop déplaisant. Certes on avait eu tort de recueillir ce zouave, mais on saurait à l'avenir qu'il ne faut pas ramasser le premier venu sous prétexte qu'il est vêtu de kaki et se déplace à pied.

La famille Poissonard ne trouva aucun charme au chef-lieu de la Gironde, trop populeux. La camionnette perça jusqu'aux Quinconces, où elle resta immobilisée toute une semaine. Comme on ne pouvait se loger nulle part, on dormit dedans. Le matin, le jeune Henri allait uriner contre ses roues, ce qui l'amusait et (croyait-il) lui donnait une importance sociale. Mme Poissonard jugeait cela « mal élevé », mais vu les circonstances le petit homme était excusable. Jeannine, prévoyante, avait emporté sa grande collection de *La Semaine de Suzette* et lisait avec un intérêt inlassable les *Aventures de l'Espiègle Lili*, ce qui permettait à son père de dire : « Lis pas comme ça, voyons, tu vas te crever les yeux ». Et se tournant vers des voisins qui habitaient une Peugeot :

— Cette petite-là, elle a la lecture dans le sang. Elle lirait dans un naufrage.

La nouvelle la plus importante qu'on apprit en quatre ans d'occupation fut que les Allemands étaient corrects. Cette nouvelle arriva à Bordeaux comme une colombe, et bien des fronts se relevèrent, ceux du couple Poissonard, entre autres, que la pensée de leur jolie crémerie de la rue Pandolphe (XVIIᵉ arrondissement) mise à sac comme Byzance torturait sans trêve. Le couple Poissonard, donc, songea au retour et dressa des plans pour s'extirper des Quinconces. On rentra à Paris en deux jours, à toute vitesse et en chantant. A midi, la camionnette débouchait place de l'Étoile où une clique de la Wehrmacht jouait une espèce de marche funèbre. La famille Poissonard regarda cela passionnément.

— Des soldats, des soldats! criait Riri.

— Quelle discipline! dit Charles-Hubert. La guerre, c'est pas étonnant qu'ils l'aient gagnée.

— Après tout, c'est des hommes comme les autres, dit Julie.

— Et ils savent tous le français, reprit M. Poissonard. Hitler, il a envoyé ses ingénieurs étudier en France. La preuve.

Rue Pandolphe, la crémerie était toujours là. A son fronton rayonnait en bâtardes jaunes :

AU BON BEURRE

La joie du couple Poissonard fut indescriptible. Pour un peu ils auraient remercié les Allemands. Julie enfila une blouse blanche, Charles-Hubert une blouse grise, Jeannine se tapit dans les ténèbres ombreuses de l'arrière-boutique avec *L'Espiègle Lili*, et le marmot, à tout hasard, se mit à pleurer.

— Le gronde pas, Charles, dit Mme Poissonard; c'est nerveux. Là, c'est fini, Riri. Qui c'est qui veut une sucette? Dis donc, Charles, faut laver la camionnette. Sale comme elle est, elle présente mal. Faut pas donner le mauvais exemple aux Allemands. Qu'ils voient que les Français, eux aussi, ils savent se tenir.

— Une histoire comme celle-là, dit Charles-Hubert, faisant allusion aux récents désastres de la France, c'est mauvais pour le commerce.

Julie, derrière son comptoir, méditant comme un bœuf, ne répondit pas. Elle ferma les yeux, puis les entrouvrit. Un silence qui sentait le lait séché et le fromage de chèvre occupa le *Bon Beurre*. Enfin, la crémière murmura :

— Les Anglais leur donneront du fil à retordre, c'est moi qui te le dis, Charlot. On n'a pas fini d'être malheureux.

A ce moment une pratique entra dans la crémerie. Commercial en diable, Charles-Hubert s'enquit :

— Et pour madame Lécuyer, qu'est-ce que ça sera? Ça fait plaisir de se revoir après une séparation pareille. Vous voyez : on peut pas s'arracher à notre Paris. On part dix jours et puis on revient. Allemands ou pas, Paris c'est toujours Paris.

— Et votre grand fils, ma'me Lécuyer, demanda Julie, vous en avez-t-y des nouvelles seulement?

— Oui, merci, dit Mme Lécuyer d'une voix triste.

— Il lui est rien arrivé au moins?

— Il est prisonnier.

— Ça, c'est la combine, dit le crémier. Être prisonnier, c'est ce qu'on peut faire de mieux à la guerre. La planque! Et puis vous en faites pas, y a l'armistice. Il paraît que tous les prisonniers, ils vont rentrer en France, voyage payé et tout. Sans compter la prime de démobilisation.

— Croyez-vous?

— C'est ce qu'on raconte partout.

— Il est pas fou, Hitler, dit le crémier. Écoutez voir : il a pas intérêt à ce qu'on soit mécontent en France. Alors, il renvoie les prisonniers et il leur paye le voyage de retour. D'ici un mois, si ça se trouve, vous le reverrez, votre Léon.

— Et pensez que depuis bientôt un an il vous coûte pas un sou. On dira ce qu'on voudra, la mobilisation, ça n'a pas que des mauvais côtés. Prenez Léon, il aura fait un voyage en Allemagne aux frais de la princesse, et le retour pareil. Faut être réaliste.

— Enfin! soupira la cliente. Il a encore des examens. Donnez-moi donc un kilo de pâtes à potages. On ne sait jamais par les temps qui courent.

Mme Lécuyer partie, Julie déclara :

— Elle a pris un coup de vieux, celle-là. Son Léon, ça lui fait du souci. Dis voir, monsieur

Poissonard, tu devrais aller faire un tour aux Halles. Moi j'ai dans l'idée que tout ça ne fait que commencer. Si tu veux mon avis, ça va être comme en 70.

— Tu causes, tu causes! dit Charles-Hubert. Comme en 70! Qui c'est qui te l'a dit? Bon sang, on est au vingtième siècle. On manquera jamais de beurre en France. T'as rêvé.

Le lendemain matin, le spectacle des Halles, mal approvisionnées, et où il n'y avait pas un chat, sema le désarroi dans le cœur de Charles-Hubert. Le pauvre homme ne tirait qu'une conclusion de la rareté des produits : à savoir que cela ferait péricliter son commerce. Toutefois, il emplit sa camionnette et ramena rue Pandolphe plus de marchandises qu'en temps normal. Julie, de son côté, se débattait dans une crise; elle était à un tournant de son destin. Change-t-on de peau à trente-sept ans? Quand on s'appelle Julie Poissonard, quand on est pourvue par la nature d'une crémerie à Paris, oui! Cette femme subissait une métamorphose. Pendant quinze ans, elle avait travaillé à sa caisse comme un cheval à une noria, ne voyant pas plus loin que la devanture. Aujourd'hui, une voix pressante mais confuse lui criait que la fortune du *Bon Beurre* ne dépendait que de son génie.

Il fallut à Julie Poissonard beaucoup de courage pour supporter les premiers mois de l'occupation. Les stocks, qu'elle obligeait Charles-Hubert à constituer, s'empilaient dans sa cave; ils chassèrent de l'arrière-boutique la pauvre Jeannine, réduite à partager *L'Espiègle Lili* avec la fille de la concierge qui exigeait ce péage pour l'admettre dans la loge; on dut même louer au dentiste du premier une chambre de bonne qu'on bourra de conserves comme un administrateur des Colonies. Bref, les économies Poissonard filaient à toute allure et Charles-Hubert devenait maussade. Plusieurs fois Julie eut des vertiges : ses voix l'avaient-elles trompée?

C'est un fait que pendant les trois ou quatre mois qui suivirent l'armistice, la disette ne se fit pas sentir. Quand on refusait de donner aux clients des quantités exorbitantes de riz ou de macaronis, ils allaient ailleurs. La petite Mme Lécuyer, à qui chaque semaine ajoutait une ride, faisait des provisions scandaleuses de jambon en boîte. Charles-Hubert, en crémier candide, voulait vendre, et, malgré des explications infinies, ne comprenait pas l'entêtement de sa femme :

— Si t'achètes plus que tu n'écoules, c'est pas compliqué, tu fais faillite; moi je sors pas de là, répétait-il comme un coucou.

Au fond, Julie savait bien ce qu'elle voulait, mais elle s'exprimait mal. Au mois d'octobre 1940, Charles-Hubert, maigri de huit kilos, prit un teint blafard qui lui resta. Julie, qui avait toujours été corpulente, flottait dans ses blouses, et perdait sa couperose. Grâce à Dieu, la guerre continuait entre le Reich et l'Angleterre, et des bruits circulaient, selon lesquels les Allemands emportaient de France des tonnes de produits alimentaires. Tous les recoins de la crémerie et ses dépendances étaient occupés par les stocks délicieux, par les stocks maudits. Des boîtes de jambon Olida, grosses comme des foies de bœuf, servaient de support au lit conjugal; des sacs de riz et de lentilles tapissaient les murs. Les sardines avaient pris possession de la « bibliothèque ». Aux plafonds pendaient des saucissons serrés comme des stalactites et des dizaines de jambes de porc fumées qu'un naïf aurait pris pour des lustres dans leurs housses. Banania, sur des étagères, alignait des régiments de Sénégalais hilares qui reluquaient cinq mille Hollandaises de la maison Van Houten. Les petites morveuses du chocolat Menier montraient leurs innombrables gambettes à des multitudes de clowns Elesca. Toutes les rivières du monde semblaient avoir déversé là leurs saumons au naturel. Le thon à l'huile frétillait. Il y avait cinq cents fois plus d'éléphants sur les paquets de thé que dans l'armée d'Hannibal. Des roues de gruyère, des tomes de Savoie, des fourmes de Cantal, les unes sur les autres, figuraient les puissantes colonnes de ce temple de la Prévoyance.

L'air navré de Charles-Hubert contemplant ces amoncellements improductifs faisait peine à voir. Il passait par des transes. Un jour il redoutait un incendie, le lendemain l'invasion des rats. Ses rêves étaient hantés par les charançons. Vingt fois par heure il envoyait Julie et sa politique au diable. S'il avait, en homme, imposé sa volonté, il aurait pu regarder le mois prochain sans serrement de cœur.

Julie avait d'autres tourments : elle doutait. Les faits étaient en désaccord avec ses inspirations, avec sa raison. Elle se sentait trop responsable pour ne point passer son humeur sur autrui. La vue des chalands, surtout, l'exaspérait, qui ne comprenaient rien à la conjoncture historique et exigeaient, comme jadis, la meilleure qualité au plus bas prix. Sa politesse se relâchait. Quand elle rendait la monnaie, elle avait le sentiment affreux qu'on la volait. Elle se jurait de faire payer tout cela un jour. Mais les riverains de la rue Pandolphe et des rues adjacentes seraient-ils jamais réduits à merci ? Les verrait-on se traîner à genoux devant le *Bon Beurre* comme des pécheurs devant l'autel ?

Riri et Jeannine ne reconnaissaient pas leurs parents. Jeannine, qui devenait grande fille, avait abandonné la *Semaine de Suzette* pour la *Bibliothèque Bleue*, et la gosse de la concierge, petite personne dessalée, lui prêtait de temps à autre un beau roman d'amour de Delly ou d'Henri Ardel. Il aurait fallu une chaude tendresse pour contrebalancer cette littérature qui enflammait son imagination. Elle se renferma dans ses rêves et, n'ayant jamais été fort causante, devint tout à fait taciturne. Riri, assez porté d'ordinaire à faire des drames de rien, braillait à tout propos. La moindre contrariété lui arrachait des sanglots. On lui flanquait des claques. Plusieurs clientes donnèrent à Julie des conseils sur l'éducation des enfants qui blessèrent son âme souffrante. Bref, la vie au *Bon Beurre* à l'automne 1940 était terrible.

II

Dans son oflag de Poméranie, le sous-lieute-
nant Léon Lécuyer, tourmenté par un froid
précoce, battait la semelle et envisageait timidement des moyens d'évasion. Il avait accompli
des prouesses dans l'infanterie et portait la croix.
Cette croix lui rendait la captivité amère. C'était
un jeune homme de vingt-six ans, fort maigre,
que sa condition modeste et son peu d'audace
intellectuelle rendaient arrogant. Il avait laissé
pousser sa barbe, selon la mode des camps;
cette barbe d'une extrême laideur, donnait à
son visage l'air d'une campagne sous la pluie.
Ses copains l'avaient surnommé « Lélé », ce qui
ne lui plaisait pas.

Agrégatif de lettres, nourri de classiques,
Léon Lécuyer songeait à Latude, à Lauzun, au
comte de Monte-Cristo, à l'île d'Elbe, à Badin-
guet. Il rêvait de souterrains, d'habits civils,
de complicités féminines et n'arrivait pas à
grand-chose. Son supérieur hiérarchique et
ami, le capitaine Legrandier de la Ravette,
blâma fort cette disposition romanesque le jour

où Lélé, l'informant de ses désirs, le pressa de tenter avec lui une périlleuse aventure.

— Mon cher Lécuyer, dit sans ambages le capitaine, vous êtes devenu fou. S'évader, c'est très joli. Mais comment ? Et pourquoi ?

— Eh bien, mon capitaine, dit Lélé, en creusant un trou.

— Allons, allons, Lécuyer! Soyons sérieux. Soyons réalistes. L'armistice est signé. Les Allemands sont partout. Si vous vous évadez, vous serez rattrapé dans deux jours, puis fusillé. Creuser un trou! Nous ne sommes pas au cinéma ici, mon cher, nous sommes dans un camp, ne l'oubliez pas. Et admettons, de surcroît, que vous parveniez à rentrer en France ; que se passe-t-il? Je ne vous donne pas quinze jours pour regretter l'oflag où l'on a des loisirs, où l'on peut étudier en paix, et où l'on reçoit des colis.

— Mon capitaine, répliqua Lélé qui avait de l'honneur, quand on est prisonnier il faut s'évader. Le devoir est là.

— Le devoir, Lécuyer, dit sévèrement le capitaine Legrandier de la Ravette, je le connais mieux que vous : je suis officier d'active. Le devoir, c'est de rester prisonnier, un point c'est tout. Si vous vous évadez, vos camarades seront privés de colis pendant un mois. Est-ce là ce que vous désirez?

— Non, non!

— Voyons, réfléchissez, mon ami. Vous êtes licencié ès lettres. Si vous restez ici, je suis persuadé qu'en un an vous serez à même de passer l'agrégation. Pas de distractions, un esprit d'équipe, de bonnes journées d'étude. Que rêver de mieux? Tenez, je vais vous faire un aveu. Moi, Yves Legrandier de la Ravette, sorti de Saint-Cyr, militaire de carrière, je ne m'évaderai jamais, m'ouvrît-on la porte du camp à deux battants.

— Mais pourquoi, mon capitaine?

— Parce que je pense à l'avenir, moi, Lécuyer. Je me suis fait envoyer des livres de France. Je potasse. A la signature de la paix, je me présente à l'École de Guerre, je suis breveté d'état-major, commandant l'année suivante et colonel à moins de quarante ans. C'est une jolie carrière, vous en conviendrez. Et vous voudriez que je m'évade?

Les paroles du capitaine Legrandier de la Ravette ravagèrent Léon. L'honneur, évidemment, consistait à dire non à l'ennemi, à lui échapper, à le combattre encore. Mais cet honneur n'était-il pas une notion superficielle, à laquelle il convenait de substituer le «réalisme»? Il y avait aussi les camarades. Pouvait-on les abandonner ainsi? Léon n'avait de sa vie fait une aussi grisante expérience de l'amitié. Des prisonniers, dans un camp, vivent dans une telle dépendance et dans une telle fraternité, que la décision de les planter là demande bien du courage. L'idée que ses amis souffriraient à cause de lui, qu'il ne les verrait plus, qu'on leur supprimerait le colis hebdomadaire, lui était intolérable. Enfin n'était-il pas sage, n'était-il pas réaliste de rester ici, comme le capitaine, à préparer ses examens ? Après l'extinction des feux, Lélé, dans le noir, gigotant sur sa paillasse, passait d'un dilemme à l'autre. Vers minuit, il se leva. Au-dessus de lui, autour de lui, on ronflait. Ce concert familier l'attendrit.

Par une tolérance des Allemands, la tinette du baraquement se trouvait dehors, et les prisonniers pris de coliques nocturnes avaient le droit de sortir discrètement. Dans l'intention de se soulager, Lélé franchit la porte ; la bise de Poméranie le gela tout d'un coup. Les quatre miradors du camp, habités par des phares éteints et des mitrailleuses muettes, ressemblaient, sur le ciel marron, à des fortifications mérovingiennes. L'obscurité et la quiétude étaient si rassurantes que Lélé conçut le désir de marcher un peu. Méditatif, dans le froid qui le ragaillardissait, il heurta tout à coup des fils de fer barbelés. « Tiens, songea-t-il, qu'est-ce que cette clôture entoure donc ? » Pesant un peu sur le fil, l'écartant précautionneusement, le distendant avec patience, il pratiqua une ouverture dans laquelle il s'engagea. Sa curiosité fut déçue : la clôture n'entourait rien. Désappointé, Lélé écarquillait les yeux, espérant découvrir un sac de pommes de terre ou quelque précieuse chose dont il aurait pu ramener une partie à la chambrée... mais non. Rien ne se présentait. Derrière lui le barbelé, devant lui une étendue infinie de champs tout plats. Après avoir cheminé deux cents mètres, Lélé comprit qu'il s'était évadé.

Il mit une semaine pour atteindre Hambourg. Ce ne fut pas difficile : il avait une boussole. Ce trait ne le dépeint pas mal. Il éprouva à voler des habits civils et sa nourriture un plaisir qui lui fit presque oublier les délices de l'oflag, et les prestiges de la camaraderie. A Hambourg, les rues pleines de soldats et de schupos lui donnèrent des frissons d'orgueil. Son imagination chimérique échafauda un plan : à la nuit, il étranglerait un officier et revêtirait son uniforme ; tout au moins il garderait le revolver. Ensuite il jetterait le cadavre dans la mer Baltique. Une belle fille lui sourit. Le cœur de Lélé battit comme il n'avait pas battu dans les plus grands périls.

Elle était un peu grande, cette fille ; son manteau de loutre élargissait singulièrement sa carrure. Avec ses chaussures à hauts talons, elle dépassait Lélé d'une demi-tête. Lélé pensa : « C'est une walkyrie », et il manœuvra pour s'approcher d'elle. La walkyrie sourit encore ; le cœur de Lélé résonnait jusque dans ses oreilles.

— *Liebling !* murmura la walkyrie en le prenant sans façon par le bras.

Léon défaillit presque quand il pénétra dans un petit studio situé au sommet d'une maison neuve de la Michaëlisstrasse. Qu'allait-il devenir ? Léon était vierge, sans le sou, et ne parlait pas allemand. Le studio empestait le patchouli. La walkyrie enleva son manteau de fourrure et

apparut dans une robe de jersey bleu. Lélé
s'écria :

— Je suis Français !

Elle le regarda avec surprise et partit d'un
rire un peu grave.

— *Man spricht französich !* Prisonnier évadé
tu es, je crois ? dit-elle d'une voix de contralto
extrêmement émouvante.

— *Ja wohl !* dit Lélé.

— Je devrais avoir douté, avec ton habit
et barbe.

— Vous êtes très *schön*, dit Lélé en tremblant. Je n'ai jamais vu une aussi belle *Fräulein*.

— Embrasse-moi, Français !

Jusqu'à ce moment, Lélé n'imaginait pas ce
que c'était qu'un baiser. Celui qu'il reçut dura
cent vingt secondes et lui causa les sensations
les plus exaltantes. La femme qu'il serrait dans
ses bras était ferme, dure, bien musclée, quasi
anguleuse ; il ne concevait pas qu'on pût être
plus séduisante. Cette bouche peinte, ces joues
poudrées, ce cou de lutteur l'enflammaient. Il
demanda :

— Comment vous appelez-vous ?

— J'appelle Helmuth Krakenholz.

— Helmuth ? dit Lélé, badin, ce n'est pas un
nom de femme.

— Aussi femme je ne suis pas, mais *Ober-
leutnant* dans la Luftwaffe.

— Quoi, dit Léon, subitement glacé, vous
êtes un homme ?

— Oui, mais une âme tendre et mélancolique j'ai, comme une dame. J'aime militaires, même militaires français.

Dégrisé, Léon réfléchissait vertigineusement. « Il faut feindre », se dit-il. Toutefois, Helmuth l'avait repris dans ses bras et semblait goûter une satisfaction profonde à lui enfoncer la langue dans l'oreille. Le moyen de feindre quand on est la proie d'un colosse qui en veut à votre vertu? Une voix se fit entendre en Lélé : « Gagner du temps. » Il se dégagea.

— Moi aussi aimer beaucoup militaires, cria-t-il. Mais moi très fatigué. Beaucoup marché. Fais du thé.

Saisi d'une inspiration, il ajouta :

— *Heil* Hitler!

Helmuth se leva, étendit le bras et répéta :

— *Heil* Hitler!

— Toi nazi? demanda Lélé.

— *Natürlich.*

— Alors toi me remettre à la Gestapo?

Helmuth expliqua qu'il était en permission pour huit jours ; qu'ils avaient donc huit jours de bon temps devant eux ; qu'il le nourrirait bien et le dorloterait ; mais que, dame, la permission terminée, il faudrait bien décider quelque chose. Pendant ce temps, Lélé se demandait sérieusement s'il ne déférerait pas aux désirs de son hôte et tentait de se représenter ces huit jours avec exactitude. Quelle aventure pour un diplômé d'études supérieures de la Sorbonne! Helmuth arracha dans un coquet mouvement sa perruque blonde, grâce à quoi il ressemblait vaguement à Marlène Dietrich, et un crâne dolichocéphale aux cheveux gominés apparut. « Non ! s'écria Lélé en lui-même. C'est impossible ! Je vais l'assommer quand il fera le thé. »

Helmuth avait un ami sérieux, Odemar von Pabst, major à Bayonne, qui lui envoyait tous les deux jours une lettre de six feuillets et une paire de bas de soie. En quittant le studio de la Michaëlisstrasse, Lélé empocha trente paires de bas afin de gagner, en les revendant, de l'argent de route, et soixante-douze pages de sentiments délicats en écriture gothique pour « faire vrai ». Helmuth, ligoté dans ses draps, nanti d'une bosse, gémissait sous le divan de douleur et d'amour déçu.

Après avoir traversé la Hollande, la Belgique et une bonne partie de la France, Lélé arriva à Paris dans les derniers jours d'octobre. Ce fut une grande joie pour sa vieille mère qui le sacra héros et lui proposa de le cacher dans un placard jusqu'à la signature de la paix.

Lélé éprouva une joie qu'il ne prévoyait pas à endosser ses vieux habits. Malgré les conseils de sa mère, il voulut respirer tout de suite l'air de la rue Pandolphe.

— Mets au moins des lunettes noires, dit Mme Lécuyer. Imagine que quelqu'un te reconnaisse et te dénonce ?

Julie Poissonard, à la seule vue du visage de cette mère, comprit qu'un événement heureux venait de survenir et en conçut une jalousie profonde. Mme Lécuyer, babillarde comme

une fauvette, passa une commande pantagruélique de jambon, de fromages, d'œufs et de
petits pois en conserve, qui ne fit qu'aggraver
l'ennui de la crémière. Celle-ci demanda à la
fin :

— C'est-y que votre Léon aurait été libéré,
ma'me Lécuyer, que vous achetez comme ça,
aujourd'hui?

— Hé! hé! dit Mme Lécuyer, ravie.

— Il ne se serait pas évadé, des fois?

— Chut! voulez-vous bien vous taire! dit
Mme Lécuyer en regardant avec un peureux
plaisir trois clientes qui étaient dans la boutique.

— Eh bien, conclut Julie, on peut dire qu'il
y a des gens sur terre qui ont de la veine. Et là-
dessus, elle tomba dans une rêverie morose.

Le dîner, ce soir-là, chez les Poissonard fut
encore plus sinistre que d'habitude. A la purée,
Charles-Hubert, rompant le silence, dit d'une
voix étouffée et comme pour lui-même :

— Bon sang de bon sang de bonsoir!

Jeannine lisait ; Riri donnait des coups de
pied à sa chaise. On les envoya dormir. Charles-
Hubert ne tarda pas non plus, fatigué d'avoir
manipulé des fûts d'huile d'arachide tout le
jour, à aller s'étendre sous le tutélaire ombrage
des mortadelles, gendarmes, noix de Westpha-
lie et jambons d'York qui lui servaient de balda-
quin. Julie, solitaire, pensait à la famille Lécuyer
qui se gobergeait joyeusement, et souffrait
comme une bête. Quelle injustice que les uns
soient heureux, et pas les autres! Le menton

dans la main, le sourcil froncé, éclairée par une ampoule un peu faible, c'était le vivant tableau de la haine. Un être ne peut se tendre indéfiniment. Quand les sentiments arrivent à un paroxysme mortel, il faut agir. Julie se leva, prit une bouteille d'encre violette dans le tiroir du buffet, une plume et rédigea ceci :

LETTRE

*Monsieur le Général
de la Commandature
de l'Opéra,*

J'ai l'honneur de venir vous dire qu'il se passe dans le 17ᵉ arrondissement des agissements qui révoltent le cœur honnête du Peuple français. Les choses qu'il s'agit ont leur siège rue Pandolphe (quartier des Ternes). Le prisonnier de guerre Lécuyer Léon, non content de se sauver du stalag où il était prisonnier des autorités d'occupation, se balade dans le quartier au vu et au su de toute la population et donne le mauvais exemple. Pour le moment, il est réfugié chez sa mère, Lécuyer Joséphine, numéro 21, impasse du Docteur-Barthès (17ᵉ arrondissement) qui le cache effrontément. Au moment où le pays doit vivre dans l'honneur et dans la dignité, c'est le devoir d'une Française digne de ce nom et fière de l'être de porter des faits comme ça à votre connaissance, parce que j'estime que chacun doit rester à sa place : les soldats au front, les commerçants dans leur

magasin et les prisonniers au stalag. Si les prison-
niers se sauvent, ça fait punir leurs camarades,
alors que c'est les évadés qui doivent être punis les
premiers et ceux qui les cachent les deuxièmes. Je
viens vous écrire en défenseur de la morale et de la
société. Si vous envoyez la Jestapo à cinq heu-
res du matin, 21, impasse du Docteur-Barthès
(troisième à gauche), vous prendrez au lit
l'homme qui trouble l'ordre du quartier et sa
complice.

> *Recevez,*
> *Monsieur le Général*
> *de la Commandature*
> *de l'Opéra,*
> *l'expression de mes meilleures salutations.*
> *Une Française qui ne signe pas pour des raisons*
que vous comprendrez.

L'heure du couvre-feu n'avait pas encore
sonné. Julie plaça la lettre dans une enveloppe
et courut la jeter à la poste. Elle se sentait légère
et apaisée, sensation inconnue depuis longtemps.
Dans son lit, elle considéra Charles-Hubert
avec tendresse. Il ronflait. Elle n'eut de cesse
qu'il s'éveillât.

— Mais on n'est pas mardi, pourtant, marmonna le crémier éberlué.

Six minutes plus tard, elle plongeait dans un
sommeil d'ammonite. Le lendemain, elle lut
dans le journal qu'on s'était décidé enfin à dis-
tribuer des cartes d'alimentation.

Le surlendemain à l'aube, Mme Lécuyer

entendit dans son sommeil une pétarade. Elle s'écria :

— Léon, sauve-toi, ils viennent t'arrêter ! Passe par l'escalier de service.

A la porte, trois feldgendarmes sautaient d'un side-car. Quand ils entrèrent dans le petit appartement, Lélé en caleçon galopait sur le toit de la maison voisine. On le perdit bientôt de vue. Les feldgendarmes avaient un aspect formidable ; leurs hausse-cols, leurs chaînes, leurs pistolets et leurs mitraillettes faisaient un cliquetis terrifiant.

— Vive la France ! cria Mme Lécuyer, et elle s'évanouit.

Les feldgendarmes emportèrent vingt-quatre boîtes de jambon, trois kilos de pâtes à potages et une pendule en biscuit : un berger faisant la cour à une bergère, dans le goût de 1890.

III

Imaginons un observateur attentif, quoique invisible, qui se tiendrait constamment au côté de Julie Poissonard. Celle-ci ne laisserait pas de le surprendre. Les événements allaient vite, certes, mais elle allait aussi vite qu'eux. On parle des périodes des peintres : période blanche, période bleue, période italienne ou normande ; on pourrait tout aussi bien parler des périodes morales que traversa la crémière. Sa période de haine prit fin avec l'envoi de la lettre anonyme. On se fût attendu, après cet acte, à de la joie insolente, des remords ou un sentiment de triomphe, bref à quelque chose qui sortît du traintrain de l'existence, mais il sembla que Julie eût oublié sur-le-champ ce qu'elle avait commis. Sa lettre avait jailli d'elle sous l'impulsion de forces obscures. Jamais personne n'en sut rien. Ce fut un acte secret, si secret qu'elle-même aurait pu douter de l'avoir accompli — et peut-être, aujourd'hui, en doute-t-elle.

Quand le quartier apprit l'arrestation manquée de Léon, ce ne fut qu'un cri de blâme pour le délateur. Au *Bon Beurre*, où la petite vieille raconta son histoire pour la septième fois, Julie poussa un gros soupir et dit :

— Il y a des sales gens, tout de même. Votre Léon, ma'me Lécuyer, il faisait de mal à personne. Ah! là là! pauvre France! Enfin, espérons que là où il est il pourra passer tranquillement ses examens. Mais vos provisions qu'ils ont emportées, ces canailles-là, qui c'est qui vous les rendra? Parce que, voyez-vous, maintenant, c'est plus comme avant. Le pays souffre et il faut se serrer la ceinture. C'est le Maréchal qui l'a dit, et le Maréchal, c'est quelqu'un.

Ce fut là tout son commentaire.

La période moralisante de Julie, seconde époque de son caractère, coïncida avec l'établissement des cartes d'alimentation, et de toutes les phases de son évolution, ce fut sans doute la plus déconcertante. Quoi? Les circonstances lui donnaient enfin raison, le commerçant allait devenir roi, ses propres stocks lui assurer une royauté plus puissante que celle d'aucun crémier à trois kilomètres à la ronde, et la tête ne lui tournait pas? Non. Elle prenait simplement sa revanche et, comme les tempéraments forts, elle la prenait avec modération.

Cela se marqua d'abord par des sourires, qui avaient déserté sa lèvre et qui revinrent à tire-d'aile, puis par une bonne humeur discrète, une espèce de jubilation qui ne la quittait plus et lui donnait une égalité de caractère que seules interrompaient de feintes irritations, enfin par un ton courtois mais ferme qu'elle adopta pour refréner les appétits de ses clients. Car, et cela montre bien que Julie était au-dessus du commun, quand le rationnement s'établit, elle se garda de jeter étourdiment ses stocks sur le marché. L'éclosion des cartes d'alimentation avait fait monter les prix, sans doute, mais Julie se réservait. Elle n'avait pas attendu si longtemps, souffert, espéré, redouté, pour commettre maintenant une imprudence. Elle savait que tout irait bien, que dans un an, dix-huit mois au plus, on pourrait vendre n'importe quoi au taux le plus arbitraire.

Les stocks restèrent donc au port d'armes. Sous l'action du temps, les saucissons se pétrifiaient, les jambons vieillissants acquéraient un parfum quintessencié, qui transperçait l'étamine protectrice et troublait autant que l'odeur d'une femme désirée respirée à travers la chemise. Le gruyère et le cantal prospéraient sous leur carapace comme des tortues paresseuses dans une grotte. Les légumes secs, sourdement travaillés par la vie, émettaient un murmure incessant : le riz répondait aux lentilles, qui dialoguaient avec les pois cassés et les fèves, et tout cela formait une harmonie de craquements légers, un chant imperceptible, une symphonie chuchotée qui accompagnait l'évolution ralentie de ce monde immobile.

Chaque jour, Julie inspectait ses richesses comme un général passe son armée en revue et, en vérité, c'était bien une armée qu'elle avait là. Dans un autre genre, elle avait pratiqué la politique de l'Allemagne : une politique de sacrifices, d'autarcie, d'armement intensif et de levée en masse. Elle attendait le moment propice pour lancer ses bataillons d'andouilles de Vire et ses escadres de maquereaux au vin blanc sur les habitants insoucieux des Ternes.

Dans la boutique, Julie posait joyeusement à l'autorité morale. C'était sa diplomatie. Du moins, après coup, on peut dire que c'était sa diplomatie ; sur le moment ce n'était que l'expression naïve de son caractère. Elle éprouvait une sorte de jouissance à moraliser. Deux grands thèmes : primo, la France a mérité ses malheurs ; secundo, il est nécessaire de se restreindre. Ce dernier thème était le plus important sinon le plus abondamment développé ; il constituait le corps même de la doctrine poissonardienne, le motif de propagande qui accompagnait toutes les remarques et permettait, avec la meilleure conscience, de ménager les stocks.

— Non, mademoiselle Émilienne, disait-elle par exemple, je ne peux pas vous donner une livre de riz. Une demi-livre seulement. Faut être raisonnable ; il n'y a pas que vous à servir. Faut penser aux autres. Dame, c'est plus le moment de rigoler. On est vaincu, oubliez pas ça. Le Maréchal, il paraît qu'il se le répète tous les matins en prenant son café, et si le Maréchal il se le répète, on peut bien se le répéter aussi nous autres. Ce qui est assez bon pour lui, c'est assez bon pour nous, pas vrai? Qu'est-ce que vous voulez, il faut se mettre la ceinture, et moi je prétends que c'est juste. Le Français — je ne dis pas ça pour vous, bien sûr, mademoiselle Émilienne — il s'est régalé pendant vingt ans ; eh bien! c'est le moment de passer à la caisse. Vous comprenez, on peut pas bambocher éternellement : à la fin, on vous présente la note. Moi je me rappelle, des femmes d'ouvriers, encore l'année dernière, elles allaient au marché et elles achetaient du poulet, et ça durait comme ça depuis longtemps, c'est moi qui vous le dis. De voir des choses pareilles, ça vous faisait mal au cœur. Parfaitement, des femmes d'ouvriers! Et ça exigeait les meilleurs morceaux. Y avait rien d'assez extra pour eux. Et insolent par-dessus le marché! Ça se prenait pour des princesses. C'est la faute à Blum et consorts, si vous voulez que je vous dise. Moi, quand j'ai vu les femmes d'ouvriers qui mangeaient du poulet, je me suis dit : Pauvre France! La preuve que je ne me trompais pas. Monsieur Poissonard peut vous le confirmer. Et les Juifs : prenez le quartier, il y en a au moins deux ou trois par maison. D'où c'est qu'ils sortent ces gens-là? Pourquoi ils restent pas chez eux, au lieu de venir tout rafler en France? Allez, soyez tranquilles, ils étaient pas dans l'armée, ceux-là! Ils restaient ici à manger nos provisions et à voler l'argent des honnêtes gens ; c'est comme les francs-maçons. Aujourd'hui on expie. Le Français, je vous le dis, moi, mademoiselle Émilienne, il vaut pas cher, et dans un sens, ce qui arrive il l'a pas volé. Moi, ce qui me met en rage, c'est qu'il n'a pas encore compris. Il croit qu'il n'y a rien de changé, il voudrait que les choses soient comme avant : la baguette à vingt-trois sous et le beurre en veux-tu en voilà. Mais c'est que c'est pas pareil. La France est un pays riche, c'est une affaire entendue, enfin, riche, faut pas trop le dire, et riche ou pas, vient un moment où à force de tirer sur la corde, elle craque. Je le vois bien, moi, dans la crémerie. D'abord les distributions, elles sont faites au compte-gouttes, et puis les paysans se méfient. Si je vous emmenais dans mes resserres, vous seriez épouvantée! J'ai plus rien : plus une boîte de conserve, plus de lait concentré, rien du tout. Comment voulez-vous que le commerce marche? Si le monde était un peu plus raisonnable, on mangerait moins, et on penserait aux pauvres commerçants qui ne peuvent même pas faire leur métier.

Au mois de décembre, le froid s'installa, un froid comme la France avait oublié qu'il en existait. Les consommateurs avaient été obligés de se faire inscrire « pour les matières grasses », de sorte qu'on ne redoutait plus la concurrence. Des queues de quarante personnes piétinaient quotidiennement devant le *Bon Beurre*. Julie, à son comptoir, entre la balance automatique Berkel et le coutelas à fendre les fromages, figurait assez bien une moderne Thémis, une Thémis de l'alimentation, appropriée à l'époque. Insensible comme la justice, elle trouvait les mots qui convenaient à chacun. Toute plainte, toute réclamation, jusqu'à la plus innocente remarque sur la difficulté de la vie matérielle, était relevée avec l'alacrité que l'on devine. Il n'était même pas nécessaire de parler : le client le plus insignifiant, le plus silencieux, excitait à n'en plus finir sa passion de l'éthique. Une ménagère, qu'une attente de six quarts d'heure sur le trottoir faisait grelotter, osait-elle pousser un soupir devant sa maigre ration, Julie l'attaquait aussitôt :

— Que voulez-vous, ma'me Halluin, il vous reste plus que vingt-cinq grammes de beurre à prendre. J'y peux rien si vous consommez trop. Faut se restreindre. On n'est pas à la noce. Si on est vaincu, à qui la faute ? Ça n'est que le six du mois et il vous reste plus rien sur la carte. Faudra apprendre à manger moins.

— Mais j'ai des enfants à nourrir, gémissait la malheureuse. Ils n'ont pas seulement assez de pain. Ils me disent tout le temps : « J'ai faim. » Tenez : mon garçon, il est tellement faible qu'il fait au lit toutes les nuits.

— Raison de plus, répliquait Julie. Quand on a des enfants, on est impardonnable. Pauvre petit loupiot qui peut pas se retenir ! La prochaine fois, je vous donnerai un demi-litre de lait en plus pour lui. Vous voyez bien qu'on n'est pas des sauvages.

Quelques demi-litres de lait ainsi sacrifiés rapportèrent beaucoup d'argent à la longue.

Le triomphe de Julie était éclatant. Charles-Hubert avait enfin ouvert les yeux. Il oublia quatre mois d'affres, dix-huit semaines d'agonie, et accomplit sa propre métamorphose. Quinze jours environ après que les cartes d'alimentation furent sorties, il dit à sa femme :

— T'avais vu juste, poulette, mais on a eu chaud !

Cette simple phrase tomba comme la foudre aux pieds de la crémière : son règne prenait fin. Elle en conçut à la fois du soulagement et de la rancœur. Nouveau Cincinnatus, elle avait gagné une guerre et devait s'effacer devant le pouvoir civil. Autant le crémier avait été morne et sans initiative jusque-là, autant tout d'un coup il devint actif, inventif, empressé, infatigable. Il équipa sa camionnette au gazogène. Trois fois par semaine, il sillonnait les routes, allait jusqu'en Normandie, et rapportait des milliers d'œufs, des kilos de beurre, des piles de livarots, de camemberts, de Pont-l'Évêque. Il avait le chic pour discuter avec les paysans, marchandant interminablement, faisant appel à l'avarice, au patriotisme, bref à tous les sentiments exploitables. Ce Quintilien du mercantilisme n'était jamais à court d'artifices dialectiques.

44

— Vous avez tout intérêt à me vendre vos produits, expliquait-il. D'abord, avec moi, on est tranquille comme Baptiste. Ni vu ni connu, je t'embrouille. Pas de factures. Vous me donnez du beurre, je vous le paye et hop! Vous pensez pas que je suis assez bête pour aller crier sur les toits que je trafique avec les ruraux. Et puis trafic, c'est un grand mot! Pour le bénéfice que j'en retire, ah! là là! Ce que j'en fais, c'est bien pour rendre service. Le bois du gazo déduit, le temps passé, l'argent, je rentre tout juste dans mes frais. Mais qu'est-ce que vous voulez, il faut bien s'aider, pas vrai? Si je ne venais pas me ravitailler à la campagne, je ne pourrais même pas honorer mes clients. La vie est dure, vous savez, à Paris. C'est pas comme ici. Le monde est malheureux. Moi, des choses comme ça, je trouve que c'est pas juste. Alors je rapplique. Dans un sens, je fais marcher le commerce. Et quand je dis que vous avez tout intérêt à me vendre à moi, je ne raconte pas d'histoires. Soyons logiques : je paye l'œuf cinquante centimes de plus que le ravitaillement général, et le kilo de beurre, avec moi, vous gagnez, net, vingt francs dessus. Et faut vous dire encore une chose, c'est que ce beurre-là, et ces œufs, c'est autant que les Allemands n'emportent pas chez eux. C'est des Français qui les mangent. Les Allemands, je ne dis pas, ils sont corrects, mais enfin, c'est des étrangers. Des soldats, c'est toujours des soldats, et puis ils sont les plus forts. Admettez qu'il leur prenne l'envie d'entrer chez vous, de se servir, et puis de partir sans payer, à qui c'est que vous irez vous plaindre? Dame, on est les vaincus, ne l'oublions pas, etc., etc.

Les paysans ne résistent guère à l'attrait d'un bénéfice, si mince soit-il. Les boniments de Charles-Hubert ne les convainquaient pas, car on ne convainc jamais un paysan, mais ils cédaient. Quant à lui, il connaissait à merveille les prix légaux et les prix illégaux. Pendant toute l'occupation, il n'y eut pas un Normand qui parvînt à le gruger. Il achetait tout, jusqu'au beurre rance, aux œufs avariés, aux fromages pleins d'asticots : tout pouvait servir ; mais il achetait si habilement qu'il ne dépensait jamais en totalité son argent. Petit à petit, il reconstituait des billets de mille francs. Le démon de l'investissement l'avait saisi à son tour : avec une impétuosité masculine et, disons-le, une ampleur de vues que n'avait pas sa femme, il envisagea d'étendre ses affaires. Pourquoi ne pas vendre tout ce qui était rationné? Du moins on pourrait commencer par la viande. Il ramena d'abord un quartier de bœuf, qui donna un joli bénéfice, puis un demi-veau, qui rapporta le double de son prix.

Le beurre rance, les œufs avariés étaient substitués au beurre et aux œufs de la « distribution », vendus sous le manteau à d'autres prix que ceux de la taxe. Le marché noir allait bon train. Julie déposait un petit paquet dans une main frémissante et murmurait :

— Parce que c'est vous... Ne le dites à personne. Ce sera trente francs.

— Trente francs un quart de beurre ?

— C'est le prix que je le paye. C'est du beurre extra qui vient des Charentes. Il tartine, c'est une merveille. Faut voir ça.

Ce beurre ne « tartinait » si bien que parce qu'il était « allongé » de margarine pour un tiers, mais c'était le secret — un des secrets — des Poissonard. Le client se confondait en remerciements et se ruinait ainsi sans arrière-pensée. Les Poissonard, en quelques années, firent autant de victimes que les fameux Chemins de Fer russes.

C'est dans l'affaire du lait que Charles-Hubert montra qu'il avait repris les rênes du commandement. Julie voulait qu'on « mouillât » à dix pour cent, c'est-à-dire qu'à neuf décilitres de lait on ajoutât un décilitre d'eau pour compléter le litre. Cela donnait un litre supplémentaire sur dix. Profit : vingt-cinq francs. Charles-Hubert dit non. La crémière fut tellement saisie qu'elle ne protesta pas. Elle passa deux jours cruels. Quels mobiles animaient son mari ? Était-il fou ? Avait-il peur ? Peur de quoi ? La conscience des inspecteurs du ravitaillement ne tenait pas devant un morceau de gruyère. Le troisième jour, le crémier déclara :

— A partir d'aujourd'hui, on va mouiller le lait à vingt pour cent.

Julie n'osa pas sourire. Elle était domptée. Charles-Hubert avait gagné l'épreuve de force. C'était bien là le maître du *Bon Beurre*.

Il est intéressant de le noter : ni Julie ni Charles-Hubert n'aimaient beaucoup parler entre eux de leur commerce et des procédés qu'ils mettaient en œuvre pour faire fortune. Une pudeur, qu'un observateur superficiel qualifierait d'hypocrisie, les retenait de s'entretenir sans détours de leurs affaires. Quoiqu'ils se connussent parfaitement l'un l'autre et fussent bien d'accord sur leurs buts et les moyens d'y atteindre, la seule mention de ceux-ci leur eût semblé d'un cynisme insupportable. Au contraire, sans témoin, face à face, ils s'ingéniaient à trouver à tous leurs actes des justifications morales : « A périodes d'exception, actions exceptionnelles ; plus on accumule de nourriture, plus on pourra servir de clients quand la disette sera là ; on se donne tellement de mal, il est juste qu'on en tire un petit avantage, etc. » Ce besoin de légitimer ses actions est vraiment remarquable. Il ne quitta jamais les Poissonard. Ils furent, dans leur genre, des idéalistes ; ces nobles propos, ces explications honnêtes dont ils paraient leurs gestes et auxquels ils finissaient par croire, leur permirent de traverser huit années dans un repos de conscience absolu.

IV

On vivait bien dans l'arrière-boutique. Les repas étaient devenus fort gais, la table des Poissonard regorgeait de victuailles, le vin coulait à flots. Jamais on n'avait mangé aussi gaillardement : du beurre extra fin, des œufs du jour, des côtelettes dans le gigot, des poulets de Bresse, de l'entrecôte, du faux-filet, des fromages faits à cœur, etc. Riri était dodu comme un porcelet, et son caractère s'améliorait de façon surprenante ; Jeannine, sous l'action de ces merveilleuses calories, perdait sa maigreur d'asperge. Voici, à titre documentaire, un dîner chez les Poissonard vers le milieu du mois de décembre 1940.

Charles-Hubert a inséré le coin de sa serviette dans son col ; elle fait un grand triangle blanc sur sa poitrine. Il tient sa fourchette et son couteau comme deux sceptres dans ses poings fermés. L'approche de la nourriture amène un demi-sourire extasié sur ses lèvres. Les deux enfants respectent son silence. Julie s'affaire auprès de la cuisinière à gaz, de la-

quelle monte un triple gazouillis de friture.
Pour commencer : une omelette de dix œufs
avec du lard, puis des crépinettes ; pièce de
résistance : une longe de veau aux pommes de
terre sautées. Fromages, crème au caramel,
fruits. Vin : bordeaux supérieur. Digestif :
calvados.

— Es-tu content de ta journée, Charles ?
demande Julie.

— On peut pas se plaindre, répond Charles.
Mais ça devient de plus en plus dur de circuler.
Bientôt on vous demandera un *ausvesse* pour
aller à Bécon-les-Bruyères.

— Dis, papa, interrompt Henri, des Boches,
t'en a vu des Boches beaucoup, papa, dis, des
Boches, combien t'en a vu ?

— Combien de fois faudra te répéter qu'il
faut pas dire des Boches ? Boche c'est pas
gentil, et puis ils aiment pas ça. Quand on
dit Boche, ils voient rouge, ils tueraient père
et mère. C'est vrai, ça. Faut se mettre à leur
place. Tu serais content, toi, Riri, si on te
traitait de Boche ?

— Le gronde pas comme ça, Charles,
dit Julie, il sait pas, ce petit. C'est à l'école
qu'on lui apprend des vilains mots. Dis à maman que tu diras plus jamais Boche, mon
trésor. Si les Allemands ils t'entendaient, ils
te prendraient et ils te mettraient en prison.
Tu serais pas content d'être en prison, hein,
mon chat ?

— Ces gens-là, dit le crémier, ils sont ce

50

qu'ils sont, mais ils sont corrects, on peut pas leur enlever ça. Puisqu'ils aiment pas qu'on les appelle Boches, y a qu'à pas les appeler Boches. Moi je suis pour éviter les ennuis. On a tout intérêt à se tenir peinard. Vainqueurs comme ils sont, je trouve qu'ils sont rudement chic avec nous. C'est bien le moins qu'on les respecte. Faut être réaliste dans la vie. A propos de Boche, y a Gambillon, tu sais, celui qui m'a fait avoir les deux tonnes de bois de gazo sans bon au prix de la taxe, il m'a raconté une histoire pas ordinaire. Un gosse dans la rue qui dit à un autre gosse : « Mon père il m'a donné de l'argent de poche. » Passe un Allemand, il entend ça, il comprend : « de l'argent de Boche » ; il se croit insulté, il emmène le gosse à la commandature ; le gosse on l'a plus jamais revu. Ils plaisantent pas, je te le dis, moi.

— Des histoires pareilles, ça vous retourne le sang, dit Julie avec un soupir. T'entends, Riri, ce qu'arrive quand on dit Boche ?

— Comment qu'il faut dire, alors, si on dit pas Boche, papa ? Je veux pas aller en prison comme le petit garçon.

— Il faut dire Allemand. Et puis à ton âge t'as pas besoin d'en parler. Ça regarde que les grandes personnes.

— Eh bien, je dirai rien du tout. Hein, papa ? Qu'est-ce qui arrive quand on dit rien du tout, papa ?

— Il arrive rien.

Charles-Hubert renifle, clappe de la langue et grogne. Cela marque à la fois son plaisir de manger et son mécontentement. On n'entend plus, dans la pièce, que des bruits de bouche. Les quatre paires de mandibules Poissonard tordent la nourriture avec force, les quatre gosiers fonctionnent synchroniquement ; l'omelette et le pain filent dans les quatre estomacs comme des obus. Le bordeaux supérieur descend impétueusement. On en donne une goutte à Riri.

— Personne ne veut plus d'omelette ? demande Charles-Hubert. Nini ? Plus d'omelette ? Riri ? Encore un morceau ?

— Non, papa, répond Jeannine. Je peux prendre mon livre ?

— C'est pas bon de lire en mangeant, dit Julie.

Nonobstant, Jeannine se baisse et attrape sous la table *Esclave ou Reine*, de Delly, dont elle ne se sépare pas depuis le matin.

— Ça fait du bien par où ça passe, dit le crémier en sifflant un verre. Tout de même, il faut manger. Je me demande comment ils font, ceux qui n'ont que leur carte.

— Ils font comme nous, dit Julie. Ils se débrouillent.

— Tout le monde peut pourtant pas se débrouiller. Tiens, histoire de dire, les Allemands ils se sont fait livrer cent mille têtes de bétail la semaine dernière. Alors ?

— Oh ! si on croyait tout ce qu'on dit !...

Moi, ce que je vois, c'est qu'on n'est pas malheureux, et que ça pourrait aller bien plus mal. As-tu jamais manqué de quelque chose, toi, Charles?

— Non, ça c'est vrai.

— Tu vois bien. Moi, je raisonne comme ça : du moment que nous on se débrouille, y a pas de raison que les autres ils en fassent pas autant. Prends un ouvrier : paraît qu'il est plus riche qu'avant. J'ai vu ça sur le journal. Dame, ça les empêche pas de crier misère, mais c'est pas aux vieux renards qu'on apprend à faire des grimaces. Cause toujours que je me dis quand ils me racontent leurs histoires. Je ne sais pas comment ils font, mais ils trouvent toujours trente francs pour acheter un quart de beurre en supplément. Preuve qu'ils sont pas tellement à plaindre.

— Pourquoi ils sont pas à plaindre, maman, dis? Qui c'est qu'est pas à plaindre? dit Riri.

— Des gens que tu connais pas, mon lapin.

— Je les connais pas les gens, maman?

— Non, mon petit loup, tu les connais pas.

— Pourquoi je les connais pas?

— Riri, tais-toi, dit Charles-Hubert. Laisse causer papa et maman. D'abord, les enfants ça parle pas à table. Hein?

— Où as-tu été aujourd'hui, Charles? dit Julie.

— J'ai fait trois cents kilomètres. Du côté de Caen. Un petit patelin. Mais moi, j'aime-

rais pas vivre à la campagne. Question de
goût. Et puis les paysans, ils ont pas la même
mentalité que nous. Ils sont rapaces. Un sou
est un sou. Nous, les Parisiens, on est plus
large.

— Ah! les paysans...

— Oui, mais moi, on ne me roule pas.
Comme je dis : je ne suis peut-être pas Normand, mais faut pas me prendre pour un bas
Breton. J'ai pas raison? Tiens, les bondons
que j'ai ramenés, ils voulaient me les faire
payer quinze francs pièce. Total, ils étaient
bien contents que je les prenne à douze
soixante-quinze.

— Douze soixante-quinze, y a rien à dire.

— Je veux un bonbon, s'écrie Riri. Donne
moi un bonbon à douze soixante-quinze, papa.

— C'est pas un bonbon, dit le crémier.
C'est un bondon.

— Qu'est-ce que c'est, un bondon, papa?

— C'est du fromage.

— Pourquoi tu veux pas me donner un
bonbon?

— Un bondon!

Riri entame une pleurnicherie. Charles-
Hubert donne un coup de poing sur la table.
Riri éclate en sanglots.

— Vas-tu te taire, sale môme? crie Charles-
Hubert. Si tu ne t'arrêtes pas tout de suite,
je te colle en pension, non mais!... Il est
infernal. Bon Dieu, je me crève le tempérament toute la journée à travailler, je fais des

54

trois cents kilomètres, debout à cinq heures du matin, et monsieur chiale parce que je ne lui donne pas un... Qui c'est qui m'a foutu...

— Voyons, voyons, dit Julie, entourant son fils de ses deux bras, il est fatigué mon Riri. Il est énervé. Et puis toi, Charles, t'es pas raisonnable. On cause pas comme ça à un enfant. Tu travailles trop, c'est ça qui t'aigrit. Qui c'est qui va aller au lit? C'est le Riri à sa maman...

Riri hurle. Charles-Hubert tape du pied. Jeannine hausse rageusement les épaules sans toutefois détacher les yeux des lignes brûlantes d'*Esclave ou Reine*.

— Calme-toi, mon lapin, dit Julie. Si tu pleures plus, maman va te donner un *loucoume*. C'est bon le *loucoume*. Papa en a acheté dix kilos, rien que pour son Riri gentil. Charles, va dans la caisse qui est tout de suite à gauche en entrant dans la chambre et amène-lui un *loucoume*.

— Si c'est à calmer monsieur que passent les stocks, dit amèrement le crémier, faut pas s'étonner qu'on se casse la gueule un de ces jours.

— Une fois n'est pas coutume, dit Julie. On lui donne un *loucoume* parce qu'il est malheureux, hein, Riri? Il est fatigué ce petit. Il est énervé. T'as encore faim, mon ange?

— Non.

— Faut pas le forcer, reprend Julie. Quand on force un enfant, ça lui profite pas. T'aurais pas dû lui faire boire du vin, Charles. Allez, Mimi, on va aller au dodo.

Charles-Hubert part et revient en maugréant. Il tient entre le pouce et l'index un rahat-lokoum tout dégouttant de sucre. Riri le fourre voracement dans sa bouche. On profite de ce bâillon de fortune pour l'entraîner et le coucher. Les crépinettes sont sur la table. Une crépinette, c'est bientôt mangé. On octroie à Charles-Hubert la part du marmot. Réflexion de Julie :

— Pauvre petit mignon, l'omelette et du *loucoume*, ça lui fera pas assez. Je vais lui mettre du veau. Et puis il prendra bien sa crème-caramel aussi. Les enfants, il faut que ça mange. Nini, va porter cette assiette à ton frère.

Jeannine ne répond pas.

— T'entends, quand on te cause? dit le crémier. D'abord on ne lit pas à table.

Jeannine lève sur ses parents des yeux embués par le rêve. Sans lâcher son livre, elle se met debout avec une lenteur d'automate et prend livraison de la pitance de Riri. L'assiette tangue dans sa main droite. Son regard ne quitte pas *Esclave ou Reine* qu'elle tient de l'autre. Un mot la tire de son enchantement:

— Fais attention, Nini! Tu vas tout me renverser sur mon parquet! Si c'est pas malheureux!

Jeannine furieuse s'éloigne en grognant :
— Ah! là là, alors!
— Les enfants! dit Charles-Hubert.

— C'est comme le reste, dit Julie. On vit une drôle d'époque. Mais tu t'énerves trop, Charles. T'as besoin de repos.

Charles-Hubert aime beaucoup ouïr qu'il a besoin de repos. Il se porte à merveille. Dispos dès le saut du lit, tout le jour il déploie une activité de castor et une gaieté de pinson. Aimable et jovial comme un célibataire, il épanche son peu de mauvaise humeur aux repas familiaux. Quand le père se retrouve avec les siens, il se laisse aller aux sombres plaisirs des cœurs mélancoliques. Il éprouve une volupté noire à être grincheux. C'est sa manière de faire payer son temps, son argent et ses forces. Charles-Hubert savoure les paroles de sa femme.

— Bien sûr que j'ai besoin de repos, dit-il âprement. Mais si je ne travaille pas, qui c'est qui gagnera la croûte?

Julie connaît cette rengaine. Le crémier, ayant terminé ses crépinettes, promène un morceau de pain dans son assiette. On remarque l'absence prolongée de Jeannine. C'est une diversion opportune.

— Nini, crie la crémière. Qu'est-ce que tu fabriques? Ta crépinette va être froide.

Jeannine, qui s'était assise sur le lit de son frère et, captivée par *Esclave ou Reine*, y avait oublié le monde, réapparaît, silencieuse.

— Jeannine, dit Julie.

— Oui?

— Oui, qui? Oui, mon chien?

— Oui, maman.

— La maîtresse t'a rien donné pour papa ?

— Ah !... si, maman.

— Eh bien ! Qu'est-ce que t'attends ?

— Je finis mon chapitre. J'ai encore dix lignes.

Cette prétention passe comme une lettre à la poste. Jeannine sait qu'elle a affaire à de bons parents. Les dix lignes sont au moins deux cents, car il lui faut bien six minutes pour en venir à bout, six minutes de silence, pendant lesquelles le crémier et la crémière mastiquent du veau et considèrent avec satisfaction leur fille qui lit un roman comme une intellectuelle. Jeannine, obscurément gênée par cette contemplation, s'agite, fouille entre les pages de son livre, et finalement en extrait une carte de tabac. Elle la tend. Une main la saisit, celle de Charles-Hubert.

— C'est la maîtresse à Jeannine, dit Julie. Elle lui donne des leçons particulières. On s'est arrangé. Je lui donne une demi-douzaine d'œufs et un quart de beurre tous les quinze jours. Ça ne fait pas d'argent qui sort, et comme ça on est sûr que la petite travaille bien.

— Mais pourquoi qu'elle me donne une carte de tabac ? C'est sûrement pas pour mes beaux yeux ?

— Son mari fume pas. Alors je lui ai demandé sa carte.

— Combien qu'elle te l'a fait payer ?

— Elle me l'a pas fait payer.

— Elle te l'a donnée, comme ça?

— Oui.

— Ça, alors! s'écrie le crémier. Y a des gens qui peuvent être poires, tout de même! Combien qu'elle lui donne de leçons particulières à Nini?

— Tous les soirs de cinq à six.

— Tu lui diras qu'un quart de beurre et six œufs, c'est trop cher. Avec des gourdes pareilles, y a pas besoin de se gêner. Maintenant ce sera une fois le quart de beurre et une fois les six œufs. On n'en a pas assez. T'as compris? Ces gens-là faut les mener à la trique. Elle serait fichue de te demander une augmentation le mois prochain. Tu leur donnes le petit doigt, ils en veulent tout de suite long comme le bras. Et puis le beurre, ça se mange. Les leçons particulières tu peux pas les mettre sur du pain. Au bout du compte, c'est encore elle qui devrait nous être reconnaissante. C'est vrai, ça. Et puis, si elle marche pas, plus de leçons particulières, hein? dis-y carrément. Elle sera trop contente d'accepter. J'ai rien à en foutre, moi, de ses leçons. Repasse-moi donc les pommes de terre. Il est extra ce veau-là; où c'est que tu l'as eu?

— Chez le boucher, par-derrière.

— Cher?

— La taxe.

— Il est honnête, ce boucher-là. Faut dire qu'il a pas intérêt à nous gruger; il a besoin de nous. Tu lui diras que j'ai des œufs du jour et qu'il y en a une douzaine pour lui si il me met de côté un kilo de rognons. Ça fait un siècle que j'ai envie de rognons.

— Il en avait justement ce matin, si j'avais su... Jeannine, ta crépinette est toute froide. Mange! Et ton veau qui va être froid aussi... Si c'est pas malheureux de voir ça!

— Tu sais ce qu'on raconte, en Normandie? dit Charles-Hubert.

— Non?

— Que les Allemands, ils auraient essayé de débarquer en Angleterre et que ça n'aurait pas marché. Les Anglais les auraient tous refoutus à l'eau. Tu sais comment qu'ils les appellent, les Allemands, en Normandie? Ils les appellent « Glouglou ».

— Glouglou, alors ça, ça vaut dix!

— Glouglou! Paraît qu'il y en aurait cent mille de noyés dans la mer du Nord.

— Ça m'étonnerait pas. Une dame qui vient pour le lait, elle m'a dit qu'elle connaissait quelqu'un qui mangeait du merlan la semaine dernière; il ouvre son merlan et qu'est-ce qu'il trouve dedans? Un doigt. Y avait encore l'ongle après.

— Les Anglais, je te le dis, moi, ils se laissent pas faire. D'abord, ils sont dans une île. Si la France avait été une île, les Allemands ne seraient pas là.

— Moi, j'aime pas les Anglais, dit Julie. Ils ont brûlé Jeanne d'Arc. Sans compter Fachoda.

— C'est une affaire entendue, réplique Charles-Hubert ; mais ils sont forts, tu peux pas leur enlever ça. Ils ont trouvé un rayon magique qui brûle la figure et les mains des Allemands à dix kilomètres. Et les Allemands, ils veulent plus monter en bateau, ils ont peur. On est obligé de les attacher ensemble. Sur les plages, en Normandie, y a des macchabées par paquets de trois qui sont ramenés par la marée.

— Ah ! là là ! Moi, je les plains, les Allemands. Ils m'ont rien fait ; et c'est toujours malheureux de voir des hommes mourir.

— Dans un sens, dit Charles-Hubert, l'ennemi héréditaire de la France, c'est les Anglais. Moi, je suis comme le Maréchal. Il n'est ni pour les uns, ni pour les autres. Y a qu'à laisser les Frisés et les Rosbifs s'expliquer et rester peinards. Quand ils se seront bien foutu sur la gueule, c'est nous qui tirerons les marrons du feu. Le Maréchal, c'est le plus malin de tous. Il roule tout le monde. Moi, j'appelle ça un homme. D'ailleurs, nous, on fait pas de politique. On fait notre métier, et puis c'est marre. Et c'est bien mieux comme ça. Les Anglais, c'est des humains ; les Allemands, c'est des humains aussi. Et pendant qu'ils se tabassent, nous, on les regarde. On a tout à y gagner. Moi je comprends pas les gens qui rouspètent parce que les Allemands ont fusillé quinze types. Ces quinze types-là, ils avaient qu'à rester tranquilles. On les a fusillés, c'est bien fait pour eux. Ils ne servaient qu'à attirer des ennuis aux autres. Les Allemands ont eu raison de les fusiller. Ils sont les vainqueurs, ils veulent pas qu'on les emmerde. Si on était à leur place, on en ferait autant. Si tout le monde faisait comme dit le père Pétain, ça irait mieux.

Après cet exposé de sa politique, Charles-Hubert se tait et Jeannine tourne une page. Julie pose un camembert sur la table. Mais l'esprit de Charles-Hubert se meut à la façon d'une porte à tambour : ses trois ou quatre préoccupations reviennent périodiquement l'une après l'autre.

— La Normandie, dit-il, ça s'épuise. Va falloir que je pousse jusqu'en Bretagne, maintenant. Ça veut dire du bois de gazo en plus. Ça va faire monter les produits. Et on s'étonne, après, que tout raugmente. Sans parler du temps.

— Et de la fatigue, dit Julie.

— Oh! ça, la fatigue, dit le crémier, je la compte pas. On n'a rien sans rien. Et puis si je commençais à m'écouter... Enfin! Va falloir aussi que je rechausse la voiture. Gambillon m'a dit qu'il m'aurait deux paires de pneus neufs. C'est vrai, ça, encore, les pneus! C'est un coup de cinq billets, et j'aurai de la veine. Des pneus, pour en avoir, faut un bon, et ils en donnent, des bons, chaque fois qu'il leur tombe un œil. Note bien, je pourrais en avoir un, de bon, si je voulais, mais il faut graisser la patte à l'un et à l'autre, et moi j'admets pas ça. Les gens, aujourd'hui, ils trafiquent de tout. Le Français n'est plus honnête. J'y ai droit, au bon, parce que je suis commerçant, mais j'aurai plus vite fait de m'en passer. C'est ça, la vie.

— Je crois que le petit s'est endormi, dit Julie.

On ingurgite la crème au caramel. Une goutte de calvados.

— Allez, au pageot, dit le crémier. Demain, réveil à cinq heures. Le temps de mettre le gazo en route, je ne serai pas parti avant six heures au moins. T'as bien tiré les rideaux, Julie? Les Allemands, paraît qu'ils tirent des coups de revolver dans les fenêtres où y a de la lumière.

— Attends que je débarrasse. J'aime pas voir des assiettes sales sur la table. Nini, va te coucher. Et laisse ton livre ici. Faut dormir. Lire au lit, c'est mauvais pour les yeux. Dis bonsoir à papa. N'oublie pas de dire à la maîtresse, demain, que papa la remercie bien de la carte, hein?

En se couchant, Charles-Hubert confia à Julie :

— Tu sais, madame Poissonard, j'ai eu une riche idée. Si y a moyen de moyenner, ça rapportera de l'argent. Tu me demandes pas ce que c'est? Eh bien, voilà : je crois que je vais me mettre en cheville avec les Fritz. Le *soldaténème* de l'Étoile, je vais le fournir en beurre, œufs, fromage et lait. Qu'est-ce que tu dis de ça?

— Tu ne penses pas que ça pourrait nou. faire du tort?

— Du tort? Rien du tout! Je dirai que j'ai été réquisitionné de force. Et puis la guerre, c'est les Allemands qui vont la gagner, alors? Dame, faudra leur donner de la marchandise premier choix.

— Ils paient bien?

— C'est pas tellement l'argent que les facilités. Tu te rends compte, j'aurai des *ausvesses*, des pneus, du tabac, des appareils-photo, des *lécas*, des boîtes de conserves à tire-larigot. Tu sais combien ça va chercher, un *ausvesse* pour aller en zone libre? Dans les quinze cents. Sans compter que c'est toujours bon d'être bien avec ceux qui sont du côté du manche.

— Ah! Charles, s'écrie Julie dans le respect et l'enthousiasme, t'aurais pas dû me le dire ce soir. Je vais pas pouvoir penser à autre chose et ça va m'empêcher de dormir!

V

Il faut maintenant revenir en arrière, et s'inquiéter un peu de Léon Lécuyer, que nous avons laissé sur le toit d'une maison. Il ne fait pas bien chaud en octobre, à cinq heures du matin. Passé vingt mètres d'altitude, le vent prend de la force. Lélé court comme un lapin. Vêtu de son seul caleçon, les coudes au corps, il file entre les cheminées, saute d'un toit sur l'autre, enjambe des crevasses et franchit des mansardes. « Toujours fuir, se dit-il sombrement. Quand pourrai-je reprendre les armes et faire face? » Cette réflexion dévoile un fonds de niaiserie incurable.

On ne peut pas courir indéfiniment. Après un quart d'heure de galop, Léon, hors de souffle, s'abat contre un paratonnerre. Le zinc du toit résonne sous sa chute, mais il est si épuisé qu'il n'a pas la force d'aller se dissimuler derrière une cheminée à six pas de lui. Une fenêtre s'ouvre, une voix crie :

— Il y a quelqu'un?

Léon ne répondit rien, comme on s'en

doute. Accroupi dans un angle mort, il ne
risquait pas grand-chose. La voix reprit :

— Je suis sûre qu'il y a quelqu'un. Qui
est là ? Répondez. C'est le zingueur ?

— Oui, c'est le zingueur, dit Léon. Ne vous
dérangez pas.

— Vous pourriez faire moins de bruit, dit
la voix. Vous m'avez réveillée.

Cette voix était celle d'une jeune femme.
Le cœur romanesque de Léon tressaillit. Il
s'avança un peu. Au même moment une tête
apparut, toute seule, contournant comme une
boule le montant de la mansarde : petits yeux
bleus, grosses joues, cheveux jaunes emmêlés.

— Vous, alors, dit la tête, vous me la co-
pierez !

Tout à coup, Léon eut froid.

— J'ai froid, dit-il plaintivement.

— Ça m'étonne pas, dit la tête. Mettez
au moins votre veste.

— Je n'ai pas d'habits, dit Lélé.

— Des zingueurs comme vous, s'écria la
tête, j'en ai pas vu beaucoup dans ma vie !

Léon debout, le poing sur le paratonnerre
comme sur une lance, était une étrange vision.
Se laissant couler le long de la déclivité du toit,
il arriva à la hauteur de son interlocutrice.
Elle avait un visage agréable ; sa chemise de
nuit en pilou ne parvenait pas à enlever tout
attrait à son corps.

— Eh bien, dit-elle, qu'est-ce qui vous
prend ?

— Je vous expliquerai... Laissez-moi entrer. Je ne vous ferai pas de mal, je vous le jure... Je ne suis pas ce que vous pensez. Je m'appelle Léon Lécuyer.

La chambre, meublée d'un lit de cuivre, d'une armoire de pitchpin et de deux valises en carton, était assez désolante. Le papier gris du mur avait une couleur pisseuse, et des ronds d'humidité. Un édredon bleu sale attirait le regard, flasque comme une méduse sur la plage des couvertures.

— Moi, dit la jeune femme en enfilant un peignoir, je m'appelle Émilienne, comme dans la chanson. Je travaille chez les autres. Chez monsieur et madame Bloncourt, au troisième. La place n'est pas mauvaise, vous comprenez : il n'y a pas d'enfants. Et vous ? qu'est-ce que vous fabriquez ? On devrait vous mettre un numéro dans le dos, puisque vous faites du cross sur les toits ! Vous seriez pas somnambule, par hasard ?

Émilienne, là-dessus, partit d'un éclat de rire ravissant. Cette fille n'était pas sans charme. Léon, tout à coup, rougit : il était à peu près nu dans la chambre d'une femme. Son torse étroit, ses mollets poilus et maigres lui firent honte. Il avait la chair de poule et songea tendrement au bon lit tiède qui ne servait à personne. Mais comment entrer dans ce lit ?

— Tout de même, reprit Émilienne comme un écho de ses sentiments, qu'est-ce qu'il dirait, mon ami, s'il vous voyait, comme ça en caleçon dans ma piaule! Prenez une couverture du lit, vous aurez plus chaud.

Léon, qui avait sur les femmes les idées les plus extraordinaires, fut un peu contristé que cette personne de vingt-six ou vingt-sept ans eût un amant. Vierge, il voyait des virginités partout.

— Je vais me remettre au dodo, dit Émilienne. Vous comprenez, je descends qu'à huit heures. Mais vous m'avez toujours pas dit ce que vous fabriquiez sur le toit.

— Rien!

— Je vous ferais bien de la tisane, mais j'ai plus d'alcool pour mon réchaud.

Émilienne, dans son lit de cuivre, réfléchie par la glace de l'armoire en pitchpin, formait une image sublime. Léon songeait tristement que cette personne n'était pas pour lui. Elle en aimait un autre et, de toute évidence, lui était fidèle. Que faire? Dans *La Nuit et le Moment*, de Crébillon fils, on voit un homme nu se glisser sans crier gare dans la couche d'une femme et, après un petit combat, y rester; mais cela, c'est du roman. Si Léon s'avisait d'agir ainsi, Émilienne ameuterait la maison.

— Vous devriez roupiller deux heures, m'sieu Lécuyer, dit alors Émilienne. Ça vous ferait du bien.

— Je pourrais peut-être m'allonger sur votre lit, dit Léon d'une voix altérée. Par-dessus, bien entendu. Vous permettez?

Émilienne garda le silence. Qui ne dit mot consent. Léon, saisi d'un émoi encore plus puissant que celui qu'il avait connu à Hambourg auprès d'Helmuth Krakenholz, s'allongea sur l'édredon bleu.

— Entre donc dans le pieu, murmura Émilienne.

« Tiens! Elle me tutoie, pensa Léon. Pourquoi? Évidemment, je serai mieux dans le lit. Et puisqu'elle veut bien... »

— Ce que tu as les pieds froids! dit Émilienne.

— Oh! pardon! s'écria Léon confus en se reculant si loin qu'il faillit tomber du lit.

— Pourquoi as-tu gardé la couverture? Balance-la!

La couverture balancée, Émilienne se blottit contre Léon. L'idée qu'il allait dormir en pressant une femme dans ses bras le remplit de bonheur. « Quel naturel! songea-t-il. Quel abandon! Quelle fille! Elle a confiance en moi. Elle sait que je ne tenterai pas d'abuser d'elle. » Seule le tourmentait l'idée d'une indécence involontaire de son corps, qui eût effarouché son hôtesse. Celle-ci fermait les yeux; le sommeil l'avait déjà regagnée. Léon, immobile comme une pierre, admirait ce visage rond qui lui paraissait plus beau que la Joconde. Avec des précautions infinies, il en approcha les lèvres. Dieu sait de quel rêve Émilienne était la proie: le baiser effleurait-il à peine son front, qu'elle leva brusquement la tête, poussa un gémissement bizarre, et Léon rencontra ses lèvres. Quelque explicite que fût le manège de cette fille, il fallut un quart d'heure encore pour que Léon comprît que le glas de son pucelage avait sonné.

A sept heures quinze, le fracas étourdissant du réveil tira les deux amants d'un sommeil épais. Léon, se mettant sur son séant, éprouva des courbatures inconnues et merveilleuses. Il embrassa du regard la triste chambre de bonne qui lui sembla le décor même de la volupté ; puis, ses yeux s'abaissant sur Émilienne, un sourire à la fois fat et timide se dessina sur ses lèvres. Émilienne avait du mal à ouvrir les yeux. Une boucle palpitait au-dessus de son sourcil gauche.

— Jojo, murmura-t-elle. Je t'aime, tu sais. T'es mon petit homme, Jojo ! Puis, se réveillant d'un seul coup, elle s'écria : Fais-moi un bécot, chéri, pour que j'aie le courage de me sortir du plume.

Léon, le cœur transpercé par la référence intempestive à ce Jojo, baisa froidement la joue d'Émilienne ; mais celle-ci, qui était fougueuse, le prit à bras-le-corps et ronronna :

— On a encore dix minutes.

Ces dix minutes s'écoulèrent en un instant. Léon s'étonnait lui-même. « Comme c'est facile ! songeait-il. Comment ai-je pu attendre vingt-six ans ? Qu'est-ce que la vie sans l'amour ? J'ai une maîtresse ! » Ces réflexions gâchèrent un peu son plaisir.

Émilienne sauta du lit. Comme elle était toute nue, Léon put constater qu'elle était assez bien faite, et plutôt potelée ; mais il la regardait à la dérobée, craignant par une contemplation trop marquée de blesser sa pudeur.

— Bon! dit Émilienne. Maintenant je descends. T'as qu'à faire la grasse matinée. Si on frappe, tu dis rien ; mais on frappera pas. Il n'y a que Jojo qui pourrait venir, et ça m'étonnerait.

— Tu n'aurais pas un livre à me prêter? demanda Léon, qui pour la première fois de sa vie tutoyait une femme et en ressentait une extrême satisfaction.

— Dans l'armoire, j'ai des *Lisez-moi bleu*. T'auras qu'à fouiller. Et puis il y a aussi *Confidences*. Reste bien tranquille. Je remonterai dès que j'aurai un moment. Je t'apporterai ton manger. Tu dois avoir faim, mon petit chou.

Émilienne partie, Léon croisa ses mains derrière sa tête et adressa au plafond un large sourire. La vie a de charmants hasards. En trois heures il avait changé de personnalité. Il se sentait important ; il participait enfin à la marche du monde! « Je suis un homme, pensait-il. Je ne suis plus un adolescent tardif. J'ai possédé le corps d'une femme ; j'occupe son esprit. Quel être d'élite que cette Émilienne! Elle ne m'a rien demandé. Je l'ai séduite immédiatement. Avec la générosité des femmes elle me donne tout. Elle va m'apporter de la nourriture, des habits peut-être. Il suffisait que j'apparusse, prisonnier traqué, abandonné de tous, seul au monde, pour qu'aussitôt elle m'aimât. O femme! monceau d'entrailles, pitié douce! Peut-être m'attendait-elle. C'est une bonne, sans doute, mais elle n'a pas le cœur d'une bonne. Et elle est intelligente. Seule une femme intelligente pouvait se donner ainsi, sans façon, sans phrases. Ah! Émilienne, Émilienne! T'aimerais-je? Tu m'aimes, toi, c'est sûr : une femme ne se donne pas sans amour. Il y a des accents qui ne trompent pas, et ces accents tu les as eus. Que vais-je faire? Il ne faut pas être en reste de générosité : je lui demanderai de m'épouser. Pourquoi n'épouserais-je pas cette fille admirable? Parce qu'elle n'est pas de mon milieu? Mon milieu, je le hais. J'ai toujours été socialiste. »

Il se leva et alla scruter son visage dans la glace piquetée de l'armoire. « Ainsi on aime cette figure, se dit-il avec un mélange de surprise et d'orgueil. On désire ce corps, continua-t-il en passant ses mains sur ses membres maigres. Peut-être que je suis beau, après tout. Sinon beau, du moins attirant. » Il avait complètement oublié son évasion de Poméranie, la défaite de la France et sa course sur les toits. Il n'imaginait l'avenir que rose et voluptueux, en compagnie d'Émilienne. « Il y a bien ce Jojo, mais ce n'est pas grave. Jojo, c'est une erreur. Son premier amour, je suppose. L'homme qui lui a révélé la vie des sens. Je le rencontrerai. Je lui ferai comprendre qu'il doit se sacrifier.

Je défendrai notre bonheur. Je ne suis pas un mouton bêlant qu'on mène à l'abattoir, moi. Il me semble que je l'ai prouvé. »

En dépit de cette méditation intense, il commença à s'ennuyer. Cherchant de la lecture dans l'armoire, il trouva, outre des hebdomadaires, une demi-douzaine de romans à bon marché signés Max du Veuzit, Jean de la Hire, Claude Fleurange, et Roby. La présence de ces ouvrages, au lieu de l'irriter, l'attendrit. Il projeta d'éduquer Émilienne. Intellectuellement, c'était une enfant, qui ne péchait que par ignorance. Léon lui dresserait une liste de bons auteurs, de *la Chanson de Roland* à nos jours. Après le mariage, il l'emmènerait au concert et dans les expositions de peinture.

Le magazine *Confidences,* dans lequel des chanteuses et des actrices relatent leurs expériences amoureuses, captiva Léon, qui en lut d'affilée douze numéros. Cette prose, qu'il méprisait la veille, le charma ; elle exprimait des sentiments véritables. Vers dix heures, Émilienne frappa à la porte. Elle apportait deux sandwiches que Léon dévora, et du vin rouge.

— T'avais faim, tout de même, dit-elle. Ça m'étonne pas, après une nuit pareille. Tu sais, on a de la chance, les patrons sont sortis et ils déjeunent en ville.

Là-dessus elle lève les bras en l'air, sa robe s'envole et la minute suivante elle est dans le lit. A midi, Léon demanda :

— Où suis-je ?

— Cette question : dans ma chambre, tiens!

— Je veux dire : quelle rue?

— Comment? Tu sais pas? Ici on est rue Poncelet, voyons. Au 96.

— Rue Poncelet! s'exclama Léon. Mais alors... j'ai tourné en rond sur les toits. Je croyais que j'avais fait au moins deux kilomètres. Rue Poncelet, vraiment! A deux pas de la rue Pandolphe.

— La rue Pandolphe, je comprends! C'est là que je fais mon marché.

— C'est extraordinaire, dit Léon. Et il se tut.

— Vous connaissez-t-y le *Bon Beurre*, rue Pandolphe? poursuivit Émilienne, intimidée par l'idée que son amant avait les même accointances qu'elle, et cessant du coup de le tutoyer. Le *Bon Beurre*, c'est notre crémier. C'est là que je vais chercher le lait tous les matins. J'y étais encore tout à l'heure.

— C'est vraiment extraordinaire, répéta Léon.

— Alors, comme ça, t'es du quartier, dit Émilienne qui avait recouvré son aplomb. C'est drôle que je t'aie jamais vu. Mais au fait.... tu m'as toujours pas raconté?

Léon rêva un instant sur l'exiguïté du monde et les traverses du destin, puis il dit d'un ton grave :

— Écoute, Émilienne...

— Ah! non, s'écria Émilienne. Tu vas pas m'appeler Émilienne. J'aime pas ce nom-là.

Appelle-moi Milou. Y a que les patrons qui disent Émilienne.

— Milou, écoute. Oui, je suis du quartier. Le *Bon Beurre*, je le connais très bien, et aussi Florentin, le boucher...

— C'est ça, Florentin ! C'est notre boucher, et puis la *Boulangerie-Pâtisserie des Ternes*, où je prends les croissants ; et puis Rasepion, le cordonnier ; et puis la *Charcuterie des Gourmets*...

— J'habite impasse du Docteur-Barthès, avec ma mère.

— Tu m'en diras tant !

Léon, alors, narra ses tribulations. Il y prit de l'agrément ; Émilienne sut qu'elle avait affaire à un brave, titulaire de la croix et comptant deux évasions à son actif. « Comme elle doit m'admirer ! pensait-il. Pour elle je suis un véritable aventurier, un héros de roman. »

— Eh bien, déclara la soubrette, je peux dire que je suis baba. Moi qui te prenais pour un grand gosse, t'en as vu de rudes, mon pauvre lapin. Mais t'es bien gentil tout de même. Fais un bécot à ta Milou, mon petit homme, pour la consoler de tous tes malheurs.

Cette réaction n'enchanta pas Léon. Il escomptait des transports et, pourquoi pas ? des larmes. Il aurait voulu aussi discuter de Jojo et faire sa demande en mariage.

— C'est pas le tout, reprit Émilienne. Tu peux pas rester ici à perpète. Tiens, j'ai une idée. Dans une de mes valises, il y a un vieux costume à mon ami. Tu le mettras, et ce soir, quand il fera nuit, tu te sauveras. C'est d'accord?

« Quelle femme! pensa Léon, elle est à la mesure de toutes les circonstances. » Cependant la perspective de revêtir la défroque du Jojo abhorré le mettait au supplice.

— Tu m'aimes? demanda Émilienne en se tortillant dans le lit.

« C'est le moment, songea Léon. Parlons. »

— Écoute, dit-il : fuyons ensemble. (On a sûrement remarqué l'emphase avec laquelle ce jeune homme s'adresse à lui-même et aux autres. C'est la vie solitaire et l'abus des auteurs médiocres que l'on étudie à la Sorbonne.)

— Où ça? dit Émilienne.

— En zone libre. Là-bas nous nous marions.

— Tu veux te marier avec moi?

— Oui, Émilienne.

— T'es pas fou? dit Émilienne. Pour se marier, faut être deux. Je te connais pas, moi. Je t'ai jamais tant vu qu'aujourd'hui. Et Jojo? Qu'est-ce qu'il dirait? On voit bien que tu ne l'as jamais rencontré.

— J'avais justement l'intention de lui dire deux mots, répliqua Léon d'une voix un peu trop fanfaronne.

— Fais pas ça! s'écria Émilienne alarmée. Il me flanquerait une tournée, et à toi aussi. Jaloux comme il est... Manquerait plus que ça!

Ces paroles blessèrent Léon. Les preuves d'amour qu'Émilienne lui avait dispensées depuis six heures du matin ne l'empêchaient pas d'être jaloux. « Voilà les femmes, pensa-t-il

76

amèrement. Celle-ci, avec laquelle j'ai été plus intime qu'avec aucune autre, ose prétendre qu'elle ne me connaît pas! O femme! abîme de duplicité! Elle trompe Jojo avec moi ; elle me trompera avec un autre, et là-dessus elle nous dira, à Jojo et à moi, qu'elle nous aime! »

Léon, on le voit, progressait dans la connaissance des êtres. Émilienne ne le croyait pas capable de tenir tête à Jojo : c'était intolérable!

— Ainsi, dit-il, tu me préfères Jojo?

— Cette idée! Ça fait trois ans qu'on est ensemble. Tu voudrais tout de même pas!

Cette psychologie, pourtant élémentaire, déroutait complètement Léon. Il ne voyait rien que sous un jour romantique. En matière sentimentale, il ne concevait pas qu'on eût du bon sens et de la placidité.

— Et que fait donc cet admirable Jojo, demanda-t-il avec arrogance, pour qu'on le ménage tellement?

— Il est plombier.

Émilienne était bien la personne la plus inconséquente du monde. Elle ne semblait pas soupçonner que Léon souffrît ; les paroles de celui-ci, si aigres qu'elles fussent, la laissaient insensible. Mieux encore, elle s'approcha de lui et le baisa à petits coups sous le menton.

— Tu sais, dit-elle, Madame m'a pas donné campo pour toute la journée. Alors faut pas perdre notre temps à se chamailler. D'ici une demi-heure, je vais être obligée de redescendre.

Lorsque Émilienne regagna l'appartement de

ses patrons, Léon versa dans la perplexité. Ses sentiments avaient perdu de leur âcreté, mais ils n'étaient plus si exaltés ni si agréables. A la vérité, il ne pensait plus à Émilienne avec amour. Cette dernière avait disposé sur une chaise le costume de Jojo. Léon, le revêtant, découvrait qu'après tout la solitude et le silence, après qu'on s'est beaucoup dépensé, ce n'est pas si pénible. Il décida de renoncer provisoirement à son mariage. Il allait gagner la zone non occupée de la France et là il verrait bien... Hélas! c'était dur d'imaginer Émilienne goûtant dans les bras de Jojo une volupté qu'il se représenterait avec précision. En songeant de la sorte, il sifflotait l'andante de la *Cinquième Symphonie* de Beethoven qu'il avait savourée vingt fois aux concerts du Châtelet. Il croyait reconnaître dans cette musique romantique les tourments de son âme.

La glace lui renvoya une image grotesque. Le costume de Jojo était à la fois trop large et trop court. Le veston, sur lui, ressemblait à quelque ample boléro, et le pantalon s'arrêtait à dix centimètres des chevilles. L'ensemble, d'un tissu à bon marché, qu'aucune chemise, cravate ou chaussure ne soutenait, donnait à Léon une allure misérable.

Comme il s'inspectait, un vertige le prit. La tête lourde, le corps relâché, les jambes tremblantes, il tomba sur le lit et ne tarda pas à s'endormir. Il rêva de la rue Pandolphe. Il s'y promenait après l'heure du couvre-feu. Tout est noir, sauf la crémerie *Au Bon Beurre* qui brille comme du phosphore. La boutique, refaite en marbre, ressemblait au Parthénon. Pénétrant dans ce sanctuaire, Léon aperçoit un trône d'or incrusté de pierres précieuses, sur lequel siège Mme Poissonard, diadème en tête et robe de brocart. Elle lui sourit, mais il y a quelque chose de venimeux dans ce sourire. « Un sourire diabolique », murmure une voix mystérieuse, tandis qu'une autre voix, celle de la raison, sans doute, réplique : « Diabolique ? Que peut-il y avoir de diabolique dans le sourire de cette brave commerçante ? » Léon haussa les épaules. « Et pour monsieur Lécuyer, qu'est-ce que ce sera ? » dit Mme Poissonard. « Ce sera la prison, le bannissement, la misère et la mort ! » ajouta-t-elle d'un ton si badin qu'on ne pouvait croire à ce terrible verdict. A ce moment, M. Poissonard, assis sur un second trône qui avait échappé aux regards de Léon, ouvrit la bouche et proféra : « M. Lécuyer, un petit paquet, voyez caisse ! » La faim contractait l'estomac de Léon et il accordait moins d'attention à ces paroles saugrenues, mais dans lesquelles néanmoins il distinguait quelque chose de prophétique, qu'aux victuailles entassées dans le temple. Les murs sont couverts de jambons pendus en *ex-voto*, on voit des stères de salamis, des termitières de beurre, des plaques de chocolat grandes comme des tableaux de Véronèse, des fromages vastes comme des rosaces de cathédrale. Une lassitude insurmontable clouait Léon au sol ; ses bras de plomb refusaient de se tendre vers ces nourritures affolantes. Les deux crémiers sur leur trône considèrent son impuissance en hochant la tête. Un troisième personnage surgit des ténèbres : un enfant d'une quinzaine d'années — plutôt quatorze ans que quinze. Son visage, inconnu de Léon, n'était pas sans lui rappeler cependant quelque chose : c'étaient les yeux de Mme Poissonard et la bouche de son époux, comme un rejeton qui aurait réalisé leur fusion en une seule chair, mais Léon ne connaissait pas aux crémiers un fils de cet âge ; le garçon, d'ailleurs, est vêtu de la plus étrange façon : il porte une longue robe ; sa face sévère et obtuse est celle d'un ange commis aux punitions les plus injustes de Dieu. D'un coin reculé du temple venaient des sanglots et des hoquets. Malgré l'obscurité Léon reconnaît sa mère, sa propre mère, qui se tord les bras ; comme lui, elle semble ligotée par des chaînes invisibles. Fort gêné par ces démonstrations, il tente de bouger, afin d'entraîner dehors la vieille dame, mais une fulgurante douleur entra dans sa tête : l'ange l'avait frappé avec une verge d'or. Son sommeil avait été agité. Il s'était cogné le front contre un montant de cuivre du lit.

Réveillé, il tenta d'analyser ce songe selon les méthodes du docteur Freud. Quelque soin qu'il y apportât, il ne trouva la trace d'aucune passion homosexuelle refoulée, traumatisme infantile ou tendance à l'inceste. La présence des jambons signifiait à la rigueur nécrophilie ou sado-masochisme, mais cela ne le satisfit pas. Il était difficile de conclure à une fixation à la mère du seul fait que Mme Lécuyer se fût trouvée là. « Se peut-il que j'aie convoité Mme Poissonard ? se demanda-t-il en désespoir de cause, et mon inconscient m'en punirait-il ainsi ? » Mais, évoquant cette personne, telle qu'il l'avait vue pour la dernière fois lors d'une permission à la Noël 1939, il dut convenir que nulle fantaisie de ce genre n'avait traversé son esprit. Mme Poissonard sentait le lait suri, elle était grasse et blanche ; sa figure empâtée, son nez pointu, ses cheveux noirs frisottés et sa voix acide n'éveillaient pas le désir.

— Mon rêve ne signifie rien, déclara Léon. Je devais avoir chaud. Ou faim. D'ailleurs il n'est jamais bon de dormir l'après-midi.

Il avait la migraine. Le rêve le rendait mélancolique. Socialiste de cœur, diplômé d'études supérieures de la Sorbonne, nourri des Pères de la Libre Pensée, Léon ne croyait ni à Dieu ni au diable, et cependant un obscur effroi l'habitait, comme si cet inexplicable rêve eût été prémonitoire. Le retour d'Émilienne, vers six heures, dissipa ces imaginations sombres. Elle apportait « une vieille chemise à Monsieur et une paire de souliers qu'il avait mise au rancart ». Dehors il faisait noir à souhait.

— Tiens, dit-elle. Habille-toi. C'est le moment de te sauver. Voilà un ticket de métro.

T'as pas de sous, non plus ? Comment qu'on va faire ?

Elle tira de l'armoire un réticule en toile cirée et fouilla dedans. Léon, qui ne savait répondre à la générosité que par une générosité plus grande, tint à lui signer une reconnaissance de dette. Émilienne accepta cela avec plus de facilité qu'on n'aurait cru. Elle suggéra aussi que Mme Lécuyer la remboursât :

— Comme ça, je lui donnerai de tes nouvelles. Elle doit être inquiète, la pauvre !

Léon aurait aimé que des épanchements marquassent leur séparation. Un après-midi de solitude lui avait rendu toute son ardeur, mais Émilienne l'étonna par sa froideur. Elle refusa sa bouche au baiser et, comme il posait les mains sur ses hanches, se dégagea d'un geste onduleux assez joli.

— Pas touche ! dit-elle.

En quatorze heures un amour était né, avait brûlé, était mort. Émilienne semblait impatiente qu'il partît. Cette précipitation attrista Léon.

— Est-ce que tu m'aimes, Émilienne ? ne put-il s'empêcher de demander.

La sottise de la question, son incongruité, le frappèrent. Il l'avait posée d'une voix chevrotante. Sa gorge était serrée. Il ne s'expliquait pas cette émotion.

— Bien sûr que je t'aime, dit Émilienne brièvement. Si je t'aimais pas, tu serais pas ici. Allez, maintenant, sauve-toi !

La nature humaine est pleine de ressources.

Léon qui larmoyait presque en descendant l'escalier se surprit à chantonner dehors. Le bruit de ses pas dans la rue Poncelet déserte le remplissait d'allégresse. C'étaient des pas de conquérant, non de fuyard. Le discret parfum de lavande que dégageait la vieille chemise de M. Bloncourt combattait l'odeur du costume de Jojo. Léon se promit d'aller, après la guerre, faire une visite de politesse à ce M. Bloncourt, et de l'épater par le récit de ses exploits. Il lui devait une petite récompense.

Dans le métro, il dévisagea les soldats allemands avec une ironie qui échappa à ceux-ci. « Après tout, pensait-il, la journée n'a pas été mauvaise : je me suis évadé, j'ai séduit une jolie femme et j'ai obtenu sur ma bonne mine de l'argent et des hardes. » Son esprit divagua au point qu'à la gare de Lyon il se comparait sans rire à Casanova.

Le wagon de troisième classe dans lequel
il monta ressemblait à un campement. Le
couloir était encombré de voyageurs, les com-
partiments bondés, et l'on butait partout
sur des paquets incroyables : sacs de jute,
valises de carton, caisses, et jusqu'à des boîtes
à biscuits en métal. Léon n'avait jamais vu
pareil empilement d'êtres et d'objets. Il admirait que tant de gens, et si chargés, eussent
besoin de prendre le train à une époque de
l'année où l'on ne fait guère de voyages. Mais
il comptait sur un bon somme, et la perspective de passer six ou sept heures debout l'effrayait. Inspectant ses compagnons, leur diver-
sité l'étonna : c'étaient des individus de toute
sorte : jeunes gens, enfants, vieillards, femmes
enceintes, bébés (il en compta quatre), paysans,
citadins, bref, ce wagon était un microcosme,
comme si une petite société tout entière, avec
ses artisans et ses prêtres, son passé et son
avenir, avait décidé d'émigrer ce jour-là précisément.

84

Léon, que n'alourdissait aucun bagage, se faufila dans un autre wagon : même cohue. Il songea un instant à changer son billet de troisième contre une première, mais cela ne lui parut pas « raisonnable ». Cette ingérence de la raison dans une série d'aventures absurdes, ou tout au moins inusitées, est significative. De ce nom honorable, Léon parait sa mesquinerie. Il n'était pas mesquin naturellement, mais on n'entend pas sans dommage pendant un quart de siècle qu'un sou est un sou, qu'il ne faut pas gaspiller le pain et que le banquier Laffitte est devenu millionnaire en ramassant des épingles sur le pavé. Livré à lui-même, Léon avait des réactions généreuses. Hélas! (ou heureusement?) les moments où un homme ne se sent plus encadré par sa civilisation sont rares.

Le train partit avec une heure et demie de retard. Léon, coincé dans un wagon où étaient encaquées trois cents personnes et neuf cents valises, conçut l'exorbitant dessein de s'asseoir. Ayant franchi des obstacles sans nombre, il parvint à un compartiment où il y avait une place inoccupée. On lui signala qu'elle était retenue. Il répondit qu'il se lèverait au retour du locataire. Son âme bonne et naïve n'imaginait pas qu'on pût être égoïste au point de conserver indûment un morceau de banquette, quand des vieilles restaient debout dans le couloir. A Fontainebleau, il pensa que l'homme avait manqué le train et s'inquiéta de ses valises.

Comme personne ne paraissait se soucier de cette absence, il cessa de se tracasser et jouit honteusement du bonheur d'être assis dans un endroit où si peu de gens l'étaient.

Léon jeta des regards furtifs sur les sept citoyens qui l'entouraient. Ils étaient bardés de cartes d'identité, de cartes de réduction dans les chemins de fer, de cartes d'entrée gratuite dans les musées, de cartes de visite, de permis de conduire, de passeports, de laissez-passer bilingues; lui, il était dépourvu, traqué, anonyme; la société l'avait retranché de son sein et continuait sans lui sa course. Cet isolement, qui aurait gonflé de fierté une âme de chef, gênait Léon, le rendait humble comme un valet admis à la table des maîtres.

A sa gauche une dame mûre, qui avait chaussé des pantoufles et des lunettes, lisait le magazine allemand *Signal;* à sa droite un jeune homme et une femme, enlacés dans des postures grotesques, s'aidaient mutuellement à dormir. Un quinquagénaire à béret basque, un rouquin barbu et deux Algériens garnissaient la banquette opposée. Les Algériens, assez misérables dans leur costume, étaient fort à l'aise au milieu des seigneurs occidentaux. Léon les considéra tendrement. Ils étaient de loin les plus sympathiques. Malgré leur pouillerie et le mépris qui les entourait, on ne pouvait manquer, si l'on avait le cœur bien placé, de discerner au coin de leurs narines, dans les plis de leurs pattes d'oie ou la courbe de leur menton, des signes certains de noblesse. Ils échangeaient des propos gutturaux et incompréhensibles qui amenaient sur leurs lèvres des sourires entendus ou naïfs, point exempts d'une agréable canaillerie.

« Il paraît que tous les sidis ont la vérole », pensa Léon. « Ces deux-là ne doivent pas y manquer. Ça ne les empêche pas d'être gais. Ah, nature humaine! »

A un mètre cinquante, l'homme au béret basque dardait sur lui un œil de vautour. Il est vrai que Léon avait un air un peu hagard, qui autorisait la suspicion. Sans bagage, sans pardessus, sans objets dans ses poches, il ne trompait personne : c'était un homme nu, entré par hasard dans un costume de rencontre. Le rouquin dont les cheveux, tirant sur le blond vénitien, et la barbe flamboyaient, portait des lunettes noires. Assis en face de Léon, il lisait *Mein Kampf*. Ses genoux et ses pieds remuaient perpétuellement. Il sembla à Léon que cet individu recherchait un contact avec lui; depuis son aventure hambourgeoise, il voyait des sodomites partout. Le vis-à-vis avait une barbe, sans doute, ce qui n'est pas proprement homosexuel, mais la couleur de ses cheveux était bien féminine. Quelles pensées langoureuses, quels regards pâmés se dissimulaient derrière les lunettes noires?

Les Nord-Africains eux-mêmes n'étaient-ils pas des abîmes de vice? Au cours de leur vie nomade, ils avaient certainement connu des adolescents, des chèvres, et même, qui sait? des mules. Léon pourtant, n'importe qui pouvait s'en rendre compte, n'était pas un innocent. Moins de six heures plus tôt, il tenait une femme entre ses bras. La trépidation du train avait en quelque sorte effacé sa lassitude et lui communiquait ces pensées.

Il se leva. Dans le couloir, des êtres humains dormaient sur pied comme les chevaux, et d'autres accroupis, comme les fakirs.

Aux toilettes, une déception terrible l'attendait : trois enfants en bas âge et leur mère avaient planté là leur tente. Léon ne put surmonter son besoin. La situation est délicate : comment feindre de réveiller une mère de famille qui feint de dormir sur une cuvette que l'on désire utiliser?

— C'est infernal, dit la mère de famille. On est sans cesse dérangé...

— Je m'excuse, madame, balbutia Léon.

— Jean-Claude, Chantal, Thierry, s'écria la mère de famille, tournez-vous du côté du mur, et fermez les yeux. Vous les rouvrirez quand je vous le dirai.

Léon était au comble de la gêne. Et cette femme, allait-elle rester aussi? Il abaissa sur elle son regard membraneux de myope. Elle s'était détournée et, le menton dans la main, affectait une attitude pensive, comme en ont, sur certaines gravures romantiques de Deveria ou de Tony Johannot, les jeunes filles rêvant à leur amoureux. Il fallait s'exécuter. Cela dura un siècle.

— J'ai fini, murmura Léon.

— Chantal, Jean-Claude, Thierry, vous pouvez rouvrir les yeux maintenant.

— Au revoir, madame, et... merci bien!

Le visage de la mère de famille, assez revêche, se bouleversa tout à coup en un sourire. Cette femme avait trente ans, du charme, et un long nez distingué.

Dans le couloir, Léon se trouva face à face avec le rouquin du compartiment. L'inquiétant barbu aux lunettes noires s'arrêta; sa bouche sourit et dit :

— Je te cherchais.

— Ça y est, pensa Léon. Et il me tutoie! Mais qu'est-ce que j'ai donc pour attirer comme ça les hommes? Je ne vous connais pas, monsieur, prononça-t-il froidement.

— Moi non plus, je ne te connais pas, dit l'homme, mais ça n'empêche pas de causer, non? Je peux peut-être te rendre service. Tu n'as pas besoin de te méfier de moi. Baissant la voix, il ajouta : Je suis de l'autre côté, moi. Par conséquent, tu vois...

— De l'autre côté, tiens! répliqua Léon, toujours abusé. Eh bien! pas moi, monsieur! Je suis du côté des gens sains et normaux. D'ailleurs, je suis marié, monsieur. Et je suis fidèle à ma femme. Et je vous prierai de me laisser tranquille.

Le malentendu mit quelque temps à se

dissiper. Léon apprit avec une griserie crois-
sante que son interlocuteur était rien moins
qu'homosexuel : il avait trois maîtresses :
une à Paris, une à Lyon et une à Marseille ;
l'*autre côté* signifiait la « dissidence » (on
appelait ainsi la résistance en 1940) et lui,
Léon, il entrait enfin en rapports avec un vrai
patriote. Les poils de l'homme étaient teints ;
naturellement il était châtain foncé. Quand
aux lunettes noires, il les portait pour dissimuler ses traits à la Gestapo qui n'était pas
sans posséder sa photographie. Son vrai nom,
que Léon devait garder enseveli au fond
du cœur, était Lemercier, Jules, docteur en
droit.

— Tu es un prisonnier évadé, dit Lemercier.
Ça se voit comme le nez au milieu de la
figure. Tu n'as pas de papiers, bien entendu.
Dis-moi un peu ce que tu ferais si il y avait
un contrôle ? Où vas-tu, d'abord ?

— A Lyon, dit Léon avec simplicité.

Lemercier leva les yeux au ciel et demanda
si Léon avait seulement une idée sur la manière de « passer la ligne ». Léon n'avait pas
d'idée de cet ordre. Il savait que la France
commençait à Chalon-sur-Saône, et que là
il fallait tromper la surveillance d'un cordon
de troupes allemandes. Il s'en remettait à sa
bonne étoile.

— Je te prends en charge, dit le barbu.

— Merci, s'écria Léon, oh, merci !

La pensée qu'il avait peut-être affaire à un

mouchard ou à un policier déguisé ne l'effleura pas.

Plein d'allégresse, il contempla l'avenir d'un œil assuré. Une rencontre dans un train avait suffi pour qu'il se trouvât soudain admis dans une grande fraternité de conspirateurs. Il se vit tirant des coups de revolver dans une rue obscure, puis regagnant essoufflé un galetas où l'attendrait quelque belle militante. Sa vie prenait un sens. Dans moins d'un mois, bourré de secrets, mystérieux, taciturne, il inquiéterait les bourgeois. Déjà la patrie vivait en lui. Revenu dans le compartiment, il regarda ses compagnons de voyage avec pitié.

Le quinquagénaire au béret basque, après une hésitation, dit au barbu :

— Je vois, monsieur, que vous lisez *Mène Camphre*. Beau livre. Et intéressant.

— C'est la Bible du vingtième siècle, répondit Lemercier en adressant un clin d'œil à Léon.

— Tous les Français devraient obligatoirement le lire, reprit le quinquagénaire. A mon avis, si nos gouvernants s'étaient donné la peine de l'ouvrir, nous n'en serions pas où nous en sommes.

— Je ne vous dirai qu'un mot, monsieur, dit Lemercier : vive le Maréchal!

Le quinquagénaire sourit.

— Maréchal, nous voilà, chantonna Lemercier; pom pom pom, pom pom pom, tra la lère!

— Voulez-vous mon opinion? reprit avec chaleur le quinquagénaire, la France ne mérite pas son bonheur. Non, monsieur! La France ne mérite pas le Maréchal. J'ai passé huit jours à Paris. J'en reviens écœuré. Les gens n'ont rien compris, mais ce qui s'appelle rien. On vilipende le Maréchal. Croiriez-vous qu'on regrette la Troisième République? C'est inimaginable. Et la jeunesse, monsieur. Ah! la jeunesse! C'est dur pour un homme comme moi, croix de guerre 14-18, trois citations, de voir des petits morveux se promener avec des vestons trop longs et des cheveux dans le cou. Aux Chantiers, tout ça! Je vous le dis, monsieur, on est épouvanté quand on découvre à quel point ce pays est pourri. Quand on y réfléchit, on se dit qu'on a eu de la chance d'avoir été vaincu. C'est le doigt de Dieu. On frémit de penser à ce qu'aurait pu être notre victoire. Les Allemands sont à Paris? Tant mieux. Cette petite leçon fera à la France un bien considérable.

Lemercier s'amusait. Il ponctuait les affirmations du quinquagénaire par des hochements de tête, des « C'est bien vrai », des « Hélas »!; il levait les yeux au ciel, se prenait la tête dans les mains, toutes exclamations et mimiques que Léon goûtait pleinement, mais dont l'outrance ne frappait pas l'homme au béret.

Celui-ci lorgnait à droite et à gauche. Il n'y avait que la lectrice de *Signal*, qui l'écoutât sérieusement. Mais c'était un de ces êtres au caractère indécis et aux idées flottantes qui approuvent n'importe quoi.

— Nous voulons une France propre! continua-t-il.

— Il faut nettoyer les écuries d'Augias, dit gravement Lemercier.

Le quinquagénaire, s'adressant au monde à travers le barbu, haussa la voix :

— Moi, je suis comme le Maréchal. J'ai de la terre de France à mes semelles, nom de Dieu!

Une pause suivit cette affirmation. Les jeunes dormeurs opérèrent une révolution complète; comme saisis par la majesté de l'instant, les deux bicots cessèrent leurs plaisanteries barbares et la dame toussota. Léon, dont les lunettes avaient été cassées à l'oflag, songea qu'il s'en achèterait une paire à Lyon.

— Le Maréchal a de la terre de France à ses semelles, vraiment? demanda Lemercier. Je le note. Au moins j'aurai appris une chose réconfortante pendant ce voyage.

— En 1934, vous m'entendez bien, dit le quinquagénaire, en 1934, j'étais partisan d'une alliance avec l'Allemagne. Au lieu de cela, qu'avons-nous eu? Le Front populaire.

— Oui, dit Lemercier. En 1936.

— Et les francs-maçons, et les Juifs... Au lycée, les camarades de mon fils s'appelaient Poberjeski, Prodanovitch, Kahn. Comment voulez-vous que ça tourne rond? Et la France, qu'est-ce qu'elle devient là-dedans?

— Vive la France, monsieur, murmura Lemercier en baissant les paupières.

Le quinquagénaire soupira :

— Le réveil a été dur, mais salubre. Au moins on sait où on en est. Tenez, moi, on ne peut pas m'accuser d'aimer les Allemands, mais il faut être juste : je suis le premier à reconnaître qu'ils nous ont sauvés. Sans eux, notre pauvre pays courait à l'abîme. On me dit les congés payés. Je réponds oui, bien entendu, les congés payés... mais le mal était plus profond. Les congés payés n'étaient qu'un symptôme entre mille. Ce qu'il faut à ce pays c'est redevenir français. La France est un pays agricole, un pays artisanal. Les usines, ça ne sert qu'à fabriquer des manifestants. Le Maréchal l'a bien compris. Moi, monsieur, je suis fils de paysans. Je porte un vieux nom français.

— Comment vous appelez-vous, monsieur ?

— Deprat, Georges, et ma mère était née d'Estrade.

— Moi, dit Lemercier, je m'appelle Barberousse, Napoléon Barberousse, et ma mère est une demoiselle Merlan.

— Enchanté, dit le quinquagénaire Deprat. Et vous êtes derrière le Maréchal, bien entendu ?

— C'te question ! s'écria Lemercier-Barberousse d'un ton canaille. Peut-on ne pas être derrière le Maréchal ?

— Il y en a, monsieur, il y en a. Plus que vous ne croyez.

— Je ne suis pas sans avoir entendu parler
d'un certain général de la Gaule, ou de Gaulle,
qui serait passé à Londres...

— C'est un ennemi de la France, monsieur.
Un arriviste. Son geste est une erreur politique ; plus qu'un crime : une faute ! Les vrais
Français restent en France. Arrière les Co-
blentzards ! Je vais vous paraître paradoxal,
monsieur, mais la France était plus bas en
1938 qu'aujourd'hui. Nous sommes en pleine
renaissance. Tout est neuf. Nous avons rem-
placé l'esprit de jouissance par l'esprit de sacri-
fice. Nous ne risquons pas de retomber dans
l'hérésie du bonheur. Le Maréchal a créé une
chose magnifique : la Légion, à laquelle j'ai
l'honneur d'appartenir. Nous regroupons les
forces vives de la France, les hommes lucides.
Entre l'Allemagne et l'Angleterre, nous choisis-
sons la France. C'est ça, la Légion !

— Je m'en doutais, dit Barberousse.

— A la France, il faut des chefs. Nous les
lui donnerons !

— Mais les Allemands, monsieur ?

— Ils aiment la France, monsieur. Je le
soupçonnais ; après les huit jours que j'ai
passés à Paris, j'en suis sûr. Leur attitude, leur
discipline, leur correction forcent le respect.
Un jeune soldat de la *Vermarte* s'est levé dans
le métro pour céder sa place à une vieille dame.
Je l'ai vu, de mes yeux vu. Qu'on ne vienne
pas me raconter, après ça, que les Allemands
sont des brutes. Ce sont des gens civilisés.

Comme vous et moi. Rien à voir avec la racaille africaine, par exemple, ajouta-t-il avec intention.

— Mon zob! dit à ce moment un des bicots en pouffant. Cette exclamation se référait-elle à leur conversation ou répondait-elle à Deprat?

— Et Hitler, monsieur, pensez-vous que ce soit aussi un grand ami de la France?

— J'en suis convaincu, monsieur.

— Mais alors, dit Lemercier férocement, vous n'avez pas lu *Mène Camphre*? Comment, monsieur, vous que je prenais pour un homme nouveau, vous seriez semblable à ces politiciens de la Troisième République que vous stigmatisiez si justement tout à l'heure? Appartenir à cette chose magnifique qu'est la Légion et n'avoir pas lu *Mène Camphre!* Je n'en crois pas mes oreilles!

— Comment, quoi? dit Deprat tout rouge. Mais... Pourquoi *Mène Camphre*?... Je ne comprends pas.

— Regardez, monsieur, lisez! Que dit Hitler de la France? Qu'il ne peut pas la piffer. Qu'il ne désire qu'une chose, lui flanquer la pile, ah?

— Euh... euh..., bredouilla Deprat. Ce n'est pas de notre France qu'il parle, monsieur. C'est de la France de Blum. Nuance! Le chancelier Hitler n'a que sympathie et considération pour la France du Maréchal. A Montoire, monsieur, pas plus tard que la semaine dernière...

— Allons! s'écria Lemercier avec un rire vulgaire, je vois. Vous êtes un vieux farceur.

96

Vous m'avez fait marcher. Est-ce que vous ne seriez pas gaulliste, par hasard? Quelque chose me dit que vous ne faites pas partie de la Légion. Un vrai légionnaire aurait lu *Mène Camphre*. Et Hitler, la France, si vous voulez mon avis, il se la met quelque part. Celle du Maréchal et l'autre. Ce n'est pas la France du Maréchal, par hasard, qu'il occupe? Et maintenant, écoutez-moi : le maréchal Pétain, je le connais mieux que vous, c'est mon oncle. Et vous savez ce qu'il fait? Ne le répétez pas surtout... Eh bien, tous les soirs, il téléphone à Londres. Il est relié à Churchill par fil direct et il lui raconte ce que les Boches lui ont dit dans la journée.

— Taisez-vous! dit Deprat. C'est intolérable. C'est vous qui êtes gaulliste. Je plains le Maréchal d'avoir un pareil neveu. Moi, je n'appartiens pas à la Légion? Vous voulez voir ma carte? D'abord qui me prouve que vous êtes le neveu du Maréchal? Je pourrais vous demander vos papiers, monsieur.

Lemercier ne cessait de rire et de glousser. Léon l'admirait. Tout à coup, il recouvra son sérieux. Se rencognant sur son siège et passant le revers de sa main sur sa barbe, il proféra :

— Trêve de plaisanteries. Je fais partie de la police secrète. Ces lunettes le prouvent. Je crois, monsieur Deprat, que vous êtes un partisan sincère du Maréchal. Toutefois, je vous trouve un peu imprudent, un peu léger dans vos propos. Montrez-moi votre carte de la

Légion et tout sera dit. Nous serons amis comme devant.

Deprat enleva son béret, s'épongea le crâne, qu'il avait chauve, fronça les sourcils, ce qui lui donna l'air « pas commode » et finalement exhiba une carte. Lemercier la lut attentivement et la lui rendit. Mais le quinquagénaire était devenu triste. Il gigota un peu et prit le parti de se taire. Au bout de cinq mortelles minutes, il dit à la cantonade.

— Il y a dans ce compartiment des gens dont l'allure est plus suspecte que la mienne, il me semble. A eux, on ne leur demande pas leurs papiers...

— Vous faites sans doute allusion à mon collègue, répliqua Lemercier en montrant Léon. Monsieur est commissaire aux Renseignements généraux de la Préfecture de police. Et, baissant la voix, il ajouta : Il est grimé. Je vous le dis sous le sceau du secret. Dans ce train se cachent de dangereux dissidents. Il les file. Son déguisement n'est pas si mauvais, puisque vous-même vous y êtes laissé prendre.

Le lecteur s'étonnera de la crédulité de Deprat. Cet homme, pourtant, n'était pas plus sot qu'un autre. Mais, qu'on ne l'oublie pas, les faits que nous rapportons se déroulent à la fin du mois d'octobre 1940, année fertile en merveilles. A cette époque, les Français les plus malins croyaient n'importe quoi. La réalité était si étrange qu'on ne la distinguait plus bien de la fiction. En dépit des discours du général Weygand et des assurances des personnages les plus respectables, notre armée avait été vaincue et les Allemands se promenaient dans les rues d'Hendaye. Il n'y avait plus de République, plus de députés, plus d'essence ; les seuls soldats que l'on rencontrât portaient des uniformes ennemis ; les journaux défendaient les Allemands avec autant de violence qu'ils en avaient mis à les attaquer la veille ; nous avions en un jour changé d'ennemi héréditaire, etc.

Comment des gens, que la réalité avait accablés à ce point d'événements stupéfiants et absurdes, n'auraient-ils pas cru aussi que Hitler était le fils naturel de Guillaume II, que les centuries de Nostradamus allaient enfin trouver leur accomplissement, ou que la moitié des généraux allemands étaient des agents de l'Intelligence Service ? De là à croire en Dieu, il n'y a qu'un pas. Le gouvernement de Vichy, en cajolant l'Église, savait ce qu'il faisait.

A Laroche-Migennes, il se produisit un grand remue-ménage. C'était la dernière gare de France où l'on servît du café au lait. Quand le train repartit, Léon ressentit une grande fatigue. On éteignit la lumière.

On ne tarda pas à la rallumer. Un contrôleur criait :

— Les rideaux, m'sieu-dames! Sont-ils bien tirés? L'occultation, m'sieu-dames! Ça va!

Léon, réveillé en sursaut par ce tapage, écoutait son cœur battre. La lectrice de *Signal*, suivant le contrôleur, se lança dans une incertaine expédition vers les lavabos. Lemercier vint auprès de Léon.

— Alors, dit-il à voix basse, tu t'es bien marré?

Léon eut un petit rire saccadé.

— C'était du beau boulot, hein? dit Lemercier. Je l'ai drôlement mis en boîte le conneau d'en face, qu'est-ce que t'en dis?

— Ah, ça!... dit Léon.

Le quinquagénaire, objet de ces commentaires, avait remonté le col de son pardessus, tiré son béret sur les yeux, et offrait le spectacle d'un homme qui dort.

— A Chalon, dit Lemercier, tu descends. Il y a un bistrot à droite de la gare. C'est là que tu iras m'attendre. Compris?

— A droite de la gare, oui, monsieur.

— On passera la ligne ensemble. Ça te va?

— C'est merveilleux! Je ne sais comment vous remercier.

L'effusion et la reconnaissance l'empêchèrent d'aller plus loin. Il regretta cette timidité et craignit d'être pris pour un ingrat. Il ajouta avec effort :

— Vous êtes mon bienfaiteur...

Le train n'était pas chauffé. Léon, qui n'avait sur le corps qu'une chemise et un veston usé, était mort de froid. Il lui sembla dans son sommeil, que le convoi s'était arrêté trente fois ou davantage en plein champ et que des compagnies d'infanterie allemandes l'avaient pris d'assaut à trois reprises. Sur la voie s'agitaient des présences actives et hostiles, vociférant des ordres, interrompues parfois par les voix mélodieuses des cheminots français.

A Chalon, où l'on n'arriva qu'à dix heures du matin, Léon but un verre de vin blanc. Lemercier, fidèle à sa parole, le rejoignit au bistrot de la gare. Ils passèrent la ligne le soir même. Léon ne manqua pas de s'écrier, comme Gœthe :

— Salut, terre de la liberté!

Son cœur se gonfla d'attendrissement et de bonheur. Il versa quelques larmes.

DEUXIÈME PARTIE

I

Pour la famille Poissonard, l'année 1941 s'ouvrit sous les auspices les plus riants. Charles-Hubert se sentait mû par une force ascensionnelle irrésistible. D'un jour sur l'autre, les bénéfices croissaient en proportion géométrique. Les mains de ce Midas de la crémerie transformaient en or tout ce qu'elles touchaient. Le soir du 1er janvier, il dit à sa femme :

— Savoir où on en sera dans un an d'ici? La guerre sera-t-y terminée? Du train dont vont les choses, on est parti pour faire la guerre pendant vingt ans.

— Vingt ans, ça serait trop, dit Julie.

— D'accord, ça serait trop. Mais il faut que les gens comprennent. Mon idée, tu vois, c'est que ça serait pas juste si la guerre elle se terminait maintenant. Ça serait pas juste, parce que le Français n'aurait rien compris. Ça serait de nouveau la pagaïe, les Juifs et tout le tremblement. On ne veut plus de tout ça.

Julie connaissait ces exordes. Lorsque Charles-Hubert, sans raison, se lançait dans des considérations morales et politiques, elle savait qu'on ne tarderait pas à aborder d'autres questions, plus sérieuses et plus vivantes. Après une petite méditation, le crémier, d'une voix assourdie, reprit :

— Dis donc, la patronne, tu sais combien on a mis de côté ce mois-ci ?

— Attends, laisse-moi compter... moi, je dirais dans les sept ou huit.

— Hi, hi, couina Charles-Hubert, en se distendant la bouche et en plissant les paupières dans un air de jubilation profonde.

— Plus ? demanda Julie.

— Va toujours.

— Dix ?

— Non mais dis, qu'est-ce tu crois ?

— Douze ?

Charles-Hubert rigolait à perdre haleine et se tapait sur les cuisses. Julie, grisée, s'écria :

— Quinze mille !

— Seize mille deux cent quatre-vingt-douze francs et vingt centimes, dit Charles-Hubert en détachant les mots.

— Ça, alors !

— Ça te la coupe, hein, poulette ? Ce que c'est que d'avoir la bosse du commerce, tout de même ! Et j'ai pas l'intention de laisser c't'argent-là dormir, c'est moi qui te l'dis.

— Fais pas d'imprudence quand même...

— T'inquiète pas. Qu'est-ce que tu dirais si tu retrouvais un jour un beau lingot dans ta cave ?

— Moi, j'aurais plutôt pensé du Suez.

— Non, non, de l'or! Ça, au moins, on est
sûr que ça tombera pas. C'est très joli, du Suez,
mais tiens, une supposition que les Allemands,
ils le bombardent, Suez, qu'est-ce qu'il en
reste de tes parts? Et qu'est-ce qui me dit que
ça vaudra quelque chose après la guerre, ton
Suez? Les Allemands, ils battent les Anglais.
Bon. Qui c'est qui trinque? Les gars qu'ont du
Suez. Mais surtout va pas t'imaginer : j'achète
pas de l'or avec tout. La moitié seulement. Le
reste, je le garde. C'est le fonds de roulement.

Julie admirait sincèrement son époux. Cet
homme inventif et résolu faisait d'elle une reine.
Seize mille francs en 1941, c'était une somme.
Un conseiller d'État ne gagnait pas cela en deux
mois. Julie voyait enfin se matérialiser sa puissance. Le *Bon Beurre* n'était plus une modeste
entreprise commerciale, mais le siège d'un
gouvernement. La crémière régnait sur un petit
peuple qui lui apportait chaque jour son tribut.
Elle connaissait nommément chacun de ses
sujets. Ils étaient inscrits chez elle. Eussent-ils
voulu secouer leur joug, la loi les en empêchait.
Ils étaient liés par serment au *Bon Beurre*, dont
ils avaient librement choisi la domination. Du
bon plaisir de Julie, suzeraine de la rue Pandolphe, dépendait la nourriture de plusieurs
dizaines de familles. Quelle tête n'en aurait
pas été tournée?

Depuis que Charles-Hubert razziait les campagnes, Julie ne suffisait plus dans la boutique.

On décida de « prendre une gamine » qui servirait, pendant que la patronne tiendrait la caisse. « On n'avait pas besoin de cette dépense-là », mais il fallait bien « marcher avec les affaires ! » Après tout, le commerce était en pleine extension. Une bouffée de vanité monta au cerveau de Julie :

— Une gamine dans le magasin, dit-elle avec suffisance, ça fera de l'effet dans le quartier !

Dieu sait si l'ostentation était loin de son caractère ; mais cette gamine, c'était vraiment la personnification de sa prospérité. Elle croyait encore un peu au dicton bourgeois : « Il vaut mieux faire envie que pitié. » Ce n'est que vers le milieu de l'année 41 qu'elle en inversa les termes à son usage et que ce proverbe devint jusqu'à nouvel ordre : « Il vaut mieux faire pitié qu'envie. » On mesure l'évolution des esprits et des mœurs à ces petites choses.

Les enfants étaient couchés. Riri, le pouce entre les dents, dormait comme un chérubin. Il ronflait à cause de ses végétations. Jeannine aggravait sa précoce myopie en lisant à la lueur d'une faible ampoule électrique *Papa Faucheux*, joli roman par lettres de Mrs. Jean Webster, romancière américaine. Un duveteux confort emplissait l'arrière-boutique et le logis attenant. Trois salamandres, farcies d'un superbe anthracite, dû à la complaisance du bougnat, que l'on couvrait de beurre et de laitage en échange, produisaient une chaleur tropicale. Il est intéressant de noter au passage que le bougnat, célibataire de cinquante ans, consommait, grâce à cet arrangement, la ration de lait de trois enfants et les « matières grasses » de six adultes.

M. et Mme Poissonard, comme les âmes d'élite, ou plus simplement peut-être comme des gens qui, ayant vécu longtemps ensemble, ont fini par accorder le rythme de leurs pensées et de leurs préoccupations, se comprenaient à demi-mot et même sans parler du tout. Pendant les cinq minutes de silence qui suivirent le dernier propos de Julie, leurs deux esprits avaient si bien marché au même pas que lorsque le crémier dit :

— Faudra voir à lui trouver du Saint-Nectaire...

La crémière, sans qu'il fût besoin d'éclaircissements, répliqua :

— Surtout qu'il va avoir du boulet.

Il s'agit, on le devine, du bougnat, qui s'appelait, en bon fils d'Auvergne, Vigouroux. Il avait dit, l'avant-veille, à Charles-Hubert, avec son riche et rugueux accent :

— Ah! le Chaint-Nectaire, commpagnon! cha c'est du forrmage! Meilleurr que la fourrme. Tu t'en cales un bon bout chur le pé, tu avales une chopine de rrouge et cha te rrappelle le pays commeu chi tu y étais!

Vigouroux était une relation précieuse, pour qui l'on ne pouvait avoir assez de prévenances. Lui ménager la surprise d'un beau Saint-Nectaire, grand comme une roue de brouette, onctueux sous sa croûte terreuse, c'était se créer des droits imprescriptibles à sa gratitude. Vigouroux, avec son esprit indépendant d'Auvergnat, se moquait des cartes de charbon et distribuait son combustible au gré de son intérêt et parfois de ses sympathies. Le Saint-Nectaire l'attacherait doublement. Ne l'avait-il pas plus ou moins réclamé? Le crémier savait ce que parler veut dire. Sa promptitude à satisfaire le caprice de l'Auvergnat rendrait l'offrande d'autant plus gracieuse et lui concilierait davantage cette noire et chuintante divinité du feu. Charles-Hubert avait ainsi créé une arithmétique des sentiments qui lui simplifiait singulièrement la vie. Les sentiments ne naissaient plus de déroutants mouvements du cœur, mais étaient solidement établis sur des échanges de bons procédés. L'amitié se mesurait aux faveurs obtenues et à la possibilité de faveurs futures. Le cœur, Charles-Hubert, découvrait cela avec ravissement, était un objet de troc, ou plutôt une espèce de ristourne que l'on n'était tenu d'accorder qu'aux personnes capables de vous procurer une marchandise. En évoquant le Saint-Nectaire de Vigouroux, son âme se dilatait. D'une voix alanguie, il murmura :

— Ce Vigouroux, tout de même...

— C'est un homme qu'est bien plaisant, répond Julie. Il rigole tout le temps.

— Et ficelle, avec ça! dit Charles-Hubert au comble de la tendresse. Ça serait dur de le rouler.

— Les Auvergnats, c'est tout bon ou tout mauvais.

— Tu sais ce qu'on dit : Un Auvergnat c'est plus malin que deux Juifs. Moi, Vigouroux, un homme comme ça, eh bien ! ça me plaît. La preuve que c'est loin d'être une gourde, c'est qu'il ne s'est jamais marié.

— Ah bien ! merci pour le compliment, réplique Julie, piquée.

— Je ne dis pas ça pour toi. C'est simplement histoire de dire. Prends Vigouroux : il est tranquille comme Baptiste, il se la coule douce ; pas d'enfants à élever, rien. Il doit avoir de l'argent de côté, tiens, celui-là ! C'est moi qui te le dis.

— C'est égal, dit Julie, charbonnier ça ne me dirait pas grand-chose comme métier. C'est trop salissant. Sans compter la fatigue.

— Et moi, rétorqua Charles-Hubert, chatouillé à un point sensible, je ne me fatigue pas, des fois ? Entendre des choses comme ça, c'est un peu fort. Toute la semaine debout à cinq heures et hue cocotte en Normandie et en Bretagne à chercher de la marchandise... Nom de Dieu !

— J'ai pas voulu dire ça ! s'écrie Julie d'un ton élégiaque. C'est vrai, on ne peut plus rien dire. Tu prends tout de suite la mouche. C'est-il pas moi la première à dire que tu te fatigues trop, non ?

Ces lamentations apaisent Charles-Hubert. Pour consacrer sa victoire dialectique, il déclame :

— Si je ne le fais pas, personne ne le fera à ma place! Alors?

A cet instant, pour la tranquillité de ce couple modèle, un chœur de voix masculines que scande un martèlement de bottes, transperce le rideau de fer du magasin. C'est une compagnie allemande qui passe en chantant dans la rue nocturne. L'hymne est rauque et plaintif ; il s'étire en harmonies pleurnichardes coupées de silences et de jappements. Captivés, les deux Poissonard oublient leur querelle. Le chant et le pas cadencé décroissent.

— Ce qu'ils chantent bien! dit Julie, qui a vu *Manon* à l'Opéra en 1935, et en a gardé la nostalgie de la beauté.

— C'est vrai qu'ils chantent bien!

— Ce que c'était joli, soupire la crémière, derechef. Tu vois, on leur apprend la musique, dans l'armée allemande. Ce que j'aurais aimé savoir la musique, moi! La musique, pour une femme, on dira ce qu'on voudra, c'est un atout. Dis donc, je pense à une chose : Jeannine, si on lui faisait donner des leçons de chant? On a de quoi...

— Des clous! coupe cyniquement Charles-Hubert. Des leçons de chant? Non mais? T'es tombée sur la tête? Et puis quoi encore? A quoi que ça lui servira de chanter, à Nini? C'est pas en chantant qu'elle trouvera un mari. Des études, ça, je ne dis pas. Elle en fera si elle veut, mais chanter, tu rigoles. Ça la mènerait à quoi? Le chant, ça se mange pas. Voilà ce que je dis, moi. J'en ai trop vu, des prix de Conservatoire qui tiraient la langue.

Julie ne répond pas à cette sortie. Les leçons de chant n'étaient qu'une hypothèse lancée au hasard. Mais le mot de « mari », prononcé par Charles-Hubert, s'empare de son cœur féminin. Un jour il faudra machiner l'établissement de Jeannine. L'état présent des affaires, quelque prometteur qu'il soit, n'autorise point toutefois des rêveries démesurées. Nous affirmons que les Poissonard, malgré les seize mille deux cent quatre-vingt-douze francs vingt centimes, ne songent pas un instant que Jeannine pourra jamais épouser autre chose qu'un commerçant. Julie, dans son optimisme, ose envisager ce soir une alliance avec le fils Montgaillard, héritier d'un grand magasin d'alimentation générale qui occupe trois numéros de la rue Bayen. Elle convient que des leçons de chant ne pèseraient pas lourd dans la balance. Elle se lève.

— Tu vas au plumard ? interroge le crémier.

— Non. Je pense seulement que j'ai mes tickets à coller.

La suspension projette sur la toile cirée de la table un rond de lumière jaune. Julie dispose devant elle de grandes feuilles fournies par le Ravitaillement, et se met en devoir d'y coller les tickets de matière grasse, fromage et *denrées diverses* récoltés dans la journée sur les cartes des pratiques. Ce travail, qui occupe ses soirées, lui plaît beaucoup. Elle l'exécute avec un soin minutieux, prenant garde à ce que la colle ne bave pas et à ce que les tickets forment des lignes bien droites. Cela comble ses aspirations artistiques. Nonobstant, elle ne se prive pas de pester et de se livrer à ces fastidieuses diatribes contre la paperasserie administrative que l'on entend en tout lieu et en tout temps.

Charles-Hubert s'étire en poussant un grognement de jouissance. Il ajuste ses lunettes, déplie le *Bulletin Municipal Officiel*, et lit avec concentration. Julie, les mains à plat sur une feuille, se carre sur sa chaise et cligne à demi des yeux pour contempler la belle ordonnance de son collage.

— Les prix montent, dit soudain Charles-Hubert en levant le nez. Ça n'est pas près de s'arrêter. Heureusement que les gens sont obligés de s'inscrire chez les commerçants, sans ça ils se dégoûteraient. Va falloir augmenter nos tarifs. Ce qu'il y a de bien dans notre partie, c'est que personne peut se passer de manger. Je vois l'indice du prix de la vie : depuis quatre mois, il est vachement en hausse. Je ne dis pas que ça soit une bonne chose, mais faut bien dire que nous autres on n'en souffre pas. Au contraire. Ce qui fait le malheur des uns fait le bonheur des autres. C'est la vie, quoi. La roue tourne. On aurait bien tort de ne pas en profiter. C'est pas nous qu'on l'a voulu, alors, comme je dis, on aurait tort de se gêner, hein, madame Poissonard?

— Moi, je colle mes tickets, dit Julie avec une simplicité antique.

Le ton est un chef-d'œuvre de résignation, d'acceptation paisible.

Quand Charles-Hubert fait le cynique, quand il énonce durement ses aphorismes du commerce, la crémière joue à la brebis. Aux hommes d'être implacables. La douceur, la bonté, l'indulgence lui paraissent des qualités fort seyantes pour une dame. Les entrailles des femmes sont le dernier refuge de la tendresse. Cette position, est-il besoin de le préciser ? est toute théorique. Sauf au sein de sa famille, Julie se montrait dans la conduite de sa vie et de ses affaires aussi impitoyable qu'un brigand turc du XIXe siècle.

On ne saurait trop insister sur le fait que les Poissonard, en réalisant des bénéfices grandioses avec les denrées qu'ils vendaient « sous le comptoir » n'avaient à aucun moment le sentiment qu'ils exploitaient la misère publique. Ils n'étaient pas responsables de la disette ; ils en tiraient seulement parti. Les trafics, le marché noir, étaient des phénomènes sociaux et économiques dont il fallait « profiter ». *Profiter* revenait souvent dans les propos de Charles-Hubert. C'était un de ses mots-clef. Il disait aussi, maintes fois : « On n'a pas à se gêner. » Le premier précepte de la morale commerçante, qui dictait les actions des Poissonard, est : « Quand on ne gagne pas d'argent, on n'est qu'un imbécile. » Il s'ensuit que, loin d'éprouver de la pitié pour les malheureux qu'ils plumaient, ils les méprisaient. Le monde, désormais, comptait deux catégories d'êtres : ceux qui se débrouillaient, et les autres. Les Poissonard, éminents représentants de la première catégorie, se sentaient très forts. Ils avaient trouvé le moyen d'être systématiquement malhonnêtes, ce rêve des honnêtes gens, et n'en éprouvaient pas de honte.

— Le marché noir, dit Charles-Hubert, c'est pas un mal. Je vais même plus loin, je dis que c'est la seule façon de s'en tirer. Quoi? C'est du commerce, non? Moi, dans le commerce, je connais qu'une loi, l'offre et la demande, et puis c'est marre. L'offre et la demande, elle peut plus jouer, puisque les prix sont taxés. Alors le consommateur, il se rattrape avec le noir. Tu comprends, c'est pas les Allemands et le Maréchal qui vont m'apprendre mon métier. Tu veux que je te dise? Sans le marché noir, tous les commerçants ils seraient ruinés du jour au lendemain.

Puis, après un silence de ruminant, il conclut, sautant un certain nombre d'arguments intermédiaires :

— Il y a de l'argent à gagner, quand on marche avec son époque. Je ne comprends pas comment tout le monde, aujourd'hui, n'est pas millionnaire.

II

Julie fixa à la devanture du *Bon Beurre* un carton sur lequel elle avait tracé à l'encre violette :

ON DEMANDE
une vendeuse apprentie pour la former.
Honnêteté exigée.

Cette annonce provoqua moins de réflexions que Julie, secrètement, ne l'espérait. Quelques personnes lui dirent sur ce ton de plaisanterie anodine et un peu niaise qui règle la plupart du temps les rapports entre les clients et les fournisseurs :

— Alors, madame Poissonard, on embauche du personnel ?

A quoi elle répondait dans un demi-sourire :

— Que voulez-vous, on ne suffit plus, avec les queues et les tickets qu'il y a !

Trois ménagères efflanquées et sauvages, aux yeux de louve, à la jambe échassière et dont le filet à provisions aux trois quarts vide ballottait comme une monstrueuse mamelle, remarquèrent fielleusement :

— C'est pas pour dire, mais on s'enrichit, dans la crémerie, aujourd'hui. Ça ne durera pas toujours. Tout se paye...

Julie lança un regard charbonneux à ces Erinnyes. Un vide se creusa dans ses tripes ; une bouffée de haine lui monta au cerveau. Trois adversaires n'intimidaient pas ce rude champion ; mais comme on ne l'avait pas attaquée directement, elle se contenta de répliquer à la cantonade :

— Les gens qui ne sont pas contents, ils ont qu'à aller autre part ! On retient personne, ici.

Quelques lâches hochèrent la tête et émirent des murmures approbateurs. Julie encouragée poursuivit :

— C'est vrai, ça ! On a demandé à personne de s'inscrire. Et on peut toujours se faire radier.

Se tournant vers un petit vieux aux manières surannées dont la complicité était acquise, car il achetait souvent des œufs et du beurre clandestins :

— C'est pas vrai, ce que je dis, m'sieu Lebugle ? dit-elle.

M. Lebugle branla du chef et répondit comme prévu :

— Parfaitement, madame Poissonard. J'ajouterai même que, vu les circonstances actuelles, les Français devraient se serrer les coudes. C'est la division qui nous a menés au désastre.

La mère Lécuyer, révoltée, patriote, germa-

nophobe, et que l'adversité semblait avoir re-
trempée, voyant le carton, ricana.

— Eh bien, madame Poissonard, dit-elle, les
affaires marchent, à ce que je vois. Je vous en
félicite. Plus les marchandises sont rares, plus il
faut de vendeurs pour les écouler, n'est-ce pas?

Cette remarque dépasse nettement l'esprit de
Mme Lécuyer. La crémière en fut si ébaubie,
sur le moment, qu'elle ne répondit rien. Trois
ou quatre heures plus tard, saisissant l'insinua-
tion, elle soupira, peinée :

— Ce que le monde est mauvais tout de
même! On ne voit que des jaloux partout.

Mme Lécuyer, sans trop savoir pourquoi,
détestait la crémière. Son instinct lui soufflait
que cette femme était funeste à Léon. Julie de
son côté, estimant probablement que l'évasion
du fils avait annulé sa lettre anonyme, n'éprouvait aucune aversion pour la mère. Bien que Mme
Lécuyer, durant toute l'occupation, gardât son
franc-parler, ne cachât pas ses convictions, et
apportât de l'agressivité dans ses propos, il ne
vint pas une seule fois à l'esprit de Julie de la
dénoncer. Comme quoi il n'est pas toujours
vrai que le mal appelle le mal.

Dix jeunes filles briguèrent le poste de vendeuse. On l'accorda après un interrogatoire
serré et une inspection soupçonneuse à une
nommée Josette Pantin, âgée de seize ans, fille
d'une couturière en chambre de la rue Desrenaudes.

Cette jeune personne avait une figure d'enfant sous-alimenté, de larges yeux noirs cernés, et un air craintif qui plut à la crémière. « Celle-là, pensa-t-elle, elle ne sera pas exigeante. » La demoiselle Pantin, maigre comme un chat errant, était ficelée dans un manteau de drap rouge, élimé, trop étroit et orné d'un col de lapin. Ses jambes violettes se perdaient dans des chaussures éculées; Julie éprouva quelque dégoût à toucher sa menotte crevassée d'engelures.

— Vous avez une blouse? demanda-t-elle à l'impétrante.

— Euh!... M'dame, bredouilla Josette en piquant un fard.

— Il faut une blouse, continua Julie, charmée par ce trouble. Sans blouse, on n'est jamais propre. Puisque vot'mère, elle est couturière, dites-y donc de vous en coudre une. Une blouse, c'est jamais perdu.

— Oui, m'dame.

— Vous avez pas de certificat, je parie? Je vous fais remarquer que je vous prends sans référence, au tarif apprentie. Vous aurez deux cents francs par mois, nourrie le midi. La nourriture à l'époque actuelle, ça compte. Vous me donnerez vos tickets, naturellement.

La perspective de nourrir cette donzelle fendait le cœur de Julie, mais elle ne pouvait vraiment pas s'en dispenser. Il eût été sans exemple qu'une employée de crémerie ne prît pas son déjeuner à la boutique.

— Le matin, poursuivit-elle, vous arrivez à sept heures. Vous levez le rideau, vous savonnez par terre, vous passez l'essuie-meuble. On ouvre à huit. C'est d'accord ?

— Oui, m'dame.

— On ferme à sept heures et demie le soir. Enfin, vous verrez à mesure. Vous avez déjà servi les clients ?

— Non, m'dame.

— Le tout, c'est d'être poli. Je ne vous en demande pas plus. Vous n'êtes pas feignante au moins ?

— Oh ! non, m'dame.

— Parce qu'ici, vous comprenez, c'est travail-travail. Y a pas de place pour les paresseux. Vous aurez le dimanche et le lundi pour vous reposer. Bon. Ben vous commencerez c't'après-midi. A tout à l'heure, ma p'tite.

En ne convoquant Josette qu'à deux heures, on économisait un repas. La malheureuse fille ignorait dans quelle aire de vautours elle était tombée. Elle regagna son cinquième en dansant. Pour fêter l'embauche elle acheta deux tulipes à un fleuriste de plein vent. Sa mère et elle pleurèrent des larmes de joie.

Ce fut le 2 janvier 1941 à deux heures de l'après-midi que Josette Pantin entra au bagne. Le premier mot désagréable que lui adressa Julie eut trait à sa mise qui, convenons-en, était déplorable.

— Qui c'est qui m'a fichu une chienlit comme ça ! s'exclama la crémière devant le tricot rapiécé de son employée. Je ne veux pas de ça ici. Ça fait mauvais effet. Demain vous viendrez avec une blouse, ma fille, sans ça, c'est pas la peine de vous présenter.

Julie, pour la première fois, disposait d'un subalterne. Elle en « profitait ». Son goût du despotisme allait enfin s'assouvir. Le petit visage de Josette se crispa ; une larme germa dans son grand œil de génisse.

— Vous n'allez pas pleurnicher parce que je vous fais une observation ? dit Julie.

— Non, m'dame !

— C'est bien, dit Julie, assez contente de la réceptivité de la gamine, et se promettant d'en jouir encore. Demain je veux une blouse, hein ?

Les crémeries sont froides. On n'y chauffe guère à cause du beurre et du lait. Josette essayait de ne pas grelotter. Julie, gantée de mitaines, enveloppée dans six pull-overs qui gonflaient sa blouse comme une baudruche, trônait à la caisse ; des bas de laine noire grimpaient jusqu'à ses cuisses où ils opéraient la jonction avec un caleçon de finette ; ses pieds reposaient bien au chaud dans une chancelière. Comment cette personne sans imagination aurait-elle deviné que sa vendeuse était aussi congelée qu'un morceau de bœuf importé d'Argentine ? Bien plus, la surprenant à se frotter les mains pour en susciter un peu de chaleur, elle lui dit :

— Allons, Josette, servez madame qui attend... Quand on travaille on n'a pas froid.

Grâce à la gamine, Mme Poissonard pouvait se donner toute à sa caisse. La manipulation de la monnaie et des billets lui causait une satisfaction qu'elle ne goûtait pas pleinement s'il fallait s'occuper de la pratique. Elle accordait aussi bien plus d'attention à la tâche délicate qui consistait à découper les tickets sur les cartes.

Le soir, Josette baissa le store métallique. L'effort que cela lui coûta la laissa pantelante et inondée de sueur. Avec ses dernières forces, elle se traîna comme une perdrix blessée jusqu'à la rue Desrenaudes. Sa mère passa une partie de la nuit à confectionner la blouse qui tenait tant au cœur de Julie.

Le premier repas que Josette prit chez les Poissonard lui causa une grosse déception. Assise à la table de famille, abreuvée de laitages, gonflée de biftecks, repue de gruyère, quelles bombances n'avait-elle pas imaginées ? Hélas ! Elle dut d'abord assister à l'empiffrement de ses maîtres. Successivement, elle transporta des maquereaux au vin blanc, une terrine de rillettes, des tournedos, des petits pois, un Pont-l'Évê-que, un gâteau de riz. Tout cela fut englouti sous ses yeux. Debout, circulant entre le four-neau et la table, elle regardait avec consterna-tion ce carnage. Ses glandes salivaires fonction-naient d'abondance ; son estomac, vide depuis la veille, était douloureux. De plat en plat, l'es-poir dont elle se berçait, qu'on lui donnerait les restes, comme à une domestique, s'évanouissait. Jeannine chipotait. Elle laissa la moitié d'un tournedos dans son assiette. Julie, négligem-ment, jeta ce relief dans la boîte aux ordures.

Quand tout fut consommé, la crémière dit à Josette :

— Je vous ai acheté du pâté d'abats. Vous trouverez vos topinambours dans le garde-manger. Comme dessert, vous pourrez prendre une pomme.

Il est curieux de noter que Josette n'éprouva ni envie, ni colère, ni rancune. La voracité et l'égoïsme des Poissonard, loin de la choquer, lui inspirèrent de l'admiration : ils avaient des estomacs d'avant guerre, une puissance d'absorption de patriciens. Par quelle aberration, pauvre serve, avait-elle pu croire qu'elle partagerait leur régime ? Le tournedos aux petits pois volait à des altitudes vertigineuses. Un sous-chef de bureau rêve-t-il de posséder un yacht ?

— Vous ne pouvez pas vous plaindre, dit Julie, comme si elle avait suivi à la trace les pensées de la gamine. Je vous donne la ration. Vous aurez de la viande une fois par semaine, et du poisson le vendredi. Pour vos topinambours, vous vous servirez de margarine. Y en a un paquet d'entamé.

Julie n'avait évidemment pas remarqué les coups d'œil de Josette à la terrine et au gâteau de riz. Il ne lui était pas venu à l'idée non plus qu'il était inhumain de se goberger devant une affamée, mais elle était assez fine, et avait de la politique. Elle décida que dorénavant la petite déjeunerait la première. On la bourrerait de blettes, de rutabagas ou de flageolets. Ainsi, elle n'éprouverait aucun appétit devant le repas des patrons. Cela n'était pas compassion, mais, on le comprend bien, prudence. Julie, amie de tous les proverbes, savait qu' « il vaut mieux prévenir que guérir » et se flattait d'empêcher, de la sorte, les éventuels chapardages auxquels pousse un ventre creux.

Le petit intérêt de Josette pour son emploi céda à un mois de chiourme. Le matin, elle levait le rideau de fer, ce qui lui demandait des efforts comparables à ceux du géant Atlas pour porter le monde. Elle sortait de cette épreuve, titubante, la tête pleine de bourdonnements, le front moite. Ensuite, elle poussait les bidons de lait, énormes récipients de vingt litres, les juchait sur un escabeau et en basculait le contenu dans la cuve. Julie assistait à ce travail et comptait chaque goutte perdue. Sans désemparer, Josette mettait de l'eau à chauffer, et lavait au savon noir le carrelage de la boutique.

A huit heures les clients apparaissaient. Julie exigeait de la bonne humeur. Pour un rien elle aurait voulu que sa vendeuse chantât. Elle l'exhortait.

— Voyons, disait-elle, c'est pas terrible ce qu'on vous demande de faire, ma petite. Je l'ai fait pendant seize ans. Est-ce que je m'en porte plus mal ? Faut être actif, dans l'existence, si on veut arriver. Qu'est-ce que vous direz quand vous aurez mon âge ? Vous êtes ici pour travailler. Vous vous reposerez chez vous. C'est comme les clients, faut toujours être poli avec eux, même si ils vous font enrager. Moi, je peux me permettre de les enguirlander, mais vous c'est pas pareil. Quand vous dites « merci, madame », on dirait que ça vous écorche la langue.

A l'heure du déjeuner, Josette cuisait son frichti, le mangeait en vitesse et servait les patrons, puis elle faisait la vaisselle et le ménage de l'arrière-boutique. A deux heures et demie, de retour dans la crémerie, elle dansait d'un pied sur l'autre jusqu'au soir. Après avoir disposé des étamines sur les fromages, comme des linceuls sur des cadavres, réédifié les pyramides de boîtes de conserves, et baissé le terrifiant rideau de fer, elle s'en retournait chez elle.

Julie trouvait que « cette petite n'était pas commerçante ». En fait, Josette était un personnage morne. Quand elle disait à une cliente : « Et avec ça, madame? » elle étirait cette question en une sorte de lamento assez agaçant. Comme cette phrase revenait deux cents fois par jour dans sa bouche, on en avait les oreilles rompues.

Que ce caractère, ou plutôt le côté minuscule qu'elle en saisissait, déplût à Julie, c'est peu dire : il l'exaspérait. Mais il l'attirait aussi. Rien de plus tremblant, de plus soumis que Josette. Julie n'était pas cruelle, mais insensible. Elle n'éprouvait d'autres plaisirs que ceux de l'autorité à houspiller sa vendeuse; si elle lui donnait peu à manger, c'était seulement par avarice; et si elle l'observait sans cesse, c'est qu'elle ne supportait pas que la gamine pût « être payée à ne rien faire ».

Le contraste entre les enfants Poissonard et Josette était assez pénible. Ils étaient florissants. Jeannine âgée de onze ans était aussi grande qu'elle, et plus grosse. Au début, elle avait eu quelque sympathie pour la vendeuse, mais un jour elle l'interrogea sur Delly. Josette ignorait jusqu'au nom de cet auteur. Jeannine en conçut un mépris difficile à décrire. Elle ordonna dans les termes les plus injurieux à l'analphabète de l'appeler désormais « Mademoiselle Jeannine ». Cette trouvaille charma ses parents. Quant à monsieur Riri, il écoutait sans en perdre une miette les réflexions de papa et maman sur leur servante et les répétait.

Charles-Hubert et Julie, en effet, avaient trouvé en Josette un de ces sujets de conversation qui comptent dans la vie d'un couple. Le soir, intarissablement, ils évoquaient la figure falote de la gamine. Julie, par exemple, disait :

— Elle en tient une couche, je te jure. Tiens, cet après-midi, je lui dis : allez me chercher les camemberts dans la resserre. Qu'est-ce qu'elle me rapporte ? Le brie ! Je te demande un peu.

— Moi, disait Charles-Hubert, égrillard, tu veux que je te dise mon idée ? Cette gosse-là, elle se touche. T'as pas remarqué ? Elle a les yeux qui lui descendent jusqu'au milieu de la figure.

Julie pouffe. Encouragé, Charles-Hubert poursuit :

— C'est comme toutes les mômes de son âge : elle pense qu'au cul. Le soir, en sortant du magasin, elle te raconte qu'elle va au chlofe. Moi, ça m'étonnerait pas qu'elle aille retrouver un type.

La vie sexuelle de Josette excitait la verve du crémier. Cette fille, pourtant, ne suscitait guère d'idées lascives.

— Tu crois qu'elle a un type ? demandait Julie avec un ravissement non dissimulé.

Charles-Hubert le croyait. Pour lui, d'ailleurs, toute célibataire âgée de quinze ans au moins et de trente ans au plus était « une traînée ».

— La première fois que je l'ai vue, dit-il sentencieusement, j'ai pensé que c'était une petite vicieuse. Moi je te dis qu'elle se touche. Ça se voit à son air. D'abord, si elle se touchait pas, elle serait plus grosse.

— Parle pas comme ça devant les enfants, Charles...

— Bah ! Ils comprennent pas. Celle-là elle est tout le temps fourrée dans sa lecture, tu pourrais tirer le canon. Et le petit, il est trop jeune.

Après un silence, Charles-Hubert reprit :

— Ta Josette...

— C'est pas ma Josette...

— Ta Josette, je trouve qu'elle sent.

— Ce que t'es bête !

— Non, non, elle sent, je te dis. Aujourd'hui, tu pouvais pas t'approcher d'elle.

— C'est peut-être bien qu'elle a ses époques? Y a des femmes que ça fait sentir.

— C'est ça, s'écrie Charles-Hubert enchanté. Elle a ses époques! Non mais dis! Si c'est pas dégueulasse! Elle pourrait se laver. Tu me feras le plaisir d'y dire. Ces mômes-là, c'est cochon et compagnie. Ça ne sait pas ce que c'est qu'un savon. Quand on a ses époques, nom de Dieu, on s'arrange pour pas empester les autres. C'est une drôle de moukère que t'as là, c'est moi qui te le dis.

La lessive est une des préoccupations majeures des crémiers. Blouses, torchons, étamines, serviettes, se salissent avec rapidité et prennent l'odeur insupportable des laitages. Cela occasionne des lavages quotidiens. Josette, un soir sur deux, devait lessiver sa blouse. Cette blouse séchait mal la nuit. Elle la repassait, trempée, au petit jour et l'enfilait encore humide. Ses mains se ressentaient de l'eau de Javel et des savons râpeux nécessaires à cette opération. Cependant il est vrai qu'elle avait une odeur aigre. Malgré le froid, elle suait beaucoup. Des relents d'aisselle imprégnaient ses vieux habits, et rien n'est malodorant comme une sueur pauvre, sécrétée par un corps anémique.

— Tu pues, lui disait Riri une dizaine de fois par jour.

Au début Josette, avec une vivacité de petite

fille, rétorquait : « Le compliment n'est pas flatteur, mais il est digne de son auteur. » Sur quoi, Riri, touché par l'émulation poétique, fabriquait un petit poème : « Tu pues, tu pues, tu pues, tu pues du bec, tu pues du cul. »

Mais bientôt, elle se contenta de hausser les épaules avec lassitude. Le jeune Henri, transmuant dans son esprit les réflexions de ses parents, profitait de cette passivité :

— Montre-moi tes époques, disait-il candidement. Comment que c'est fait une époque ? Où que tu la mets ton époque ? T'en as beaucoup, dis, des époques ? C'est grand comment une époque ? Papa, il dit que tu te touches. Qu'est-ce que tu te touches, Josette ? Les pieds ?

— Moi ? s'exclamait Josette, aussi innocente que le bambin. Je me touche les pieds ? Pourquoi que je me toucherais les pieds ?

— Je sais pas, c'est papa qui le dit.

— Vous avez pas dû bien comprendre, monsieur Riri.

— Si, si. Papa il dit que tu te touches.

— Mais tout le monde se touche, s'écriait Josette. On est forcé de se toucher, pour s'habiller par exemple.

D'autres fois, Riri, facétieux, arrivait à pas de loup derrière son dos et, d'un coup, lui relevait les jupes. Qu'on ne voie pas là de lubricité infantile. Cet acte répondait à des préoccupations d'un autre ordre. Josette, furieuse, criait :

— Cessez, monsieur Henri, ou je le dis à vos parents.

— C'est pour pas qu'elles traînent, expliquait mystérieusement le moutard.

— Elles traînent pas.

— Si, elles traînent, c'est papa qui le dit.

C'est ainsi qu'un cerveau de cinq ans traduit le mot « traînée ». Josette finit par se plaindre à Julie.

— Pauvre mignon, dit celle-ci avec colère, il n'y voit pas malice. C'est vous qu'êtes une vicieuse. Vous avez l'esprit mal tourné. Vous voyez le mal partout. On n'a pas idée de débaucher un enfant de cinq ans. Vous mériteriez que je vous mette à la porte. Je ne veux plus de ces histoires-là. Non mais, qui c'est qui m'a fichu une traînée comme ça ? Les types qui vous tournent autour, ça vous suffit donc pas ? Il vous faut encore un enfant ?

Josette sanglota et tenta d'exposer, entre ses hoquets, qu'aucun type ne tournait autour d'elle. Julie la traita d'insolente et lui commanda de se taire.

— Oui, m'dame, dit-elle.

Charles-Hubert, digne père de son fils, avait adopté avec la gamine une attitude qui lui semblait très élégante : il souriait d'un air canaille et clignait de l'œil ; il ne lui adressait la parole que sur un ton égrillard.

— Alors, ça boume ? demandait-il tous les quarts d'heure. La vie est belle ? Ah ! la jeunesse ! On fait l'amour, ce soir ? Faut pas en abuser, mignonne. Trois fois par jour, pas plus.

Il lui tapotait les fesses, lui pinçait le menton. Pure rhétorique que tout cela. Charles-Hubert ne se souciait point de la bagatelle. Il avait un tempérament froid ; ce sage, au surplus, ne songeait qu'à gagner de l'argent. Julie ne s'inquiétait pas de ses manèges. Quant à Jeannine, il lui restait à explorer trop de recoins de la *Bibliothèque rose*, de la *Bibliothèque bleue*, de la *Bibliothèque verte*, de la *Bibliothèque de ma Fille* et de la *Bibliothèque des Familles*, pour qu'elle abaissât ses regards sur Josette. Elle ignorait cet insecte.

III

Charles-Hubert, quand il ne voyageait pas, « donnait un coup de main ». Vêtu d'une blouse grise, l'œil brillant, le cheveu dressé, il jonglait avec le fil à couper le beurre et la truelle à riz. Les œufs, dans ses mains, voltigeaient, incassables, comme des balles de tennis ; il arrivait à pétrir un camembert dur comme du plâtre séché. La balance automatique Berkel, instrument délicat, lui obéissait comme un cheval de cirque. L'aiguille n'était jamais sur le zéro. Il savait (comment ne l'aurait-il su, après tant d'usage ?) que, si l'on place la marchandise au bord du plateau, on augmente encore la différence. Enfin, une petite tape, et l'on faisait sauter sans danger de vingt à vingt-cinq grammes sur le poids. Vingt-cinq grammes de beurre additionnés à vingt-cinq autres, et ainsi de suite, permettaient, à la fin de la journée, de gagner deux kilos, soit quatre cents francs. Ces mouvements, Charles-Hubert les accomplissait sans arrière-pensée. Il ne volait pas. Tout au plus commettait-il une de ces fraudes minuscules qui sont passées dans les mœurs. Faire sauter vingt-cinq grammes de beurre en 1938, où l'on avait tout le beurre qu'on voulait, ce n'était rien. Cet homme, qui marchait si bien avec son temps, vivait ainsi pour quelques petites choses sur des idées vieilles de trois ans.

Il faut convenir que, dans la boutique, Charles-Hubert triomphait. Il était farce. Sa cordialité, son entrain, une certaine facilité pour les calembours, un esprit tourné vers la gaudriole ravissaient les cuisinières. Les rires explosaient quand, de sa voix sonore, il annonçait : « Cent vingt grammes de brie... de clôture! » ou : « Un quart de roquefort... des Halles! » Ces plaisanteries ressassées chaque jour ne perdaient rien de leur pouvoir.

Pourtant Charles-Hubert, depuis plusieurs semaines, roulait dans sa tête une philosophie nouvelle, qui excluait la bonne humeur. Tout au moins la bonne humeur à l'égard de la pratique. Ses sourires, ses calembours, sa jovialité étaient des restes du vieil homme. L'homme nouveau, que les événements accouchaient, n'allait pas tarder à apparaître. De 1925 à 1940, le commerce avait obéi à un certain nombre de lois psychologiques qu'il s'était assimilées, telles que : *Le client a toujours raison, Servir avec le sourire*, etc. En 1941, ces lois étaient caduques. Le client avait maintenant besoin du commerçant pour vivre. La loi de l'offre et de la demande, qui était la charpente, la maîtresse poutre de la pensée de Charles-Hubert, lui inspira un raisonnement que le lecteur jugera simpliste, mais qui lui paraissait, à lui, une merveille de complication. Cette analyse hardie, ce plan d'attaque infaillible, se résume de la sorte : la demande est supérieure à l'offre ; par conséquent, le commerçant est dans une position favorable. Il doit en profiter. Que fait le client ? Petit a : il propose des sommes de plus en plus considérables ; petit b : il courtise le commerçant. Conclusion : pas besoin de se gêner. Traitons-le comme un chien, il reviendra toujours : il ne veut pas crever de faim. Ensuite, on peut augmenter les prix sans limite. « Je lui vends le quart de beurre au noir trente-cinq francs. Il discute ? Je lui dis : N'en parlons plus. Et le beurre il se l'accroche. Comme on ne peut pas vivre sans beurre, c'est le commerçant qui finit par gagner la partie. »

Cet exposé communiquait à Charles-Hubert une satisfaction intellectuelle comme il n'en avait jamais connue. Par là il avait fait table rase de toutes ses convictions, formules, habitudes et manières antérieures. « Y a pas à dire, songeait-il dans ses moments de vanité, j'ai la bosse du commerce, je marche avec les idées ; j'ai de la cervelle. C'est pas n'importe qui qu'aurait trouvé ça. » Cet effort de pensée, le seul sans doute qu'il accomplit dans toute son existence, suffit à le transformer. Pascal a eu sa nuit. Charles-Hubert, lui, fut visité par la logique. Ce jour-là, sans même qu'il s'en aperçût, il passa de l'état de crémier à celui de spéculateur. Cet empirique devint un théoricien. Le palier décisif entre la médiocrité et l'opulence était franchi.

Charles-Hubert Poissonard était un enfant du siècle. Il naquit en 1902, tout juste cent ans après Victor Hugo, non point à Besançon, mais à Neauphle-le-Château, joli bourg de Seine-et-Oise. A dix-huit ans, en 1920, on le retrouve à Versailles. Il est commis chez un charcutier, ce qui lui permet de « connaître le cochon », science qui lui servit sous l'occupation. A dix-neuf ans, il entre en qualité de vendeur dans une grande épicerie. Déjà il envisage de s'établir à son compte, mais le vieux Poissonard, rongé par l'absinthe et la vie au grand air, meurt sans crier gare. On vend le petit bien. Charles-Hubert recueille deux mille francs de l'héritage. Le reste va à sa sœur Alexandrine, de neuf ans son aînée et l'épouse d'un nommé Planche, demeurant à Paris, quartier du Danube. Charles-Hubert, à cette occasion, se brouille avec elle. Nous le voyons ensuite faire son service militaire à Valence, dans la Drôme. A sa libération, il se lie avec Julie Berthon, qu'il épouse. Un marchand de fonds, qui s'intéresse à son sort, lui cède en 1925 un commerce de crémerie, rue Pandolphe. Charles-Hubert signe des billets de fonds. Le voilà endetté, mais à son compte. On va renflouer cette crémerie qui a périclité.

Plein de dynamisme, le jeune crémier prononce son premier apophtegme : « Les fonds tombent toujours parce que les patrons ne sont pas commerçants. »

Lui, Charles-Hubert, il était commerçant. N'hésitant pas à dépenser, il repeignit la boutique. Un artiste en lettres dessina les caractères jaunes de l'enseigne :

AU BON BEURRE

Charles-Hubert aurait bien aimé qu'on inscrivît :

AU BON BEURRE DES CHARENTES

mais, comme le lui fit observer son épouse, cela « restreignait » et

AU BON BEURRE

tout court, était plus frappant.

En un an et demi, Charles-Hubert remboursa ses billets de fonds. Il travaillait beaucoup, ramenait des Halles les meilleurs produits et vendait avec enthousiasme. Le *Bon Beurre* devint un établissement estimé. La clientèle « avait confiance ». On n'hésitait pas à remplacer les œufs avariés, les fromages un peu trop avancés et le beurre rance. Charles-Hubert versait sans rechigner le sou du franc aux bonnes. Il offrait par-dessus le marché mille plaisanteries, jeux de mots et histoires graveleuses qui distrayaient fort ces demoiselles. Son système de crédit était si judicieux qu'en quinze ans, il ne perdit pas cinq cents francs.

Julie s'installa à la caisse en 1925 et s'en leva en 1940, pour prendre la route de l'exode. On s'étonnera peut-être que Charles-Hubert n'ait pas été mobilisé. Le veinard avait une faiblesse cardiaque. On le réforma en 1934. Cette faiblesse cardiaque était-elle illusoire? Cela se peut, car il n'en souffrit jamais. Toujours est-il que le médecin-major la discerna et que le crémier en eut le bénéfice.

Charles-Hubert et Julie, on le voit, quoiqu'ils fussent sérieux et travailleurs, n'avaient rien qui les distinguât particulièrement. Julie était passée de l'état de fille à celui de femme selon les normes populaires les plus plates. Pas plus que Charles-Hubert elle ne naquit dans l'alimentation. Son père était huissier au ministère du Commerce. Sa mère, dont on ne parlait jamais, s'était enfuie en 1912 avec un comptable. A vingt ans, Julie réalisa le vœu de son adolescence : être vendeuse aux *Magasins Réunis*, avenue des Ternes. C'est là que Charles-Hubert la rencontra. Leurs mains s'unirent au-dessus d'une paire de chaussettes en solde. L'huissier, ravi de caser sa fille, pressa le mariage. C'était un mauvais calcul ; Julie mariée, il sombra dans la saleté et la débauche. Un beau dimanche d'août 1928, mus par un noir pressentiment, les Poissonard rentrant d'une partie de plaisir à Nogent-sur-Marne, coururent chez lui et le trouvèrent mort. Julie, dans son trouble, s'assit sur le canotier neuf de Charles-Hubert et le gâta à tout jamais.

Elle n'était pas laide à cette époque. Trois ans passés dans la position assise l'avaient un peu empâtée, et les robes sans taille de cette année-là accentuaient son allure courtaude, mais son visage grassouillet n'avait pas encore ce teint suiffeux et cette couperose qui, plus tard, coexistèrent si bizarrement sur ses joues. Elle avait de gentils yeux bleus, des cheveux plats coupés à la garçonne et, les jours de fête, coiffait jusqu'aux sourcils des chapeaux-cloche qui la rendaient presque désirable.

Elle n'était pas aussi douée que son époux pour le commerce, tout au moins au sens où l'entendait Charles-Hubert. C'est-à-dire qu'elle déployait moins de grâces que lui. Sa gravité féminine l'empêchait de répondre légèrement, de chanter, d'éclater de rire hors de propos, de plaisanter sans raison, bref de se rendre coupable des simagrées qui attachent les clients à un fournisseur. Elle avait le sourire un peu contraint. Ses reparties avaient une pointe dure et blessante à cause de quoi on la craignait vaguement. Charles-Hubert, au contraire, répondait aux remarques aigres des acheteurs mécontents par des gaillardises ; il faisait celui qui n'entend pas ; il ne voulait rien comprendre. Il passait ainsi pour un bon garçon sans malice. En matière commerciale, c'est le comble de l'art.

Quelquefois, il disait à Julie « qu'elle n'avait pas la manière ». Il est vrai, mais ses qualités compensaient largement ce défaut. Le calcul mental n'avait pas de secret pour elle. Elle s'entendait admirablement à équilibrer les budgets et à dresser les bilans. C'était enfin une infatigable travailleuse, qui tenait son magasin propre et ordonné comme une maison hollandaise, surveillait tout, pratiquait la plus stricte économie et ne se couchait qu'après avoir vérifié sa caisse, mis les comptes à jour et inspecté l'état des marchandises.

Julie sans doute n'avait pas la manière, mais elle était authentiquement commerçante, aussi commerçante dans son genre que Charles-Hubert dans le sien. Celui-ci, d'ailleurs, ne s'y trompait pas et se félicitait d'avoir épousé une aussi bonne femme.

Nos crémiers s'aimaient-ils ? S'aimer ! Grand mot ! Julie, à son mariage, était bel et bien pucelle. Aucune passion n'avait bouleversé son existence. Son cœur était aussi vierge que son corps. Jamais elle n'éprouva de ces brûlants désirs, de ces tortures qui vous amollissent l'âme et vous laissent pour toujours une certaine douceur dans le caractère. Charles-Hubert, de son côté, avait un peu fréquenté les bonniches versaillaises et les lupanars valentinois. Tous deux firent une fin avant même d'avoir fait un commencement. On sera surpris d'apprendre qu'en notre siècle de facilité et de dépravation ces deux êtres se restèrent obstinément fidèles. Julie ne connut jamais d'autre homme que son époux, lequel, ayant une femme à domicile et peu d'exigences, eût considéré comme une perte de temps et une absurdité d'en chercher ailleurs. Ils étaient, en tout cas, très attachés l'un à l'autre, se connaissaient bien et s'estimaient beaucoup. Chacun, aux yeux de l'autre, avait la figure d'une institution précieuse sur le compte de laquelle il n'était pas nécessaire de s'interroger. Julie portait à ses enfants un amour de lionne. Riri surtout lui inspirait des sentiments passionnés. Il n'était de délicatesses, d'émois, d'attentions, de générosités qu'elle n'eût pour lui.

Les Poissonard avaient de la famille, mais ils la voyaient peu, prétendant, à juste titre, qu'avec la famille on n'a que des disputes. Outre le ménage Planche, que Charles-Hubert désignait collectivement par « ma sœur », il existait une tante Mignard, née Berthon, veuve d'un contrôleur des Poids et Mesures, qui habitait un pavillon à Charenton et mettait du charbon dans sa baignoire, et une paire de cousins qui avaient émigré vers les années trente, Dieu sait pourquoi, à Rodez (Aveyron). « Sa famille on la subit, — disaient les Poissonard, citant un mot célèbre — ses amis on les choisit. » Ils n'avaient pas d'amis.

On comprend qu'en 1941, Julie, inaccessible à l'humour et qui, en seize ans, n'avait contracté aucune habitude d'amabilité particulière, se mît sans difficulté au nouveau diapason. Du haut de sa caisse, elle considérait sans indulgence la plèbe des chalands. Elle ne prenait même plus la peine de cacher son dédain pour ces gens qui ne la valaient pas. En raison inverse de l'arrogance des crémiers, croissait l'humilité de la pratique. Il y avait là un phénomène analogue à celui des vases communicants : la pratique, de mois en mois, devenait plus rampante. Elle avalait toutes les couleuvres, pliait l'échine sous des insultes à peine déguisées, recevait sans réplique les leçons, n'osait pas refuser les denrées défectueuses. Elle voulait à tout prix séduire les Poissonard. L'impassible Julie opposait un visage de granit, impénétrable et ambigu comme celui d'un dieu assyrien, aux hommages qui montaient vers elle. Mais pour se la rendre favorable, il ne suffisait pas de sourire ou d'être gracieux, il fallait acheter prodigalement le beurre interdit, les œufs clandestins ou les camemberts défendus dont elle était la pourvoyeuse omnipotente et providentielle. L'invariable conclusion que les crémiers en tiraient était, énoncée sous la forme interrogative, celle que l'on devine : « Pourquoi se gênerait-on ? »

Tout était bouleversé. En 1941, que restait-il de raisonnable dans les commandements de l'honnêteté commerciale? C'était des données périmées. L'honnêteté commerciale n'est point un corps de préceptes moraux, mais un ensemble de recettes pour obtenir le succès. En temps normal, elle se définit par des maximes de ce genre : « Les bons produits font les boutiques prospères. » Mais on n'était plus en temps normal. Malhonnête, jadis, un commerçant faisait faillite ; honnête, aujourd'hui, il se ruinait.

Les commerçants n'ont donc pas de sens moral? s'écriera le lecteur, justement indigné. Quelle idée! Ils en ont autant que quiconque. Dans leur partie, cela se manifeste par un goût du « beau métier », par le plaisir de vendre des produits dits de choix, qui combleront l'acheteur. Mais les événements commandent : il n'y a plus de beau métier, on ne peut plus vendre les produits de choix au grand jour. Charles-Hubert n'avait pas le cœur endurci. Il se remémorait avec nostalgie l'avant-guerre. On ne s'enrichissait pas, alors, mais l'exercice scrupuleux de la crémerie apportait de réelles satisfactions.

Sur le conseil de Julie, Charles-Hubert, au début de 1941, s'engagea dans une politique d'expansion qui devait lui rapporter des millions de francs. Il est touchant, après coup, de songer qu'une seule petite phrase suffit à provoquer une action si fertile en résultats. Que dit Julie, en effet? Simplement :

— Dis donc, Charles, tu devrais tâter un

peu les concierges du quartier, des fois qu'ils accepteraient d'écouler de la marchandise?

Charles-Hubert, ainsi, « tâta » les concierges de la rue Pandolphe, qui prêtèrent à ses suggestions l'oreille la plus complaisante. Ils ne demandaient pas mieux que de devenir ses agents. Mais Charles-Hubert qui, s'il n'avait pas toujours les inspirations initiales, savait exploiter, ne s'en tint pas là. Il offrit des alliances aux commerçants du voisinage. Rasepion le cordonnier, sous des pyramides de godasses, dissimula des légumes secs et une caisse de harengs saurs. Florentin le boucher entreposa des mottes de beurre et du lait concentré dans son frigidaire. La *Charcuterie des Gourmets*, la *Boulangerie-Pâtisserie des Ternes*, Vigouroux et le marchand de couleurs, un nommé Lhuillier, reçurent en dépôt diverses richesses provenant des inépuisables greniers du *Bon Beurre*. On croyait acheter dans une autre boutique, on achetait toujours chez Poissonard. Charles-Hubert, pour circonvenir ces petits potentats, usait d'un discours en trois points, qu'il avait élaboré et qu'il n'éprouvait pas le besoin de modifier, puisque cela se révélait toujours efficace. Premièrement, disait-il, il y a de l'argent à gagner. Suivait un tableau des bénéfices que les parties contractantes tireraient de la revente des produits Poissonard. Deuxièmement, on ne court aucun risque. Charles-Hubert écartait d'un revers de main le Contrôle Économique, la Répression des Fraudes et la police qu'il avait, prétendait-il, dans sa poche. Il assurait lui-même le transfert des marchandises, la nuit tombée et « par-derrière ». Troisièmement (c'était l'argument sentimental), ça rend service. Il fallait penser aux souffrances du quartier, à la famine, etc. Ce dernier argument était destiné à saper les derniers scrupules, si tant est qu'il y en eût.

En échange, les commerçants remettaient à Charles-Hubert un certain nombre de denrées et d'objets de leur ressort. Le *Bon Beurre*, s'il se vidait de jambons, de saucissons ou de fromages, se fournissait d'alcool à brûler, de cuir naturel, de roastbeefs, de pain blanc et de savonnettes surfines.

Ces accords tacites et multiples entraînèrent une comptabilité enchevêtrée, mais ils se révélèrent fructueux. Fédéralisme, décentralisation, on n'aurait évidemment pas trouvé ces mots dans le vocabulaire de Charles-Hubert ; mais il exprimait, somme toute, d'une façon satisfaisante sa nouvelle expérience par les deux proverbes : *L'union fait la force* et : *Il ne faut pas mettre tous ses œufs dans le même panier*. Maintenant, comme la Compagnie des Indes, il avait ses comptoirs. Ces comptoirs se multiplièrent. Il ne se passait pas de semaine que le crémier n'en ouvrît un dans un quartier vierge, dans un arrondissement neuf. A la fin de 1943, il contrôlait un réseau formidable de deux cents concierges et d'une trentaine de boutiques. Le nom de Poissonard était prononcé avec respect et amour dans des loges du XVe arrondissement, du quartier Picpus et même au Parc-Montsouris. Cette affluence d'intermédiaires ne manqua pas de faire monter les prix (il fallait bien que les concierges eussent leur pourcentage), mais c'était là un résultat secondaire. La question, pour Charles-Hubert, qui avait un système parfait d'approvisionnement, était de vendre de plus en plus. Il était devenu un grossiste clandestin.

Il est remarquable que tout au long des six années que fonctionna le réseau, aucune indélicatesse ne se produisit. Charles-Hubert n'exigeait (et pour cause) ni reçu ni facture de ses dépositaires. Pourtant ceux-ci lui versèrent toujours scrupuleusement leurs redevances. La loyauté et la confiance ne sont jamais plus grandes ni plus éclatantes que lorsque aucune loi ne les sanctionne.

Parallèlement, le crémier avait enfin obtenu la clientèle du *Soldatenheim*, qu'il convoitait depuis trois mois. Il serait long et fastidieux d'énumérer les avantages que cela lui rapporta. Outre la fréquentation amicale des vainqueurs, il en tirait des provisions de tickets allemands, des cigares, des cigarettes, un permis de circuler dans les rues après le couvre-feu, sans parler des « occasions ». Toutefois, au bout de quatre mois, il prit peur. Ces messieurs se livraient à toute sorte de trafics, mais n'admettaient pas que les autres eussent des petits profits. Charles-Hubert assista à la perte d'un boucher qui avait voulu refiler aux Allemands de la viande de seconde qualité au-dessus de son prix. Le pauvre homme y récolta un an de prison, qu'il passa à Fresnes. Dès lors, Charles-Hubert, que la prison épouvantait, chercha le moyen de quitter des amis aussi dangereux.

— Le *soldaténème*, dit-il comiquement à Julie, y a pas bon. Les Fridolins, ils sont un peu trop fortiches pour moi.

Quand, après avoir dépensé beaucoup de diplomatie et de souplesse, il parvint à se libérer, il s'écria en guise de conclusion :

— Les Doryphores, moi j'y touche plus. Restons entre Français.

Jamais, durant toute l'occupation, le *Bon Beurre* n'eut cette allure sinistre des boutiques démunies. Il passait sur lui comme un reflet des richesses de l'arrière-boutique et de la resserre. La prospérité cachée des Poissonard répandait une sorte d'aura, et les étagères dégarnies, les tristes produits de remplacement, les bouteilles vides marquées de l'étiquette *Factice*, les planches à fromages désertiques n'arrivaient pas à assombrir la crémerie.

Les entassements de nourriture donnent un air de fête. Le spectacle de l'abondance épanouit les figures, dilate le cœur, déchaîne l'allégresse. Les clients devinaient-ils que le *Bon Beurre* croulait de victuailles comme une kermesse flamande? C'est bien possible, car il advenait fréquemment qu'en franchissant son seuil, ils se déridassent. Les émanations subtiles des jambons, les ondes impalpables des saucisses et des gruyères les pénétraient, rouvraient leurs pores aux zéphyrs bienfaisants de la vie et de la nature. L'apparence de la crémerie respirait une douce et moqueuse imposture. Derrière cette fallacieuse façade affectant le dénuement de l'époque, on subodorait que rien n'avait changé depuis les jours fabuleux de 1938, quand la France n'était qu'une immense table de banquet surchargée de viandes, de fromages, d'épices, de fruits et de vin.

Sur sa caisse, Julie avait disposé deux tire-lires de carton dans lesquelles elle insérait les tickets qu'elle découpait sur les cartes. Elle passait de longs moments, rêvant à des moyens subreptices d'en enlever davantage. Elle déclarait avec aplomb :

— Le BJ ne vaut rien. Le DQ n'a pas été honoré. Je vous les détache. C'est pas la peine de garder tout ça.

Mais le BJ et le DQ, selon le vocabulaire de l'époque, « se voyaient validés » deux mois plus tard. Julie, tablant sur l'étourderie de ses victimes, demandait avec naturel :

— Qu'est-ce que vous avez fait du BJ de novembre et du DQ de janvier ? Ça représente une demi-livre de dattes et soixante-quinze grammes de chocolat. Vous les avez perdus, bien sûr. C'est pas raisonnable. Vous aurez pas de dattes ni de chocolat cette fois-ci. Tant pis pour vous.

Dans un éblouissement de ciseaux et de doigts agiles, elle amputait les feuilles de dix grammes de beurre, de vingt grammes de fromage indus sans qu'on soupçonnât même ce tour de passe-passe. Si par hasard quelque personne attentive protestait, il fallait l'entendre crier :

— C'est ça, dites tout de suite que je suis une voleuse! Moi, vous prendre des tickets auxquels j'ai pas droit? Ah! là là! Je suis au-dessus de ça, madame. Je ne sais pas à quoi vous avez été habituée. C'est vrai, ça! Mais si vous n'êtes pas contente, madame, vous pouvez prendre la porte, et c'est pas la peine de revenir! On cherche pas les clients, nous! C'est assez dur d'être commerçant, aujourd'hui, sans qu'on vienne vous insulter en plein magasin. Moi, une voleuse! J'en ai entendu dans ma vie, mais ça, ça dépasse tout! Si vous voulez vous plaindre, vous n'avez qu'à aller chercher le sergent de ville, et j'irai avec vous, etc.

La plupart du temps, le réclamant, abasourdi par cette violence, s'excusait. Il « n'avait pas voulu dire », il « regrettait », « c'était un malentendu », « tout le monde pouvait se tromper », etc. Cela n'apaisait pas Julie. Il en fallait bien davantage, il fallait une amende honorable complète, des achats assidus et ruineux.

IV

Grâce à Mme Lécuyer et M. Lebugle, qui restaient des quarts d'heure entiers à pérorer, le *Bon Beurre* était devenu un forum. Les Poissonard, gens prudents, ne « faisaient pas de politique ». Néanmoins, ils accueillaient d'un bon œil ces assauts d'opinions qui transformaient leur territoire en champ clos, en tribune libre où s'exprimaient les grandes tendances de l'époque.

On n'a guère étudié les collaborateurs et les résistants de quartier. Mme Lécuyer et M. Lebugle en sont deux excellents modèles. La remarque que nous a inspirée la crédulité du bonhomme Deprat s'applique aussi bien à eux. Chacun, dédaignant les faits, vivait dans un univers fantastique, analogue à celui des chevaliers de la Table Ronde, du capitaine Benoît et de Mata Hari. Mme Lécuyer occupait ses soirées à scruter les prédictions de sainte Odile, et les heures ouvrables à répandre des informations extravagantes. Ainsi, lorsque les Allemands apportèrent en France les cendres du duc de Reichstadt, elle soutint pendant quinze jours qu'un des chefs de l'*Intelligence Service* à Paris (il y en avait deux) avait secrètement ouvert le cercueil, subtilisé les restes de l'Aiglon, et mis à la place le cadavre du général de Gaulle, tué dans un bombardement, à Londres. M. Lebugle, lui, durant toute la guerre, répéta les niaiseries de propagande qu'on lisait dans les journaux et auxquelles les germanophiles les plus convaincus ne croyaient même pas.

La constance avec laquelle ces deux vieillards, pendant quatre ans, se repurent de chimères, est vraiment remarquable. Implacablement la réalité démentait leurs jugements ou leurs espoirs ; impavidement, ils continuaient à prétendre que la France allait déclarer la guerre à la Grande-Bretagne ou que le Maréchal Pétain s'était suicidé. Comment expliquer cette persévérance dans l'erreur ? Manque d'esprit critique, excès de passion ? On ne saurait parler de folie, car alors plusieurs millions de Français auraient été bons à enfermer à Sainte-Anne. Le pays étouffait sous un couvercle ; on n'entendait rien des bruits du monde. L'imagination y suppléait ; on ne la contrôlait plus ; elle créait des images violentes, établissait de mystérieuses correspondances, faisait intervenir la magie, la morale, la finalité, comblait de son mieux l'appétit de nouveauté qui possédait les âmes.

La plupart du temps, M. Lebugle et

Mme Lécuyer affectaient de ne pas se voir. Mais il arrivait aussi que leur hargne éclatât. Entre ces deux attitudes extrêmes, il y avait place pour toute sorte de dégradés et demi-teintes : regards en dessous, moues de mépris, haussements d'épaules ostentatoires, soupirs, grommellements, murmures réprobateurs, paroles à la cantonade. Rien ne les animait, hors leur idéal. Ils déraisonnaient tous les deux, ils vaticinaient, battaient la campagne pour la plus grande gloire de l'Axe, avenir de l'Europe, selon M. Lebugle, ou de l'Angleterre, au sort de laquelle, pour Mme Lécuyer, n'avait jamais cessé d'être lié celui de la France.

Mme Lécuyer était veuve de guerre. Son époux était mort à Doiran, près de Salonique, en 1915. Il avait l'étoffe d'un héros, mais la dysenterie le faucha avant qu'il ait pu en fournir des preuves. Mme Lécuyer oublia la dysenterie et garda l'orgueil d'avoir enfanté d'un poilu tombé au champ d'honneur. En 17, le Président Poincaré, au cours d'une cérémonie réunissant quelques centaines de veuves, lui avait serré la main et lui avait dit : « Vous êtes une vaillante petite Française. »

La guerre de 1939 rendit à Mme Lécuyer son âme de 1914. Elle la rajeunit de vingt-cinq ans. Sans le moindre effort elle retrouva les pensées et les sentiments qui l'animaient un quart de siècle plus tôt, quand Barrès et le général Cherfils dirigeaient les esprits. Les histoires d'Allemands attrapés avec une tartine de confiture, d'enfants belges aux mains coupées par les envahisseurs, de grosse Bertha, de taubes, de rouleau compresseur ressurgirent intactes dans sa tête. Elle détestait les Allemands parce qu'ils étaient Allemands, parce qu'ils nous avaient volé l'Alsace et la Lorraine et parce qu'ils avaient tué son mari. C'était bien une femme.

M. Lebugle, lui, était tout à fait masculin : il pensait. Il avait pensé toute sa vie. Grand lecteur de *L'Action Française*, son admiration allait à Maurras. Dans ses jours de verve, il citait Léon Daudet. Il avait de menues rentes, ce qui ne contribuait pas à l'incliner vers le régime républicain, dont le passe-temps favori consiste à dévaluer le franc et établir des impôts nouveaux. Outre ses rentes, il avait de l'argent de côté, ayant, pendant trente ans, exercé la profession de chef de contentieux dans quelque maison morte de vieillesse.

Il semblait que Mᵐᵉ Lécuyer et M. Lebugle fussent les foyers où se polarisaient les tendances du quartier. Comme ces insectes vus au microscope, ils étaient les représentations démesurément grossies de « la Résistance et la Collaboration dans le secteur des Ternes ».

Les Poissonard, dont les sympathies secrètes allaient à M. Lebugle, les accueillaient impartialement. Au-dessus de la politique, il y avait les affaires.

Les premiers beaux jours du printemps 1941 virent une mémorable empoignade. M. Lebugle, comme il lui arrivait souvent, dissertait à perte de vue sur les infortunes de la patrie, les responsabilités gouvernementales, l'état du monde et l'évaluation des forces. Debout au milieu de la boutique, son pardessus entrouvert, les cheveux voletant autour de sa tête patriarcale, il gesticule comme un sémaphore. Son profil est noble, un peu chevalin ; sa taille, comme celle de Chateaubriand, n'est pas très haute, et ses mouvements un peu saccadés trahissent ses soixante ans. C'est un homme sec, blanc, et plein de feu.

— J'ai été royaliste pendant quarante ans, dit-il, mais je crois aujourd'hui que la France n'est pas digne d'un roi. C'est un pays fini. Je désespère de la France!

Julie écoute, la joue dans la main gauche ; un sourire flotte sur sa bouche mince. Josette, elle, n'écoute pas. Elle profite de ce que la boutique est vide pour laisser vagabonder son esprit en des rêves confus. C'est une façon de se reposer. M. Lebugle embrasse d'un regard aquilin le comptoir, la balance, la cuve à lait, avance le menton et reprend :

— Avez-vous vu un Juif ancien combattant? Moi, jamais.

— C'est vrai, ça, tout de même, répond Julie à tout hasard.

— Alors? s'écrie l'ex-royaliste. Vous m'entendez bien, madame Poissonard : tout le monde voulait avoir son auto. Il est temps de remettre de l'ordre dans la maison France. Moi, madame, j'admire les dictatures. Je considère que Hitler est un grand méconnu. Nous avons Pétain, c'est entendu. Mais, sacrebleu, qu'on nous laisse la faire, l'expérience Pétain! Elle ne fait que commencer! Pétain, pour moi, c'est le modèle du soldat. Un homme intègre. Un grand Français. Et on parle déjà de le déboulonner! Nous n'avons pas tellement de prestige, nous autres Français, à l'heure actuelle. Si vous nous enlevez encore Pétain...

— Pétain, c'est quelqu'un, dit Julie.

— Et les Allemands, madame Poissonard? Ce ne sont pas des hommes, peut-être?

— Ben voyons!

— Je voudrais, madame Poissonard, dit M. Lebugle deux tons plus bas, je voudrais que tous les Français soient comme vous.

— C'est certain qu'on s'entendrait mieux.

— Si tous les Français, je ne leur demande pas grand-chose, faisaient un petit effort de réflexion, oh! tout petit, poursuivit amèrement M. Lebugle, ils verraient que seul un régime basé sur la confiance, je n'ai pas peur des mots, un régime féodal, je répète féodal, peut les tirer de l'impasse sanglante où les ont conduits leur anarchie, leur égoïsme et leur aveuglement. La République, c'est la crapule au pouvoir. Mais regardez le corps humain, madame Poissonard. La tête!... Est-ce que les pieds commandent à la tête? Évidemment pas. Ce serait absurde. En politique, c'est la même chose. La tête commande. Les pieds obéissent.

A ce moment, la sonnette de la porte tinte, Mme Lécuyer apparaît.

— Qui parle de pieds ? dit-elle. Ah ! c'est ce monsieur...

— Qu'est-ce que ça sera pour madame ? demande Josette du ton le plus pleurnichard. « Madame » s'étire pendant au moins dix secondes.

Mme Lécuyer, dont les yeux brillent, jette un regard circulaire dans la boutique, s'attarde sur Julie, soulève les sourcils en considérant M. Lebugle et dédie un petit sourire à Josette. Sans s'adresser à personne en particulier, elle profère :

— Dans un mois la guerre sera terminée. Nous aurons reconduit les Boches à Berlin et je connais des pieds, moi, qui iront se loger quelque part.

L'insulte fouette M. Lebugle.

— C'est pour moi que vous dites ça, madame ?

— Je le dis pour qui veut l'entendre.

— Allons, allons, dit Julie, on est entre Français, tout de même.

— Entre Français ! s'écrie Mme Lécuyer. J'aime mieux entendre ça que d'être sourde ! Si ce membre de la cinquième colonne est Français, moi je suis Chinoise.

— Je suis meilleur Français que vous, madame !

— Pfuu ! émet Mme Lécuyer. Savez-vous ce que je fais, moi ? Quand j'envoie une lettre, j'écris toujours *Vive de Gaulle!* sous le timbre. Tout à l'heure, un Boche m'a demandé son chemin dans la rue. Il voulait aller à l'Étoile. Je l'ai envoyé à la Bastille. Qui dit mieux?

M. Lebugle lève les yeux au ciel.

— En faisant des choses pareilles, dit-il, vous déconsidérez la France. Il est vrai que ce malheureux pays est déjà si bas...

— Si bas? Il est bas pour vous peut-être. Pas pour moi. Dans souffrance, il y a France. Votre Pétain, votre Laval, votre Darlan sont des traîtres. Nous les fusillerons.

— Ma'me Lécuyer exagère, dit Julie. L'écoutez pas, m'sieu Lebugle. Elle est pas aussi méchante qu'elle veut bien le dire.

— Oh! moi... dit M. Lebugle avec un soupir.

Ce soupir enrage Mme Lécuyer.

— Vous, s'écrie-t-elle, vous y passerez le premier!

— Ah! madame, là vous passez les bornes permises. Je n'admets pas qu'on me parle sur ce ton. Je veux bien que vous soyez un agent de l'Angleterre, une irresponsable, une folle, mais maintenant, je vous dis: Halte-là!

— Allez vous plaindre à vos amis, dit Mme Lécuyer dédaigneusement. Allez me dénoncer. On a bien dénoncé mon fils.

— Faut vous calmer, m'ame Lécuyer, dit Julie. Vous vous faites trop de mauvais sang. Y a du vrai dans ce que vous dites, mais m'sieu Lebugle, il a pas tort non plus.

— Enfin, dit M. Lebugle, qui a brûlé Jeanne

d'Arc? Les Allemands, peut-être? Qui a mis Napoléon à Sainte-Hélène? Notre ennemi héréditaire, ce n'est pas l'Allemagne, c'est la perfide Albion. Ce n'est pas moi qui le dis : je l'ai lu encore hier dans *L'Illustration*. Les Anglais ont fait tuer un million et demi de Français en 1914. En 1939, ils étaient prêts à recommencer. Les Anglais ont l'habitude de se battre jusqu'au dernier Français.

— Donnez-moi trente grammes de fromage de Hollande, dit Mme Lécuyer, négligeant de répondre à son ennemi.

— Et avec ça, madame? dit Josette.

M. Lebugle, croyant qu'il avait remporté la victoire, ne put s'empêcher d'ajouter cette phrase, qu'il affectionnait et répétait aussi souvent qu'il en avait l'occasion :

— Je préfère les *panzer-divisions* à la cavalerie de Saint-Georges. C'est plus franc!

Mme Lécuyer réservait sa riposte ; mais elle avait un certain sens de la discussion. Elle prit son temps pour payer, marcha trois pas vers la porte, l'entrebâilla, et se tournant à demi, la main sur le bec-de-cane :

— La cavalerie de Saint-Georges, déclarat-elle, elle vous dit crotte, sale collabo!

Charles-Hubert, quand la crémière lui rapporta ces faits et ces paroles, n'en crut pas ses oreilles. Ils ignoraient tous deux ce qu'était la cavalerie de Saint-Georges, du reste.

V

C'est en 1941 qu'apparurent dans les boutiques ces étonnants produits alimentaires qui convertirent les estomacs français en cornues vouées à l'expérimentation des mélanges chimiques les plus audacieux. La saccharine, interdite avant guerre, fut tout à coup recommandée par la Faculté. On organisa une campagne en faveur d'une substance noirâtre et poisseuse qui s'appelait *sucre de raisin*. Le chocolat blanc apparut, talonné par les œufs en poudre, le *Maltofruit*, le *Miel de Guinée* et la *Springaline*. Cette dernière remplaçait avantageusement, paraît-il, le fromage râpé. Le crémier acquit une fois dix kilos de *halva*. Quelqu'un, ébloui par le bon marché de cette matière (vingt-cinq francs la livre), les lui racheta d'un seul coup.

Charles-Hubert, pour écouler cette camelote, redevenait commerçant.

— Le *Datima*, madame, affirmait-il, c'est extra. C'est fait avec de la poudre de noyau de datte, pur noyau de datte écrasé ; c'est *aussi bon* que l'orge grillée.

Il parvenait à être convaincant. De tel composé, il affirmait sans rire : « C'est garanti pure saccharine. » Il vendait des déjeuners « cacaotés », des sardines « anchoitées » (contre le DK de février) ; des artichauts déshydratés de Tunisie (meilleurs que les frais) ; du fromage maigre (zéro pour cent de matière grasse). Les affamés de la rue Pandolphe ouvraient leurs oreilles et leur bourse à ce Chrysostome de l'Alimentation. L'espoir est chevillé au cœur de l'homme, et, de toute façon, « ça bourrait ».

Les Poissonard, qui n'avaient jamais goûté de ces répugnants comestibles, mentaient avec émulation.

— Nous autres, on mange pas autre chose, clamait Julie en brandissant quelque boîte de *Kok-cao* ou en désignant du pâté de mou. Sans ça, on pourrait pas faire. L'important c'est les calories et les vitamines. Faut pas croire que parce qu'on est crémier, on se débrouille mieux que les autres. Au contraire ! Chez nous, tout le monde est rationné. Tenez, moi, eh bien, je pèse le beurre de ma fille et du petit. Monsieur Poissonard, il a pas un gramme de plus qu'il n'a droit. C'est pour vous montrer.

Chose curieuse, elle se prenait à ces bourdes et y croyait presque. Elle se voyait pesant le beurre de chacun. Josette l'écoutait bouche bée et y croyait aussi, sur le moment.

La pitié, en 1941, n'était pas un sentiment bien répandu. Chacun était trop préoccupé de soi ou de sa famille pour s'inquiéter des autres.

Josette, cependant, par sa maigreur, son air de chien battu et sa misère, éveillait un peu de compassion. Sa condition d'esclave se lisait sur son visage, dans ses gestes lents, dans ses yeux apeurés. Les multiples observations que, d'une voix aigre, lui adressait Julie, n'échappaient pas à la malveillance. A ce propos, Émilienne, la bonne des Bloncourt qui, après la fuite de Léon, s'était abouchée avec Mme Lécuyer, confia à celle-ci :

— Mme Poissonard, sa gamine, elle lui mange la peau sur le dos.

— Ce n'est pas étonnant, répondit la petite vieille. Ces gens-là sont des exploiteurs. Ils ont fait leur souffre-douleur de cette pauvre fille. C'est une honte. Mais n'ayez crainte, tout se paye, Émilienne.

Les Poissonard suscitaient, on le voit, tant par leur comportement que par leur prospérité, des mécontents. Mme Lécuyer n'était pas la seule à éprouver de l'animosité ou de la rancune ; mais cette hostilité était négligeable. Elle était trop dispersée. Jamais elle ne s'unit et forma un mouvement d'opinion. Les Poissonard, par surcroît, se moquaient de ce qu'on pensait d'eux. Quand une ménagère faisait quelque remarque sur l'épuisement de Josette, Julie répondait légèrement :

— Vous tourmentez pas pour elle. Elle est plus heureuse que nous. Elle n'a pas de responsabilités... et elle a la jeunesse !

Josette, élevée dans l'honnêteté, et douée de

peu d'imagination, passa huit mois complets au *Bon Beurre* avant que l'idée même de voler l'effleurât ; mais enfin cette idée lui vint, malgré tout, et la plongea dans des débats de conscience et des troubles infinis. Il lui fallut deux mois supplémentaires pour passer à l'acte. Encore fut-ce l'aspect de sa mère, maigrie de quinze kilos, les yeux ravagés par l'exercice de la couture nocturne, et les dents cariées par la sous-alimentation, qui la poussa. Profitant d'un instant de solitude, elle chipa donc un morceau de Port-Salut et, sans même l'envelopper, l'enfouit dans la poche de sa robe. Son cœur battait à tout rompre.

Elle comptait sans sa malchance. La porte de l'arrière-boutique était entrebâillée. Dans cette arrière-boutique, Jeannine lisait *Les Dieux rouges*, de M. Jean d'Esme. Ce roman d'aventures ne lui plaisait qu'à moitié, aussi relevait-elle la tête de temps à autre. Évidemment, elle la releva au moment où Josette perpétrait son larcin : elle la vit couper le morceau de fromage en tremblant, le regarder de toute son âme, et le faire disparaître dans l'entrebâillement de sa blouse.

La joie inonda Jeannine. Il lui sembla que son petit cœur éclatait d'un noir bonheur. Elle courut sans bruit à la resserre où Julie et Charles-Hubert rangeaient dans des sacs de jute cent barres de savon de Marseille et, fière comme un journaliste, déballa toute l'histoire.

— Ça devait arriver, prononça Julie, étrangement calme.

— Nom de Dieu! dit simplement le crémier.

Les Poissonard, sans une parole, se rendent sur le théâtre du crime. Ils se plantent devant Josette qui rougit. Jeannine, un peu en retrait, contemple la scène.

— Donnez-moi ça, dit Julie d'une voix glaciale.

— Quoi? demande la gamine en s'étranglant.

— Ce que vous venez de voler!

— J'ai rien volé, m'dame...

— On vous a vue.

Josette éclate en sanglots convulsifs. C'est alors que se produit l'explosion. Brutalement, Charles-Hubert dégrafe la blouse de l'employée, plonge la main dans sa poche et attrape le corps du délit. Il le brandit.

— Et ça? s'écrie-t-il. Voleuse... Vous êtes une voleuse, voilà ce que vous êtes!

— Une voleuse, reprend Julie, deux octaves plus haut. Si c'est pas malheureux! Soyez gentil avec le monde et voilà comme on vous récompense! Si on m'avait dit ça, je l'aurais pas cru. Vous n'avez pas honte? Charles, appelle la police.

— Non, non! hurle Josette. Pas la police. Pardon, pardon! Je l'ferai pus, m'dame.

— C'est un peu fort! s'écrie Julie.

— Voleuse, salope, traînée! vocifère Charles-Hubert. On m'y reprendra à avoir confiance en quelqu'un! Tu mériterais que je te foute une trempe!

Il lève la main. Josette se protège avec son coude. Elle hoquette et bredouille. Jeannine est très impressionnée. Elle se jure à elle-même qu'elle ne volera jamais. C'est trop laid.

— Vous savez ce que vous avez fait ? dit Julie. Vous avez volé la ration d'un mois d'un J 2. Un J 2, à cause de vous, il aurait pas eu de fromage pendant un mois. Vous vous rendez compte, maintenant ?

— Voui... Oh! voui, m'dame.

— A la porte, dehors, foutez-moi ça à la porte ! glapit le crémier. Je ne veux pas de voleurs chez moi. On n'a jamais vu une chose pareille. Voler la ration d'un enfant !

— Ça ne se passera pas comme ça, dit Julie. Habillez-vous et venez au commissariat avec moi, ma fille.

Josette sanglote si fort qu'elle manque avoir une crise de nerfs.

— Non, m'dame, s'il vous plaît, pas au commissariat. Prenez la moitié de mon mois !

Un silence suit ces paroles, coupé par les reniflements de la coupable.

— Pour cette fois-ci, on passera l'éponge, dit Julie, lentement. Mais que ça ne se reproduise plus. Qui me dit seulement que c'est la première fois ? Qui me dit que vous n'en avez pas volé pour des milliers de francs ici ?

La question est de pure forme. Julie connaît à un gramme près l'état des marchandises.

— Non, m'dame, j'vous jure, gémit Josette. J'ai jamais rien volé. C'est la première fois.

— Vous savez, j'en ai maté d'autres que vous, ma fille.

— Pardon, pardon, répète Josette comme une machine.

— Si vot' pauv'mère savait ça!

Le désespoir de la gamine est à son comble.

— Le dites pas à ma mère!

— On verra.

— Ça dépendra de vous.

— Prenez la moitié de mon mois!

— Et comment! dit Charles-Hubert. Et vous pouvez encore vous estimer heureuse qu'on ne vous fasse pas coffrer. Vol de produits alimentaires, vous savez dans les combien ça va chercher aujourd'hui? Six mois ferme.

— C'était pas pour moi, dit Josette dans un accent déchirant, c'était pour ma mère!

Cette révélation frappe les crémiers de stupeur.

— Non mais, écoutez-moi ça! dit le crémier. Pour sa mère! Ça ment comme ça respire, ces mômes-là. D'abord vot'mère c'est qu'une gourde, elle a qu'à se débrouiller. Et puis faut pas me la faire. C'est pas parce qu'on est du peuple qu'il faut nous prendre pour des imbéciles. Ce Port-Salut, c'était pour vous. Et regardez-le : vous l'avez tout salopé. Il est plein de miettes de pain. On peut même plus le vendre.

— Bien entendu, dit Julie, on vous prendra cent vingt-cinq grammes de tickets sur votre carte. C'est à peu près le poids de ce que vous avez volé. Et vous y gagnez, encore!

— Oui, m'dame. Merci, m'dame!

— Ce morceau de fromage, on va être obligé de le garder pour notre consommation, maintenant.

— Ça tombe bien, dit Charles-Hubert, moi qui peux pas sentir le Port-Salut!

Ce drame, qu'elle avait provoqué, ne souleva en Jeannine qu'assez peu de sentiments. Josette était un personnage trop falot, trop ridicule, pour lui inspirer de l'intérêt. Elle avait assisté à un spectacle de choix qui l'avait émue et passionnée. La violence de ses parents lui arracha même quelques larmes. Ce ne fut que longtemps plus tard qu'elle conçut des remords. La férocité des enfants ne tombe guère avant la puberté.

On retint comme convenu cent francs sur le mois de Josette.

— C'est autant qu'elle dépensera pas à faire la noce, dit Charles-Hubert.

Pour en terminer avec Josette, indiquons tout de suite qu'elle resta un an et demi au *Bon Beurre*. L'épisode du Port-Salut eut pour effet de la rendre, pendant tout un trimestre, plus apathique que jamais. Comme on s'en doute, elle n'osa plus désormais s'approprier le bien d'autrui. Après vingt mois de service sous les Poissonard, elle se sentit des velléités de liberté. Elle avait, il faut en convenir, un peu changé. Un sourd travail se produisait dans sa chair. En dépit des privations, de l'excès de besogne, de la crainte et du dénuement, Josette s'épa-

nouissait. Comme par enchantement, il lui
poussa, en trois semaines, des seins et une
sorte de croupe. Son âme était le théâtre d'un
bouleversement semblable : elle avait la larme
moins facile. Un matin d'avril 1942, elle arriva
à la boutique en fredonnant une scie du moment :

> On ne danse plus la java
> Chez Bébert, le monte en l'air ;
> On est swing du haut jusqu'en bas
> Chez Bébert, dit les pieds plats.

Au cours de ce même mois d'avril, elle
esquissa deux sourires. Deux gentils sourires,
ma foi. Cette gamine devenait papillon. Il lui
fallut encore trois mois pour parfaire sa métamorphose. En juillet, elle annonça aux Poissonard son intention de les quitter. Ceux-ci en
conçurent une colère violente. Ils constatèrent
avec indignation que leur vendeuse était presque jolie.

— Quelle ingrate! dit la crémière.

On s'arrangea pour faire sauter le paiement
de vingt et un jours de vacances qu'on lui devait.
Puisque c'était elle qui décidait de partir, on
n'avait pas à se gêner, n'est-ce pas ?

Arrêtons-nous un peu à cette date, juillet 1942. Les Poissonard nagent dans l'opulence. Cela ne se manifeste point par un luxe tapageur et ridicule. Ils sont restés les mêmes bonnes gens qu'avant guerre. Rien de changé dans leurs habitudes. Qui devinerait que Charles-Hubert recueille quarante mille francs de bénéfice par mois ? Qui penserait qu'il possède trois kilos d'or en lingots et deux cent huit napoléons ? Ses stocks sont innombrables et disséminés dans tout Paris. Sa table est plus abondante et plus fine que jamais. En fait, c'est une des meilleures tables de France. Tout le monde mange du pain de son ; chez lui, on ne consomme que la baguette la plus blanche et la plus légère ; on a de la viande toute la journée ; on crève de charcuterie et de crème.

Cet excellent régime ne va pas sans désagréments : les Poissonard avaient mal au foie. Le départ de Josette les fortifia dans leur projet de s'octroyer, enfin, de profitables vacances. On fermerait le *Bon Beurre* pour un mois. En aucun temps on n'avait abandonné la boutique pour plus de quinze jours. Charles-Hubert complotait une cure à Vittel. Julie penchait pour Évian, qui collait des étiquettes plus avenantes sur ses bouteilles d'eau. Riri, consulté, voulait partir à la recherche de la source Perrier. Jeannine n'avait pas d'opinion. Charles-Hubert réclama des prospectus aux syndicats d'initiative, étudia le prix des hôtels, calcula le manque à gagner et se décida finalement pour Vichy. Qui sait ? on pourrait peut-être, là, rencontrer des gens utiles.

Il sollicita et obtint de « ces messieurs » un *ausweis* collectif pour la zone libre. Pendant les quatre mois qu'il ravitailla le *Soldatenheim*, il s'était constitué des relations, le bougre ! Julie, fatiguée, aspirait à quelque détente, mais la perspective de ne pas gagner d'argent pendant trente et un jours lui causait une douleur intolérable. Cette tête ne restait jamais inactive ; les projets s'y succédaient avec un égal bonheur. Ce fut elle qui eut l'idée de mettre à profit le voyage pour aller « dire un petit bonjour au Maréchal ».

— J'ai vu sur le journal, expliqua-t-elle à son époux, que l'Maréchal, il reçoit tout le monde. Pourquoi qu'on irait pas lui faire une visite, nous ? On en vaut bien d'autres, pas vrai, Charles ? Et puis ça nous posera que le Maréchal il nous ait vus. C'est un homme bien, qu'aime le peuple. Si ça se trouve, ça pourra t'aider dans ton commerce.

Intelligenti pauca : cette proposition électrisa le crémier. Il entrevit tout l'avantage d'une rencontre aussi flatteuse. Connaissant l'âme humaine, et singulièrement celle des grands de ce monde, il dit :

— On peut pas aller voir le Maréchal les mains vides. Ça se fait pas. Faut lui faire un cadeau. Paraît que tous ceux qui viennent le voir, ils lui apportent des produits. Nous, comme on est crémiers, on lui fera cadeau d'une douzaine d'œufs. Qu'est-ce que t'en dis ?

Au cours de la semaine qui suivit, les « œufs du Maréchal » tinrent une grande place dans la vie des Poissonard. On en parlait avec des sourires entendus, des clins d'œil, des hochements de tête. Leur emballage donna matière à des discussions. On s'arrêta sur une jolie cassette en contreplaqué. Julie obtint qu'on l'entourerait d'un ruban rouge large de cinq centimètres et s'épanouissant en un nœud artistique. Pour que le cadeau eût vraiment fière allure, on ne placerait pas dans cette cassette de vulgaires œufs de poule, mais des œufs de cane, plus volumineux.

Se rendre à Vichy n'était pas une mince affaire, et les crémiers aimaient leurs aises. On dut régler l'un après l'autre les terribles problèmes que souleva l'expédition. Le droit de monter dans le train, à cette époque, s'arrachait par de multiples démarches. Julie ni Charles-Hubert n'entendaient perdre leur temps à aller quérir une « fiche d'admission », puis à attendre sans fin aux guichets. Une vieille femme de ménage, sorte de factotum de la rue Pandolphe, s'en chargea contre une modeste rétribution. Cette personne, qui n'ignorait rien des circonstances du moment, se munit d'un pliant, d'un casse-croûte et d'une bouteille thermos et, pendant trente-sept heures, représenta les Poissonard entre les chaînes et les barrières sinueuses qui, sur un bon kilomètre autour de la gare de Lyon, contenaient, patients et obstinés comme les spectateurs des troisièmes galeries à la Comédie-Française, les postulants au voyage.

Le 29 juillet au matin, les quatre Poissonard, couverts de valises, de vêtements et de vivres, se juchèrent dans trois vélotaxis dûment convoqués et appareillèrent vers des destins enviables.

On a probablement oublié ce qu'étaient les vélotaxis. Ces curieux véhicules se composaient d'une bicyclette ou d'un tandem auquel était fixée une sorte de chaise à porteurs roulante — disons, comme Sterne, une *désobligeante* — pouvant contenir un ou deux passagers. La course, dans ces engins, coûtait assez cher ; mais il y avait peu de moyens de locomotion. L'essence manquait, les taxis étaient entrés dans un hivernage de cinq ans ; les lignes d'autobus disparaissaient l'une après l'autre ; la moitié des stations de métro étaient fermées. Le métro, du reste, était le dernier endroit où se fourvoyer : il dégageait une puanteur féroce et grouillait d'une population itinérante plus dense que les globules blancs dans le sang d'un lymphatique.

Ses portières éclataient sous la poussée des voyageurs, les musettes pleuvaient, les bêtes criaient et urinaient ; sans compter les soldats allemands. Pour en revenir aux vélotaxis, ceux-ci soulevèrent pendant quelque temps une polémique. Certains journaux les décrétèrent immoraux. Il était contraire à la dignité de la personne humaine, disait-on, que des hommes pédalants traînassent leurs semblables assis. Cet appel à la dignité de la personne humaine à une époque où les Juifs étaient tenus de porter sur le sein une étoile jaune large comme un crachat autrichien, a quelque chose d'assez piquant.

Dans le premier vélotaxi s'installent Julie et Jeannine. Charles-Hubert et Riri se carrent dans le second. Le troisième est réservé aux bagages, aux provisions de bouche et à la précieuse cassette. La caravane s'ébranle. Les Poissonard sourient d'aise : enfin leur repos commence.

Sous l'occupation, Paris à sept heures du matin, au mois de juillet, offrait un spectacle ravissant. Les trois vélotaxis remontèrent l'avenue de Wagram. Le ciel pâle, le soleil naissant, le silence, les portes cochères closes, tout conspirait à redonner à ces lieux une sérénité et une jeunesse qu'on n'est guère accoutumé à leur voir. L'Arc de Triomphe se dressait sur la place de l'Étoile comme une *meza* au milieu du désert mexicain. On le contourna, puis les vélotaxis, en roue libre, descendirent les Champs-

Élysées, large fleuve d'asphalte, calme Saône
que n'encombrait nul esquif.

— Regarde bien, dit Charles-Hubert à son
fils. C'est les Champs-Élysées. C'est la plus
belle rue du monde et y a pas un chat.

— Ce que c'est mort, tout de même! cria
Julie en se retournant vers son époux qui la
suivait à quatre ou cinq mètres.

Mettant ses mains en porte-voix, Charles-
Hubert répondit :

— Te casse pas la tête, ça se remettra en
marche avec le commerce!

De-ci, de-là, des barrières blanches, devant
des hôtels, des restaurants ou des cinémas,
donnaient à l'avenue une allure champêtre.
Des guérites aux couleurs allemandes, des éten-
dards nazis, des panneaux de signalisation
rédigés en allemand plaquaient sur l'aspect
durable des maisons, des trottoirs, du ciel
même, un décor éphémère et incongru, d'une
apparence assez joyeuse en dépit de sa signification, et qui imitait les girandoles, poteaux et
estrades que l'on dresse dans la nuit à l'occasion
des fêtes.

Il y avait bien des sentinelles dans les guérites,
mais cela ne créait pas pour autant de l'anima-
tion. Un soldat en faction, immobile, n'a rien
d'un être vivant. C'est un piquet, une statue en
laquelle se fige davantage encore le paysage.

Passé le Rond-Point, les Champs-Élysées,
envahis par la verdure, couverts d'arbres fris-
sonnant sous la caresse de la brise estivale,

étaient rendus à la nature. Paris était mort depuis plusieurs siècles et la végétation s'était emparée de lui. Le vieux Clemenceau de bronze cheminant sur son rocher, semblait un monarque ancien condamné à errer parmi les décombres de son empire. On n'était plus en 1942, mais en 3000. Les Poissonard, innocents crémiers parisiens, figuraient les audacieux explorateurs de civilisations disparues, traînés par des coolies dans une jungle parsemée de vestiges antiques.

Les chevaux de Marly, couverts de sacs de sable, se dressaient à l'horizon comme deux grandes ruines caracolantes. La place de la Concorde, avec ses fontaines asséchées, ses palais hostiles, ses huit femmes de pierre au regard vide, son obélisque africain, paraissait aussi désaffectée qu'un hypogée pharaonique. Ce lieu immense et plat, orné de monuments frappés d'embolie, évoquait la place publique d'un Pompéi colossal, qu'on aurait débarrassée la veille d'une lave bimillénaire. Les temples grecs de la Chambre des Députés et de la Madeleine, noircis, calcinés par un Vésuve puissant comme l'Himalaya, montaient la garde de chaque côté de cette nécropole, témoins désolés de cultes abolis.

A vive allure, les vélotaxis filèrent entre les naïades d'airain et les effigies des villes englouties. Les bannières rouges et noires des archéologues germaniques flottaient allégrement sur l'hôtel Crillon et le ministère de la Marine.

Cahotant sur les pavés des quais, les Poissonard faisaient des réflexions sur la Seine.

— Tu vois, Riri, dit Charles-Hubert, c'est là-dedans que les égouts se vident.

— La Seine prend sa source au mont Tasse-lot, confia Jeannine à sa mère, qui l'admira d'avoir, si jeune, tant de science.

Au Pont-Neuf, Charles-Hubert, possédé par le démon pédagogique, enseigna à son fils :

— C't'homme-là, Riri, qu'est sur un cheval, c'est Henri IV. C'est lui qu'a fait la poule au pot.

Ingénument, cet enfant de la balle répliqua :

— Et le bouillon Kub, dis, papa, qui c'est qui l'a fait ?

C'était bel et bien un mot d'enfant. La famille Poissonard en conçut une fierté inimaginable et le répéta à peu près quotidiennement jus-qu'en 1948.

On arriva à la gare de Lyon avec trois quarts d'heure d'avance.

— Allons au buffet, dit Charles-Hubert, pour qui les voyages d'agrément étaient surtout des prétextes à manger sans trêve.

Le buffet de la gare de Lyon était la chose la plus désolante du monde. Ses fenêtres étaient peintes au bleu, en sorte que malgré le soleil qui brillait dehors, une blafarde et sinistre lumière électrique y régnait. On n'y servait que de la limonade saccharinée et du viandox.

Mieux valait gagner le train tout de suite. Heureusement que les Poissonard avaient loué leurs places ! Le convoi, interminable, se composait de coucous échappés au musée de la Voiture, qui avaient certainement contenu des volontaires pour la guerre de Crimée et des dames en crinoline. En 1942, il y avait beau temps que les occupants faisaient rouler le bon matériel de la S. N. C. F. à travers la Prusse, la Pologne et l'Ukraine. Autour de ces carcasses se pressait une foule de gens sans aveu mais non sans bagages, qui bondissaient sur les marchepieds, se piétinaient, s'injuriaient, gonflaient les soufflets de leur matière indéfiniment compressible.

Julie, serrant son fils contre elle, enveloppant sa fille de son bras gauche, répétait :

— Ah! là là! le monde est pas beau! On aurait dû prendre un porteur.

Assis dans leur compartiment, les crémiers déballèrent leurs vivres. Bien que le train mît dix-huit heures pour atteindre Vichy, et qu'ils saucissonnassent toutes les demi-heures, ils ne vinrent pas à bout de leurs stocks. Leurs compagnons de voyage les regardaient avec des yeux de déments. Les Poissonard, entre deux bouchées, leur faisaient la morale et parlaient politique.

TROISIÈME PARTIE

I

A son arrivée à Lyon, Léon dénicha, par chance, un taudis rue Henri-Pensier, petite impasse du quartier de Grange-Blanche. Il y gela tout l'hiver. En été, les moustiques l'envahirent. Un de ses premiers soins fut de se présenter au centre de démobilisation. Il espérait qu'on le féliciterait de sa double évasion, mais il eut affaire à des gendarmes obtus qui le regardèrent avec méfiance. L'un d'eux, carrément bourru, lui dit :

— Prisonnier évadé ? Vous pouviez pas rester où vous étiez, non ? Au lieu de venir nous embêter à faire de la paperasserie !

Un autre, sévère, lui conseilla :

— Allez, file ! Et qu'on ne te revoie plus ! Si on faisait notre boulot, on te remettrait aux autorités d'occupation.

Léon, ulcéré, s'en retourna sans un mot. Comme il gagnait la porte, le gendarme lui cria :

— Tu pourrais dire merci, eh ! mufle !

Pendant trois mois, Léon pensa à Émilienne avec complaisance, gratitude ou vanité. Il s'y mêlait bien quelque nostalgie, qu'aggravaient des rêveries libertines, mais le cœur de notre ami ne souffrait point. Le Gouvernement avait mis en circulation, à cette époque, des *cartes interzones* tout imprimées, dont on n'avait qu'à remplir les blancs. Léon, un soir de tendresse, ne résista pas au besoin d'expédier à sa maîtresse un de ces billets. Son imagination lui inspira de surprenants madrigaux qui s'épanouirent entre les formules utilitaires.

CARTE POSTALE

Lyon, le 27 novembre 1940.

Mon corps est EN BONNE SANTÉ, je ne suis pas FATIGUÉ de penser à toi, mais mon cœur est ~~LÉGÈREMENT~~ GRAVEMENT ~~MALADE~~ BLESSÉ par ton souvenir délicieux. Toutefois, j'ai TUÉ l'amour en moi. Je ne serai plus longtemps PRISONNIER de tes charmes, cruelle. Je souhaite parfois que Jojo soit DÉCÉDÉ. Je pense à ton corps d'albâtre, à ta jolie bouche qui me laisse SANS NOUVELLE. LA FAMILLE de mes sentiments est plus tragique que celles des Atrides. Le noir VA BIEN à mon âme. J'aurais grand BESOIN DE PROVISIONS de baisers. Mon esprit est un catafalque semé de larmes D'ARGENT. Le pauvre Léon VA ENTRER A L'ÉCOLE de l'adversité. IL A ÉTÉ REÇU à l'examen du malheur. AFFECTUEUSES PENSÉES. BAISERS fous de celui qui n'a jamais cessé de t'aimer.

Signature
Léon.

« Pauvre chou! » dit Émilienne après avoir lu ce billet dont une grande partie lui resta obscure. C'était une bonne fille. La mère Lécuyer, avec beaucoup de reconnaissance, éprouvait quelque jalousie à son endroit. Elle ne lui demanda pas comment elle connaissait Léon. C'était un de ces mystères qu'elle aimait tant. Son imagination n'était pas moins romanesque que celle de son fils. Celui-ci, de toute évidence, était passé conspirateur, et Émilienne était « une émissaire ».

Léon, à la vérité, ne conspirait guère. Il s'était sagement inscrit à la Faculté de Lyon, et comptait bien passer l'agrégation l'année suivante. Il travaillait énormément et mangeait peu. Une phrase de sa mère, flétrissant la cuisine de restaurant « qui vous détraque l'estomac », lui revenait chaque fois qu'il préparait ses patates ou sa viande hebdomadaire. Il regrettait frénétiquement la cuisine de restaurant de 1938. La plupart du temps, il s'alimentait dans d'infâmes gargotes, catégorie D, où il n'y avait de convenable que les cure-dents et le papier de l'addition.

La vie à Lyon fut pour Lélé une série de rêves absurdes et de plaisanteries de mauvais goût. On n'avait plus affaire à de bons et loyaux objets, mais à de malicieuses matières qui s'ingéniaient à vous duper. Les lames de rasoir ne coupaient pas, le savon était une pierre ou du sable, le dentifrice du plâtre, le café de l'orge, le cuir du papier, la toile de la fibre de bois. On était entouré d'apparences, on se mouvait dans des mirages, la vie réelle n'était pas plus véridique que des accessoires de théâtre : poulets de carton, bouteilles d'eau teintée, sabres en fer-blanc.

Les mots eux-mêmes avaient perdu leur signification. Les démarches les plus normales se qualifiaient de la façon la plus étrange. Par exemple, on ne fumait plus du tabac, on *fumait sa décade*, ou *du belge ; on mangeait ses tickets ;* la moutarde s'appelait du condiment, les pommes de terre des féculents, les oranges des agrumes. Le mardi, le jeudi et le samedi, la vente des apéritifs était interdite dans les débits de boisson : c'étaient les *jours sans.* Sait-on aujourd'hui ce qu'étaient les *conditionnements provisoires ?* C'est le nom qu'en français l'on attribua pendant quatre ans aux emballages. Rien ne restitue la saveur d'une époque comme son vocabulaire. De 1940 à 1944, la France a usé d'un jargon tout à fait inédit, le plus souvent d'origine administrative ou économique, où la cuistrerie et la prétention s'en donnaient à cœur joie. L'influence allemande n'était pas non plus sans s'exercer. A Lyon, qui n'est pas loin de Vichy, siège du gouvernement et infatigable station émettrice de néologismes, slogans et formules, Lélé se trouva d'un coup submergé par un parler nouveau, aussi barbare que le charabia gréco-latin des docteurs en médecine. Le vin était devenu de l'*appellation contrôlée*, le cuivre un *métal non ferreux*, le savon un *produit détersif* ; les articles qu'on achetait sans tickets étaient *non contingentés*. L'épithète *national*, accolée à café, tabac, chaussure ou boudin, se traduisait par camelote. On parlait de farineux, de succédané (ou d'*ersatz*), de semelles compensées, de relève des prisonniers par les civils, de soja, de fruits congelés, de préfets régionaux, d'internement administratif et de mocassins en paille. La canadienne était le vêtement en vogue. Les intellectuels « pensaient proprement français », exigeaient une « reprise de conscience de l'essentiel autochtone », « faisaient le départ » entre sujet et citoyen, « assumaient » Gobineau, Jeanne d'Arc ou le décret de Moscou, « se confrontaient à » l'ascèse ou à la musique. Ils proclamaient la résurrection de l'artisanat et découvraient dans la France (la vraie, celle de Vercingétorix et de Louis XI) un pays agricole. Ils dissertaient sur le regroupement, la normalisation, la subversion, les confluences (spirituelles, cela va sans dire). L'important pour eux était de « déboucher » sur quelque chose.

Les jeunes garçons des Chantiers de Jeunesse rêvaient de « cadres », quant aux anciens combattants, ils avaient la « mystique du chef ». Le drapeau, que l'on promenait partout, était désigné par « les couleurs ». Politiques et économistes se gargarisaient avec les Comités d'Organisation, le Statut de l'Épicier, l'Acte Constitutionnel quater ou quinquiès. Les imbéciles portaient le « complet Pétain », d'étoffe militaire, auprès duquel le fameux « complet Abrami » de 1918 aurait paru un miracle d'élégance. On lisait n'importe quoi car, n'ayant rien à acheter, on avait de l'argent de reste. Les libraires, écumant les invendus des éditeurs, se garnirent d'étonnants ouvrages comme : *Présence de Péguy, Immanence de Nietzsche, Autour du XIVᵉ siècle allemand, Arno Breker et le Surhomme hitlérien, Pour une Ethnie française.* Les penseurs du régime étaient MM. Gustave Thibon, Jacques Chevalier et Albert Rivaud. « Vivre avilit », déclaraient les esprits délicats. On glorifiait le moyen âge « époque de lumière », où il n'y avait pas « divorce entre l'intelligence et l'art, l'élite et la masse ». Les essayistes tenaient l'histoire de France pour négligeable et n'admettaient que les sauvages, auxquels, toutefois, ils ajoutaient le « miracle grec » et les « droits de l'homme aryen ». Les polytechniciens contempteurs du coton, matière étrangère, judéo-démocrate et capitaliste, soutenaient que le tissu fait avec des cheveux ramassés dans les salons de coiffure était plus solide que la laine. Jamais autant qu'à cette époque de défaite militaire, on ne chérit la cocarde. Les passementeries et les gants à crispin passés au blanc, jusque-là réservés à la seule garde républicaine de Paris, devinrent l'apanage de la dernière musique de ligne. Les calots s'ornèrent de fonds de couleur et les poitrines de breloques grandes comme la main. A la manœuvre et à l'école du soldat, la pelle remplaçait le fusil, d'où de beaux paragraphes dans les hebdomadaires, sur Nuremberg et le *Parteitag*. Les patriotes « prenaient Londres à la radio ». Les tuberculeux obtenaient de leur médecin une *sural* qui leur procurait quelques grammes de viande et quelques gouttes de lait supplémentaires. Deux chansons nostalgiques planaient sur tout cela, orchestraient cette vie stupéfiante, ces sentiments, ces idées : l'une, née outre-Rhin, était *Lili Marlène* ; l'autre, jaillie du sol français, n'eut pas autant de fortune ; elle débutait ainsi :

> *Les fleurs sont des mots d'amour,*
> *Plus exquises que des caresses...*

Maigre, le teint blême, les vêtements défraîchis, sans argent, Léon progressait en tâtonnant dans ce monde saturé de propagande, inondé de photographies du Maréchal, et tout résonnant de polémiques dérisoires. Consciencieusement, il s'acharnait à lire, à comprendre, à assimiler. C'était un intellectuel, que diable ! et les problèmes de l'heure ne le laissaient pas indifférent, loin de là. Pour son bonheur, il avait l'instinct assez juste et c'était un esprit sérieux. Sans la moindre ironie, il passait les grandes tendances de la pensée vichyssoise au crible de sa critique. Il n'en restait pas grand-chose. Léon en vint assez vite à mépriser MM. Thibon, Chevalier et Rivaud, qui régnaient sur l'Université. Les mœurs de

185

M. Abel Bonnard, le ministre de l'Éducation nationale, ne conciliaient pas au régime cet ennemi farouche de l'amour grec. Pendant quelques semaines il attribua au président Laval de la roublardise et le dessein secret de berner l'occupant, mais lorsque ce politicien déclara : « Je souhaite la victoire de l'Allemagne », il vit en lui le bourreau de la patrie et se mit à le haïr de la façon la plus déraisonnable. On verra jusqu'où cette passion l'entraîna.

Il vivotait en donnant des leçons de français, de latin et de grec. Le soir, dans son taudis solitaire il déclamait les *Châtiments* et s'émerveillait de l'application de ces vers aux circonstances présentes. Lui-même brûlait d'écrire des poèmes vengeurs. Tout un cahier (marque *Gallia*) se couvrit d'alexandrins de sa façon stigmatisant les pantins du Gouvernement, traînant la police dans la boue, et présentant le Maréchal Pétain comme une sorte de Tibère. Il songeait que ces compositions seraient publiées un jour, clandestinement, s'entend, et que la France entière, enivrée, les apprendrait par cœur. Après la guerre, cette production lui vaudrait argent et gloire. Qui sait ? L'Académie, peut-être, l'accueillerait-elle ? Il entrevit une existence brillante. Tous les grands hommes n'ont-ils pas eu des débuts difficiles ?

On s'étonnera peut-être que Léon écrive en alexandrins. Cet esprit ardent restait, pour certaines choses, fort traditionaliste. Le vers libre lui semblait de la prose déguisée ; il se voulait vraiment poète, comme Chénier, dont il enviait la mort tragique. Ses alexandrins, disons-le tout de suite, étaient assez médiocres et parsemés de clichés indignes. Il y parlait avec lyrisme, de *pays enchaîné,* de *vieillard sanglant,* de *monstre politique accroupi sur la France,* d'*Auvergnat tortueux et de sinistre augure,* de *militaires vaincus vautrés dans la défaite,* de *peuple frémissant sous la botte germaine,* etc.

Pleure, ô ma France aimée,

s'écriait-il dans un distique particulièrement déplorable,

> *et grince avec les dents,*
> *Mais garde au fond du cœur tous tes tisons*
> [*ardents.*

Cette production intimida pourtant quelqu'un : Mlle Madeleine Gagnepain, licenciée ès lettres, comme Léon, et qui préparait un diplôme d'études supérieures sur « le mélange du réel et du surréel dans *Érec et Énide* de Chrétien de Troyes ».

Il faut s'attarder un peu avec cette demoiselle Gagnepain, car elle va tenir sa petite place dans la suite de cette chronique. Non qu'elle eût, la pauvre créature, quelque importance par elle-même, mais elle constitua, en deux ans, la seule relation que Lélé acquit à la Faculté de Lyon, et ensuite influa d'une façon déterminante sur son existence.

Elle avait, en 1941, vingt ans, un visage pâlot et marqué de points noirs, de petits yeux marron et des cheveux bruns tout plats ramenés derrière la tête en un chignon gros comme un poing d'enfant. Son corps boulot, ses seins lourds, ses lèvres charnues, son air coupable et l'évidente tristesse de sa chair avaient du charme. Cette apparence pauvre et soumise chatouillèrent Dieu sait quelles régions obscures de la sexualité de Léon. Mlle Gagnepain, qui d'ordinaire tenait les yeux baissés, levait parfois les paupières et posait sur les êtres des regards de victime propres à enchanter les sadiques. Léon n'était point sadique, mais ces regards le remuaient. N'oublions pas des bas de coton noir, que l'on imaginait tranchant sur la blancheur des cuisses. Après six mois de prudentes manœuvres, d'œillades, de soupirs, de poses avantageuses, de subtiles reculades, de dédains concertés, de feintes indifférences, toutes merveilles de tactique que Léon assimilait orgueilleusement au manège d'un chat jouant avec une souris, il se décida à lui adresser la parole. Quinze jours plus tard, brûlant les étapes, il l'appelait Madeleine. Trois mois après, il lui faisait des confidences amoureuses. Mlle Gagnepain apprit ainsi que son ami était un coureur de jupons redoutable, et que les femmes qu'il avait mises à mal se chiffraient par dizaines. Elle en conçut de la jalousie et de l'intérêt. Léon aimait Madeleine pour la belle image qu'il lui montrait de lui. Ces prémisses sont connues : elles conduisent à l'irréparable. L'irréparable se produisit donc un jour de janvier 1942. Le logis minable de la rue Henri-Pensier en fut le théâtre. Léon constata que les bas de coton noir étaient un terrible aphrodisiaque. Madeleine était vierge.

Pendant un mois, Léon s'abandonna à la griserie. Cette pucelle qu'il avait « inscrite à son tableau » (c'était son mot) l'honorait particulièrement. Avoir consommé la perte de Mlle Gagnepain lui semblait un exploit renouvelé de Don Juan Tenorio. Mais la catastrophe le guettait. Ces amants ne regardaient pas au-delà du présent. Bien qu'ils ne fussent beaux ni l'un ni l'autre, ils se découvraient, et ces découvertes-là ne vont guère sans susciter un certain aveuglement. Madeleine avait sauté un pas qu'elle croyait infranchissable, et Léon, avec un bonheur inconnu, songeait qu'il était aimé d'une intellectuelle diplômée. L'un et l'autre glissaient sur des nuées.

Ils avaient des conversations infinies, et marchaient, enlacés, pendant des heures. Leurs promenades les menèrent dans tous les coins de Lyon ; ils cheminaient envers et contre tout. Le mistral soufflant en tempête ne les empêchait pas de traverser et de retraverser le pont Morand plusieurs fois de suite. De la Croix-Rousse à Bron, de Monplaisir à Monchat, de Gerland à la Tête-d'Or, absorbés l'un par l'autre, ils avançaient en devisant, sans un regard pour les belles maisons plates des quais de la Saône, le Cheval de Bronze de la place Bellecour ou les palais des Terreaux. Ces deux esprits portaient sur tous les sujets le même regard, qu'il s'agît de Beethoven, des poètes romantiques ou des infortunes de la Patrie. A vrai dire, Madeleine n'avait pas, quant à ce dernier point, des vues bien arrêtées ; mais la flamme de Léon la convertit en quelques jours. Elle devint patriote. Ce sont là les miracles ordinaires de l'amour. Le cahier *Gallia* lui fut communiqué ; elle le dévora en une nuit et songea qu'elle était la plus heureuse des femmes. Un homme de génie l'aimait. Les étreintes consécutives à cette découverte ne laissèrent rien à désirer. Madeleine, tout inexpérimentée qu'elle fût, n'était pas frigide. Léon, assuré de sa supériorité, et de l'admiration de cette jeune personne, était éblouissant. Quelle réussite !

Léon, bavard, et que le bonheur rendait hâbleur, évoqua Lemercier. Celui-ci, en effet, lui confiait parfois de menus travaux patriotiques. Cela consistait, en général, à convoyer par le train une valise fort lourde jusqu'à Montpellier, Toulouse ou Grenoble. La valise étant fermée à clef, Léon ignorait ce qu'il y avait dedans, mais il souhaitait que ce fût des armes.

— Je transporte des grenades et des pistolets, dit-il négligemment à son amante, que cela terrifia.

II

Quand Mlle Gagnepain découvrit qu'elle
était enceinte des œuvres de Léon, elle en ressentit de la fierté ; mais cette nouvelle, qu'elle
annonça avec un touchant mélange de confu-
sion et de pudeur, consterna son amant. Il ne
doutait nullement de ses capacités et n'avait
pas besoin d'une telle confirmation. La triste
histoire de Jean-Jacques et de sa Thérèse, de
Greuze et de Mlle Babuti le hanta. Il s'aperçut
qu'il n'aimait pas Madeleine.

Lemercier lui avait indiqué une adresse,
avenue de Saxe, où l'on pouvait, dans les cas
graves, déposer une lettre. Consulter cet ami,
cet homme d'honneur, était indispensable. Il
le retrouva, la nuit tombée, sur le pont de la
Guillotière. Léon avait l'air d'un homme qui
va se jeter à l'eau. Son allure hagarde et déses-
pérée accentuait sa maigreur.

— Alors, fripon, s'écria Lemercier, on
fait des blagues ?

— C'est affreux ! Ma vie est finie.

Lemercier éclata de rire. Ce manque de tact offensa Léon.

— Eh bien, mon cochon! disait Lemercier entre deux gloussements, c'est du joli! On ne peut pas te laisser seul une minute. Satyre! Quel effet ça fait, d'être père? Comment se porte l'heureuse maman? Sacripant, va! Et les capotes, alors, c'est fait pour les chiens?

— Je ne comprends pas ce qui te fait rire. Il n'y a rien de drôle.

— Bah! dit Lemercier, c'est pas terrible. J'ai une adresse.

— Il va falloir que je répare, dit Léon, sombre.

— Ça te coûtera dans les trois mille francs.

— Qu'est-ce qui me coûtera trois mille francs?

— Le médecin, tiens. Je ne pense pas que tu aies l'intention de le garder, ce lardon?

Léon n'avait pas pensé aux faiseurs d'anges. La bonne humeur de Lemercier, ramenant son forfait aux proportions d'une peccadille, le dérida. Lemercier, qui avait des ressources mystérieuses, lui offrit les trois mille francs. D'ailleurs, Léon méritait une rétribution pour ses voyages. Là-dessus on alla boire un coup. Lemercier connaissait un bistrot où l'on servait du cognac véritable. En le quittant, Léon, plus Don Juan que jamais et devenu fier de sa sottise, sauta légèrement dans le tramway numéro 4. Très faraud, il regarda avec effron-

terie une Lyonnaise assise en face de lui. Il avait
oublié Madeleine.

Celle-ci se rappela à son souvenir le lendemain. Léon avait l'esprit mobile. Il était facile
de décider un avortement dans l'abstrait, mais
la présence de l'intéressée compliquait singulièrement les choses. Il hasarda quelques
allusions qui ne furent pas saisies. Comme il
se montrait un peu moins chaud que d'habitude, on lui reprocha tendrement sa froideur.

La solitude lui rendit la tristesse que les
gaudrioles et l'esprit d'entreprise de Lemercier avaient dissipée.

« Et si l'opération tournait mal? pensait-il.
On a vu des avortements tragiques. Madeleine peut y rester. Je n'aurais plus, ensuite,
qu'à me brûler la cervelle. »

L'idée de décevoir cette fille qui avait
confiance en lui et paraissait si heureuse d'être
mère lui était insupportable. Madeleine le
mépriserait d'accepter une solution aussi
barbare. Cela révoltait sa tendresse pour ce
corps dont il avait joui, pour cet esprit qui
s'était donné au sien avec fougue. Léon était
un homme de devoir. Il se martyrisa pendant
huit jours. Impossible d'éluder ses obligations!
Ces huit jours le conduisirent, plus mort que
vif, au mariage. Lorsqu'il proposa à Madeleine
de s'unir à lui, cette fille, qui ne demandait
rien, s'évanouit de joie. Léon avait tort d'être
morose. Madeleine l'idolâtrait. Elle était prête
à vivre dans le taudis de la rue Henri-Pensier,

à faire des ménages, à se prostituer, au besoin, pour lui. C'était le mariage de la faim et de la soif, mais quelle importance? Léon s'inquiéta des parents de sa fiancée. Qui étaient-ils? M. Gagnepain père avait exercé les fonctions de chef de bureau à la Préfecture du Rhône. Il subsistait dans une maisonnette de famille à Bourg-en-Bresse, avec la maigre retraite de l'Administration. Mme Gagnepain lui servait de bonne. Madeleine habitait à Lyon chez une tante.

On bâcla le mariage. Les vieux Gagnepain étaient là. Le chef de bureau, caractère féroce, fit sans arrêt des épigrammes. Son gendre lui déplaisait et il ne le cacha pas. Mme Gagnepain, vêtue de noir comme pour des funérailles, pleura beaucoup. Prenant sa fille à part, après la cérémonie, elle tint à la mettre en garde contre des dangers que Madeleine ne connaissait que trop. Jules Lemercier, en sa qualité de témoin, prononça une allocution bouffonne, que l'on jugea sévèrement. Le cœur de Léon était comme une pierre. Il commettait de sang-froid une noble folie. Il se chargeait de chaînes. Le jeune couple, en guise de voyage de noces, effectua une promenade misérable à travers les traboules de la rue Désirée, de la rue Romarin et de la rue Terraille. Le taudis de la rue Henri-Pensier apparut à Madeleine comme un paradis; pour Léon, c'était une prison. Comment annoncer ce mariage à sa mère? La pauvre vieille, qui l'aimait comme on aime un fils unique, risquait d'en tomber malade.

L'avenir ne se présentait pas sous des couleurs bien gaies. L'année précédente, en 1941, Léon, quoiqu'il eût travaillé comme un bagnard, avait échoué à l'agrégation. Cette année 1942, il l'avait gaspillée, immolée à ses amours. Au mois de septembre, Madeleine accoucherait. Avec quoi élèverait-on le fruit de leur inexpérience? Il fallait que Léon, en juillet, fût reçu à l'agrégation. L'État lui attribuerait un poste de professeur qui assurerait l'existence de sa famille. Ces problèmes matériels, la perspective d'une existence peu romanesque affligeaient Léon sans mesure. Enlisé dans des préoccupations indignes, il se répétait le vers de Baudelaire :

Ses ailes de géant l'empêchent de marcher.

De février à juin, il s'abrutit d'études. Il voulait l'agrégation coûte que coûte. Il ne se couchait jamais avant trois heures du matin. Madeleine s'enflait comme une hydropique. Après quatre-vingt-dix jours de grossesse, elle paraissait sur le point d'accoucher. D'un tempérament lymphatique, encline à la paresse, elle avait laissé *Érec et Énide* en plan et tricotait une layette. Un demi-sourire ravi flottait en permanence sur ses lèvres. Quand Léon relevait la tête de ses lectures ou de ses notes, son regard rencontrait le sourire ou le ventre de son épouse. Ce spectacle n'était pas propre à le ragaillardir.

Si peu douée qu'elle fût pour les activités domestiques, Madeleine avait un peu débarbouillé le taudis. Sa carte de « femme enceinte » lui conférait, outre le droit de ne pas faire queue, celui d'acheter un peu plus de nourriture que les simples « adultes ». Léon, rentrant chez lui après avoir inculqué des éléments de grec ou dévoilé les secrets de la dissertation française à quelque riche tapir du boulevard des Belges, trouvait son couvert mis et ses rutabagas fumants. Ces attentions le touchaient et il s'en voulait de ne pas chérir Madeleine. Celle-ci ruisselait de bonheur : elle passait toutes les nuits avec son grand homme. Comme le lit était étroit et que chaque semaine elle occupait davantage de place, Léon se voyait petit à petit expulsé de sa couche. L'abdomen rond et dur de Madeleine opprimait sa colonne vertébrale ; il dormait mal et se réveillait courbaturé.

La maternité faisait remonter à la jeune Mme Lécuyer le cours des âges. Elle se mit à bêtifier, à employer un langage puéril farci de « dodo, lolo, guili-guili, dada » et autres onomatopées. Elle nommait son mari Lélé, bien sûr, ce qui rappelait à celui-ci ses mois d'oflag, et lui donnait parfois le regret de n'avoir pas écouté les conseils du capitaine Legrandier de la Ravette. Elle l'accueillait par des phrases de ce genre :

— C'est mon Lélé ? Comment vas-tu, chou-chou ? Tu sais, le petit fan-fan a bougé trois fois dans mon ven-ventre aujourd'hui. Tu n'es pas trop raplapla ? Tu devrais aller au dodo plus tôt, mon chéri. Il y a du nan-nan à manger. Tu vas faire miam miam. Des blettes au su-sucre pour Lélé, des blettes tout à fait tsouin-tsouin, vi, vi, vi, vi, vi.

Pour lui annoncer que l'aviation alliée avait bombardé une usine de Villeurbanne, sorte d'information qui, elle le savait, réjouissait Léon à coup sûr, elle disait :

— Les Anglais ont envoyé un gros zinzin sur Villeurbannette, chic, chic, chic. Lélé va me faire un bi pour fêter ça.

Léon, que l'amour ne soutenait pas, était exaspéré par ce langage, mais son cœur délicat le retenait de le marquer et il souffrait en silence, belle occasion de se comparer à Vigny.

A la vérité, il n'était pas malheureux. Certes il était empêtré d'une femme, mais il aurait pu tomber plus mal. Celle-ci appartenait à son milieu, elle pensait comme lui sur tous les sujets et était instruite. L'amour ? Qu'est-ce que l'amour ? On n'a pas besoin d'amour pour vivre agréablement. Malgré le jargon de Madeleine, ils avaient de bonnes conversations, le soir. Et puis elle croyait en lui. Lorsqu'il l'avait connue, elle était un peu pédante, c'était un bas bleu en herbe. Sa grossesse la dépouilla de ces ornements factices ; elle redevint simplette. La science était restée, la pose était partie.

Mais Léon, poursuivi par ses chimères, songeait chaque jour un peu plus douloureusement qu'il était perdu pour l'aventure. Une idée germa dans son cerveau. « Si je suis reçu à l'agreg en juin, se jura-t-il à lui-même, je ferai un grand coup. » Au mois de mars, une photographie du « président Laval devisant avec le chancelier Hitler » publiée par les journaux l'illumina : il tuerait Laval et les manuels d'histoire l'appelleraient le Brutus français.

Il ne dévoila ce projet à personne, pas même à Madeleine sa fidèle confidente. Mais comment accomplir le meurtre ? Il se procura un eustache.

L'usage du couteau dans l'assassinat demande tout un apprentissage. Le poison, l'arme à feu sont à la portée de n'importe qui ; le surin exige du cœur, de la science et du poignet. Avec le couteau, l'assassinat devient artistique. Léon, en choisissant ce mode de tuer, obéissait-il à son esprit affamé de gloire, qui lui commandait toujours d'aller au plus difficile ? Sachant qu'un coup se porte de bas en haut, il s'exerçait devant la glace. Pendant des demi-heures, les dents serrées, le sourcil froncé, l'œil étincelant, il pourfendait un imaginaire Auvergnat. Son visage, renvoyé par le miroir, avait un aspect si terrible qu'il s'en effrayait. « J'ai l'air d'une bête féroce, songeait-il non sans quelque satisfaction. Jusqu'où ne peut descendre l'homme! Bah! tant pis. C'est pour la France! » Le poing crispé sur l'eustache, le geste sec, il frappait. S'il ne s'éborgna pas, c'est qu'il y a un Dieu pour les patriotes.

N'ayant découvert aucun « Manuel du poignard » dans les librairies lyonnaises, il se livra à une débauche de cinéma. Il voyait trois ou quatre films par semaine, hélas! il s'y trouvait rarement un assassin tuant quelqu'un avec un eustache. Léon, d'ailleurs, raffolait de cinéma. Au cours de sa première année, solitaire, à Lyon, il y était allé avec frénésie. C'était son opium. Madeleine avait succédé à cette passion. Quand il la connut, elle méprisait l'invention des frères Lumière. Mais sa grossesse la fit changer d'avis sur ce point-là comme sur tant d'autres.

Rentrant rue Henri-Pensier, à la nuit close, ils allaient couver dans leur petit lit des rêves noirs et blancs dont ils s'étaient gorgés dans les salles de la rue de la République. Cet aliment de l'esprit leur coûtait plus cher que leur nourriture.

Le destin, lorsqu'il s'empare d'un homme, ne le lâche pas facilement. Léon passa l'agrégation en juillet. Quand les résultats du concours lui apprirent qu'il était reçu, il trembla de tous ses membres. « *Alea jacta est !* » s'écria-t-il. Tel un chevalier veillant ses armes, il regarda et caressa son eustache pendant une bonne partie de la nuit. Madeleine, à son côté, dormait d'un sommeil enfantin. Elle était énorme et Léon n'osait pas bouger de peur de tomber du lit. Il ne put fermer l'œil.

A six heures du matin, il se leva, et griffonna d'un trait une lettre testamentaire à l'occasion de quoi il s'attendrit un peu sur lui-même.

Chérie, disait-il, je ne te réveille pas. Quand tu liras cette épître, je roulerai sur la route de la gloire ou sur celle de la mort. Depuis quatre mois une idée m'obsède : exécuter le fossoyeur de ma patrie. Tu vois qui je veux dire. Aujourd'hui, je suis prêt. Peut-être rentrerai-je demain soir, ayant accompli mon acte de justicier. Peut-être serai-je tué moi-même. De toute façon la postérité retiendra mon nom. Si tu ne me revois plus, sache que mes dernières pensées auront été pour toi, pour le petit être que tu portes et pour maman que tu ne connais pas. J'ai attendu d'avoir passé l'agrégation. L'Université en tiendra compte et te paiera une pension. Tu toucheras aussi une pension après la guerre, quand il ne sera plus honteux, mais au contraire honorable, d'avoir aimé la France. J'ai mûrement réfléchi. Rien ne m'arrêtera.

Adieu.

LÉON.

Tout doucement, ses chaussures à la main, il gagna la porte qu'il ouvrit avec des précautions de voleur. Dehors, il faisait déjà tiède.

Le tram le conduisit à la gare de Perrache. Place Carnot, il regarda tendrement la matrone de pierre qui représente la République : c'était un démocrate sincère. Dans la poche intérieure de son veston, à la place où l'on insère d'habitude un stylo, l'eustache, vertical, appuyait sur ses côtes. Son cœur battait, sa tête tournait un peu.

III

Léon arriva à Vichy vers neuf heures du matin. Le hasard a des rencontres étonnantes : Les Poissonard y avaient débarqué dans la nuit. Descendus à l'hôtel Albert-Ier, ils dormaient encore. Vichy, peuplé de jolies maisons, de pimpants édifices publics, de marquises tarabiscotées et de pilastres, était on ne peut plus accueillant. Sur les bords de l'Allier où Léon était allé méditer, l'été se déployait avec magnificence. Chaque vague du fleuve brillait comme un poisson au soleil. Les arbres étaient somptueux comme des tentures moirées. « Dans le cœur ! » se répétait Léon. « Il faut que je le tue du premier coup. Si je le rate, c'en est fait de moi. » Des vociférations le troublèrent. Un ivrogne s'avançait vers lui. Sur les bords de l'Allier, un ivrogne à dix heures du matin, c'est assez insolite. Le pochard ne semblait guère conscient de son incongruité.

— Saloperie de gouvernement, hurlait-il. Tous vendus aux Boches. A bas Pétain ! Laval au poteau.

Sa voix sombrait dans un gargouillis puis, tantôt violente, tantôt étouffée, reprenait les imprécations, ou entamait une chanson qui s'étranglait dans un borborygme. Léon, d'un bond, fut près de lui.

— Taisez-vous! Si on vous entendait?

Son cœur débordait d'amour pour ce patriote éméché. Il voulait l'entraîner vers la rivière et, à l'aide de son mouchoir trempé d'eau, le dessaouler.

— M'en fous! cria l'ivrogne. Les emmerde! Tas de salauds! Pourriture et compagnie! Vive la France! De Gaulle au pouvoir! *Allons enfants de la Patrie, qu'un sang guimpur abreuve nos sillons!*

— Chut! dit Léon. Je suis gaulliste moi aussi.

— C'est bien vrai, ça? Ça, c'est chouette alors! Vous êtes gaulliste, monsieur? Alors faut crier avec moi : Vive de Gaulle!

— Vive de Gaulle! dit Léon en jetant des regards partout.

— A la bonne heure! Allez, encore un coup, camarade! Vive de Gaulle! Ça leur fait les pieds à ces vaches. Vive de Gaulle, Laval au poteau!

Ils étaient arrivés sur le bord de l'Allier. Léon poussa un peu l'ivrogne afin qu'il s'agenouillât, mais celui-ci se méprit.

— Au secours, glapit-il. A l'assassin! J'ai compris, monsieur. Vous êtes un stipendié de Laval. Vous avez voulu me tuer, monsieur.

Pourri! Vendu! Homme de main! Je vous méprise, monsieur. Vous êtes un agent provocateur. Vous serez fusillé.

Léon essaya de se disculper, mais son interlocuteur ne voulut rien entendre. A la fin, couvert d'insultes, il se sauva. Chose étrange, il n'en éprouva aucune tristesse. Au contraire, son désir de supprimer le président Laval fut renforcé par cette rencontre. L'ivrogne, malgré ses injures, était peut-être un ange envoyé vers lui par quelque Dieu socialiste et francophile afin de le fortifier dans son projet.

Rentré dans Vichy, un autre incident enflamma encore sa haine contre les ennemis de la France. Une musique défilait, jouant les *Allobroges* de la façon la plus martiale. Derrière la clique, des civils coiffés de bérets, bardés de croix et surmontés d'un drapeau tricolore large comme une voile de brigantine, marchaient au pas. Les badauds se découvrirent. A son côté, un paysan, bouche bée, le chapeau sur la tête, contemplait cela. Un individu dont le visage n'était pas inconnu à Léon, quitta le rang, s'approcha, arracha sans un mot le couvre-chef, le piétina et administra une paire de claques au bonhomme ébaubi.

— On est en France, ici, dit-il d'une voix tremblante de fureur. On n'est pas encore à Londres! Chapeau bas quand passe le drapeau de la Légion des Combattants!

Cette voix, ce regard luisant, reportèrent

Léon à deux ans de là. Le gifleur était le quinquagénaire Deprat qu'il avait rencontré dans
le train en octobre 1940, et que Lemercier
avait berné d'une façon si amusante.

Léon, qui était, ce jour-là, dans un état
d'excitation particulier, frémit. De son avant-
bras il pressa l'eustache. Deprat, sans l'avoir
reconnu, regagna le détachement.

— Venez avec moi, chuchota Léon au
paysan. Son cœur, élargi, accueillait toutes
les peines du genre humain. La honte et la
colère le suffoquaient autant que s'il avait
reçu la gifle lui-même. Il offrit au paysan un
viandox dans un café. L'homme brossait ses
habits et ne cessait de répéter : « Ah! ben alors! »

— Quelles brutes! dit Léon. Je les hais.

— Tout de même! J'ai cinquante ans. On
flanque pas des torgnoles à un homme de
mon âge!

— Pétain est un traître, déclara Léon, et
Laval est encore pire.

— Moi, dit le paysan, je suis pas contre le
Maréchal, au contraire, mais alors me flanquer
des torgnoles! C'est pas des choses que le
Maréchal approuverait, ça!

— Ce n'est pas vous qu'on a giflé, dit Léon,
c'est le visage de la patrie.

— C'est un fait que j'aurais dû le saluer,
leur drapeau, mais on pense pas à tout. J'espère
que ça va pas m'attirer des ennuis c't'histoire-
là. Parce que vous comprenez, moi, monsieur,
je l'aime bien, le Maréchal, et ça me vexe-

rait qu'on fasse de mauvais rapports sur moi.

— Comment, s'exclama Léon, après ce qu'ils vous ont fait, vous n'avez pas compris? C'est le règne de la force brutale.

— Moi, vous savez, dit le paysan avec méfiance, je fais pas de politique. Allez, au revoir, monsieur. Au plaisir. Et n'allez point croire, surtout, que je ne salue pas le drapeau quand il passe. Au contraire! Plutôt deux fois qu'une!

Cette conversation attrista Léon. « Quand comprendras-tu, mon peuple? » s'interrogeat-il. Mais les gifles reçues par le cul terreux le brûlaient. On avait humilié un homme devant lui. Quel que fût cet homme, on avait attenté à la dignité de la personne humaine. Cela ne pouvait se souffrir.

Il était facile de pénétrer dans l'Hôtel du Parc. Léon parvint sans encombre jusqu'au Cabinet du Président. On lui apprit qu'un des attachés s'appelait Legrandier de la Ravette. C'était précisément le nom de son capitaine.

— Dites-lui, confia-t-il au planton, que je viens le voir de la part du capitaine Legrandier de la Ravette.

Cette inspiration lui épargna une heure et demie d'attente.

Les bureaux de l'Hôtel du Parc n'étaient rien autre que des chambres à coucher. Celui de Legrandier était vaste. On avait poussé le lit contre le mur pour gagner de la place et loger une table. Des rayonnages en bois blanc nouvellement installés ne suffisaient pas à endiguer l'invasion des dossiers, qui formaient sur le sol des géométries multicolores ; le lit en était couvert comme d'un édredon ; ils s'amoncelaient en murettes inégales semblables à celles qui séparent les champs ; la salle de bains attenante au bureau ne leur échappait pas : ils avaient pris possession de la baignoire, du bidet et même du lavabo. Au milieu de ce désordre courtelinesque, Gérard Legrandier de la Ravette, tiré à quatre épingles, nonchalant, spirituel à ses heures, à la fois distant et cynique, méprisant et bonhomme, capable de la gravité la plus gourmée comme d'un pétulant scepticisme, travaillait avec élégance.

Lorsque Léon entra, il fabriqua un quart de sourire, et, agitant un peu son poignet pour que saillît la manchette, lui indiqua une chaise.

Nous avons vu Léon vaillant, impétueux, prenant le taureau par les cornes. Nous allons le voir hésitant, irrésolu, partagé. En s'asseyant sur la chaise offerte, sa tension nerveuse tomba. L'idée qu'il allait bientôt tuer un homme, fûtce un gredin fameux, creusa un vide dans son estomac et lui causa un léger tremblement. Comme il pensait à l'eustache, son cœur se mit à battre avec force.

Il restait sans rien dire et le silence menaçait d'être embarrassant ; Legrandier, contrairement à son habitude, prit la parole :

— Vous avez sans doute des nouvelles de mon frère ? demanda-t-il. Je suppose que vous étiez prisonnier avec lui. Quel soldat, hein ? Il a fait une très jolie guerre. Nous essayons par tous les moyens de le faire rentrer. Malheureusement, les Allemands ne veulent rien savoir. Aux dernières nouvelles, il préparait son examen de l'École de Guerre. Il est fin prêt maintenant, et ne voit pas de raison de prolonger son séjour en Poméranie. Mais vous-même, monsieur?... Comment avez-vous été libéré?

— Je me suis évadé.

— Magnifique! s'exclama Legrandier. Bravo! Est-ce que cela a été dur?

— Eh bien..., commença Léon, qui se sentait une inclination naissante pour son interlocuteur. Mais celui-ci que ce récit ennuyait d'avance, l'interrompit aussitôt.

— Ne me dites rien, déclara-t-il en avançant la main. Mes fonctions, vous comprenez.

Léon sourit. Il comprenait. Cette complicité le remit à l'aise.

— Il y a longtemps, monsieur, que vous avez... enfin... quitté l'oflag? dit Legrandier.

— Presque deux ans.

Legrandier haussa les sourcils et devint attentif. Trois questions lui suffirent pour savoir que Léon ne venait nullement de la part de son frère, et n'avait rien à lui en dire. Il le fit parler. Léon, que l'accueil et les façons de l'attaché rendaient expansif, lui conta quelques-unes de ses aventures. Legrandier semblait captivé. Léon, qui n'escomptait pas cette complaisance, se hasarda à dire qu'il n'aimait pas les Boches.

— Et moi, rétorqua Legrandier, pensez-vous que je les aime? Nous les roulons dans la farine, monsieur, voilà notre métier. Pied à pied, nous défendons contre eux les dernières libertés de la France. Nous sommes le dernier carré. Entre nous, ce sont de pauvres types!

Léon n'en croyait pas ses oreilles. Il était aux anges. Ainsi il y avait des patriotes jusque dans le Cabinet de Laval!

— Si j'ai bien compris, dit Legrandier, vous êtes étudiant, monsieur.

— J'ai été reçu à l'agrégation, monsieur.

— Je vous en félicite, dit Legrandier d'un ton un peu moqueur. Mais parlez-moi de l'Université. Quelle sorte d'esprit y règne?

— Oh! bon, monsieur, très bon. On est plutôt résistant à la Fac.

— Parfait, dit Legrandier. L'action, tout est là. Les gens qui écoutent la radio, les pieds dans leurs pantoufles, et qui attendent tranquillement que les Anglais débarquent, moi, je les méprise. Ce sont des attentistes!

Léon craignit que Legrandier le prît, lui aussi, pour un attentiste.

— Je suis bien d'accord, dit-il. Ainsi, moi j'ai fait quelques petits voyages...

— Vraiment? Quels voyages, cher monsieur?

— Oh! des voyages, dit Léon en souriant et en clignant de l'œil. Il était on ne peut plus content de ce sourire et de ce clin d'œil. *In petto* il se compara à Talleyrand. Pouvait-on exprimer plus finement un sous-entendu?

— Je vois, dit Legrandier en souriant aussi.

Nous nous comprenons. Nous autres, nous sommes tenus à une certaine diplomatie, mais vous, les étudiants, vous avez les coudées franches.

On frappa à cet instant ; le planton passa la tête.

— Qu'on me laisse tranquille, dit sèchement Legrandier. Je ne veux pas qu'on me dérange. Vous voyez bien que j'ai une conférence importante avec monsieur! Quoi? Qu'est-ce que c'est?

— Un officier allemand qui veut voir monsieur l'Attaché.

— Qu'il attende, ordonna Legrandier avec désinvolture. Je vous rappellerai dans un quart d'heure.

Cela, c'était la touche de génie. Pour ces mots Léon admira Legrandier avec passion. L'Attaché de Cabinet lui sourit.

— Ces Allemands se croient tout permis, confia-t-il quand le planton fut parti. Ça leur fait le plus grand bien qu'on les remette à leur place. Celui-là, s'il veut me voir, il attendra que je le sonne. Mais au fait, monsieur, vous ne m'avez toujours pas dit l'objet de votre visite?

Léon, rejeté dans ses projets homicides, fu repris par la tremblote.

— Je voudrais voir M. Laval, prononça-t-il d'une voix altérée.

— Certainement, dit Legrandier. Encore que le président ait pas mal à faire. Mais peut-être pourriez-vous me dire ce que vous voulez, et je lui en parlerais moi-même.

— C'est que, dit Léon, c'est très personnel. Il voulut sourire, mais n'obtint qu'une grimace de ses muscles faciaux. J'ai des choses très particulières et très personnelles à confier à M. Laval. Vraiment, je vous assure, monsieur, je ne peux les dire qu'à lui. C'est quelque chose comme une explication d'homme à homme que je désire, n'est-ce pas. Alors, vous comprendrez... Ne m'en demandez pas plus. Peut-être de cet entretien sortira-t-il de grandes choses. La face de la France peut en être changée.

Il cligna encore de l'œil. Legrandier, à tout hasard, cligna de l'œil aussi. Il y eut un silence, pendant lequel Léon, fort agité, ne cessa de se tirer l'index droit avec la main gauche. Legrandier semblait perplexe et regardait son sousmain.

— Quand pensez-vous que je pourrai voir M. Laval ?

— Le mieux, dit Legrandier, c'est encore que vous reveniez demain à onze heures. J'aurai obtenu votre rendez-vous.

Il raccompagna Léon jusqu'à la porte et lui serra chaleureusement la main. La porte refermée, il courut à son téléphone.

— Allô, dit-il. Le poste six cent trois ? Ici, monsieur de la Ravette. Un individu sort de mon bureau. Arrêtez-le. Il est peut-être armé. Il s'appelle Lécuyer. Il a l'intention de commettre un attentat contre le président !

Ayant raccroché le récepteur, il s'assit, posa ses mains à plat sur son buvard, et éclata de rire.

— Ces universitaires, dit-il, quels salauds!... Et quels crétins! Ce Lécuyer avait l'air d'un fou.

Puis, ayant sonné pour qu'on introduisît l'officier allemand, il accueillit celui-ci de la sorte :

— Comment va ce cher Odemar? Et moi qui vous croyais à Bayonne! Je suis vraiment confus de vous avoir fait attendre.

L'officier, en effet, n'était autre que le major von Pabst, homme de bon goût et de bonnes manières, junker authentique et ami de cœur d'Helmuth Krakenholz. Il était un peu nazi, sans doute, mais par sa naissance croyait à une internationale des gens bien élevés. Gérard Legrandier de la Ravette, qu'il avait rencontré pour la première fois lors des pourparlers d'armistice, lui paraissait tout à fait de son monde et, avec cette fidélité et ce sentimentalisme dont les Allemands les plus fins ne sont pas exempts, il lui écrivait de loin en loin, ou venait le voir. Sa visite présente était rien moins que gaie : le Haut Commandement l'envoyait en Russie. Le major von Pabst avait quarante-huit ans ; il regrettait secrètement le Kaiser et pensait dans ses moments de lucidité que la raideur nazie était plus raide encore que la raideur impériale. Legrandier, pour le distraire, lui raconta son entrevue avec Léon. Il y mit de la verve, et décrivit le jeune agrégé d'une façon si burlesque que le major rit aux éclats.

— Chérard, dit-il, fus êtes un garzon remargable, vous fériez ricoler un mort!

Pendant ce temps, on appréhendait Léon. Quatre argousins coiffés de chapeaux mous l'encadrèrent au moment où il posait le pied sur la dernière marche de l'escalier de l'Hôtel du Parc. En une seconde, ses deux poignets se trouvèrent serrés dans des menottes.

— Alors, mon pote? dit un des policiers.

— On veut faire le mariole? dit un second.

— Pas d'histoires, hein? cria le troisième.

Le quatrième, comme dans Malbrouk, ne disait rien. Il se contentait de bourrer l'échine de Léon avec ses poings. Des mains coururent le long de son corps. On exhiba l'eustache. Ces messieurs ricanaient. Léon se débattit, ce qui lui attira plusieurs paires de gifles et un coup dans l'estomac.

— Mais... mais... mais..., bégayait-il.

— Il se prend pour un mouton! dit un des recors, ce qui provoqua l'hilarité des autres.

Léon ne pouvait croire à une trahison de Legrandier. Pensant qu'il était victime d'une erreur, il dit :

— Je m'appelle Lécuyer.

— On le sait!

— Lâchez-moi!

— Ta gueule!

Quasiment porté par les sbires, Léon sortit de l'Hôtel du Parc. Quelques personnes stationnaient là ; attirées par cet homme qui se débattait, elles formèrent un petit rassemblement. Les quatre Poissonard qui, à cet instant même, se dirigeaient vers la résidence du Maréchal pour offrir leur douzaine d'œufs au maître de la France, furent pris dans ce remous. Quelle ne fut pas leur stupéfaction de reconnaître dans l'individu décoiffé, enchaîné et cramoisi que l'on entraînait vers la prison, une figure familière de la rue Pandolphe.

— Mais... c'est le fils Lécuyer, s'exclama Julie. Ça, alors, on peut dire que le monde est petit !

Il est, hélas ! impossible de savoir si l'apparition de cet homme, qu'elle avait dénoncé deux ans plus tôt et qu'elle voyait aux mains de la police, l'émut en quelque façon. Elle resta impassible. Probablement qu'elle n'éprouva rien. Léon en revanche, apercevant les deux crémiers et leurs enfants, reçut un choc. Il se rappela soudain son rêve de la rue Poncelet et ouvrit la bouche comme une carpe qui étouffe. Il allait crier le nom des Poissonard, les prendre à témoin, mais on ne lui en laissa pas le temps. Les inspecteurs, trottant, le poussèrent dans une petite rue adjacente.

— Si c'est pas malheureux ! dit Julie. Qu'est ce qu'il a bien pu faire, tu crois, Charles ?

— C'est un exalté, déclara le crémier. Je l'ai toujours dit. Voilà où ça mène, les études.

— Je pense à sa pauvre mère, dit Julie. La jeunesse d'aujourd'hui n'est pas belle !

— Sa mère, rétorqua Charles-Hubert, celle-là elle peut dire qu'elle a été bête. Elle avait qu'à en faire un simple ouvrier, comme nous. Il n'en serait pas là.

L'attroupement s'était défait. Les promeneurs blasés sur ces sortes d'incidents s'égaillaient entre les arbres du parc. Seuls les Poissonard restaient sur place. Les deux enfants interdits, légèrement apeurés, se donnaient la main. Les parents digéraient l'événement en hochant la tête.

Deux étages plus haut, Gérard Legrandier de la Ravette disait au major von Pabst en soulevant le rideau de sa fenêtre :

— Avouez, mon cher Odemar, que ce Lécuyer a vraiment tout d'un *dummer Kerl.*

Le major von Pabst se mit à rire.

— *Ein dummer Kerl!* s'écria-t-il. Il faudra, Chérard, que vous vénez perfectionner votre allemand chez moi, à Charlottenbourg, quand nous avons cagné la guerre.

— Il est vrai que mon allemand ne vaut pas votre français, Odemar, répliqua Legrandier, mais n'oubliez pas que je n'ai pas occupé la Prusse, moi.

Ce mot les amusa. Legrandier, qui observait encore la rue, aperçut les Poissonard immobiles comme une photo de famille.

— Regardez-moi ces gueules, dit-il au major. Ce n'est pas cela qui vous rendrait francophile, hein ? Papa avec trois centimètres de semelles, la mémère avec un chapeau à plume et un sac en bandoulière, sans compter les chaussures en croco. Et le moutard! en costume marin, s'il vous plaît! Non, je vous jure! Quel monde! Ça pue le marché noir à plein nez.

Le rideau tomba sur ce jugement comme un couperet.

IV

Les Poissonard, sortant de l'immobilité, se dirigèrent d'un pas somnambulique, et à la file indienne, vers l'Hôtel du Parc. Charles-Hubert marchait le premier, portant la cassette. Il pénètre dans le palais. Touchant du doigt son chapeau, il dit au planton :

— On apporte un souvenir pour le Maréchal...

— Les délégations, par ici, répond le planton.

Les Poissonard n'entendent pas ce langage sibyllin. Toutefois, dociles, ils s'avancent vers le lieu indiqué, grand salon où deux groupes, déjà, attendent et chuchotent. Le premier, une dizaine d'hommes, n'a rien qui le signale particulièrement sinon que ces hommes sont intimidés et se tiennent raides comme des soldats. Il s'agit d'ouvriers endimanchés ; quelques-uns chiffonnent leur casquette derrière le dos. Ils sont recueillis comme à la messe. L'autre groupe, plus pittoresque, se compose d'une douzaine de boy-scouts, âgés de dix à quinze ans, accompagnés d'un treizième, d'une génération sensiblement antérieure. Ce treizième boy-scout, si l'on en croit l'apparence, est né vers 1880. Il a un visage énergique et borné, que traverse une paire de moustaches blanches à la gauloise. Sous le chapeau à larges bords, il évoque quelque shérif arverne, contemporain, à la fois, de Dumnorix et de Jesse James. Son équipement rustique, son couteau suisse, son quart de fer-blanc et son alpenstock, accentuent le caractère de cette figure surprenante, mi-antique mi-moderne. On aimerait qu'il portât des braies ou bien de petites bottes à incrustations. Hélas! l'uniforme des scouts n'admet nulle fantaisie. Le bonhomme a une culotte courte dont sortent des cuisses maigres et des jambes verdâtres de vieux monsieur. Ses genoux polis, émergeant de gros bas de laine, ont quelque chose de faible et de fatigué qui ne va pas avec l'aspect martial du reste.

Riri attache des regards brûlants sur les boy-scouts. Il tire son père par la manche.

— Dis, papa, coasse-t-il, je veux être scout, moi aussi.

— Tais-toi, murmure le crémier. T'es trop jeune. Plus tard. Ici, on cause pas.

Soudain, la porte s'ouvre à deux battants. Un huissier annonce :

— Monsieur le Maréchal de France, chef de l'État.

— A vos rangs, fixe, hurle le Celte de l'Arkansas.

— Il est comme sur ses photos, chuchote Julie.

Le maréchal, vêtu d'un uniforme kaki fort simple, le képi à la main, s'avance. Il a le visage rose et sans ride d'un nouveau-né. Sa moustache, sa couronne de cheveux sont d'un blanc si brillant qu'on a du mal à croire qu'il s'agit d'une véritable toison de mammifère, et non de postiches comme ceux que le musée Grévin fixe à ses têtes de cire. Le pas est lent ; le Maréchal se dandine un peu. Il paraît un peu moins grand, un peu moins large, un peu moins dodu que sur ses effigies. La ceinture marque sa taille comme celle d'une femme. Son crâne poli et plat reflète le soleil qui afflue par les baies du salon. En un mot il est charmant, si net et si propre qu'on oublie que ce personnage est un être humain affligé de fonctions physiologiques. Du reste, son masque impassible semble avoir été transporté par la vieillesse au-delà de tout sentiment. Ces joues fraîches, ce poil immaculé, ces yeux bleus ont la pérennité et le poli d'une falaise. Derrière le Maréchal on distingue deux officiers de marine, un colonel et un civil.

— Bonjour, mes amis, prononce le Maréchal d'une voix chevrotante.

L'Ébroïcien du Nevada effectue un pas en avant, se met au garde-à-vous et dit :

— Les scouts de France ont l'honneur et la joie d'offrir une canne à monsieur le Maréchal de France, chef de l'État.

— Repos! dit le Maréchal.

Deux boys-scouts présentent sur un coussin un bâton couvert de sculptures au couteau. Le Maréchal sourit, leur tapote la joue, prend la canne, la passe à l'un des amiraux de sa suite et déclare :

— Merci, merci, mes bons amis. C'est une très belle canne. J'aime beaucoup les cannes. J'aime beaucoup les boy-scouts.

Puis, se retournant vers le Gaulois de la guerre de Sécession :

— Mon bon Giraudet-Lempérière, je n'oublierai pas cette canne. Venez déjeuner avec moi demain. Savez-vous que cette canne est la neuf cent quarante-troisième qu'on m'ait offerte depuis l'année dernière? Une canne, ça fait toujours plaisir. Je suis l'homme de France qui possède le plus de cannes!

Le civil, derrière le Maréchal, arborait un sourire ravi. Il avait tiré de sa poche un calepin et, au crayon, se hâta d'y consigner les paroles qui venaient d'être prononcées. Cet homme était assez grand et dégingandé. Sa calvitie, son pince-nez, ses moustaches, sa barbichette lui donnaient un air désuet non dépourvu de séduction.

— Notez cela, Benjamin, dit le Maréchal en se tournant vers lui : le général Giraudet-Lempérière, c'était un très beau soldat!

— Aux électriciens, maintenant, continua le Maréchal. Approchez, mes braves.

Les dix hommes se rangèrent en ligne. L'un d'eux dit :

— Une, deux, trois...

Aussitôt, en chœur, ils entonnèrent un chant:

C'est nous les monteurs, patrons, ingénieurs,
Nous les travailleurs de la Professionnelle,
C'est nous les bûcheurs et les techniciens ;
Nous formons l'Union des Électriciens !

Répondant à l'appel du Maréchal de France,
Nous n'avons qu'un seul but, c'est celui de servir ;
Abandonnant les luttes, en nous croît l'espérance
Que notre association nous ouvre l'avenir !

— C'était sur l'air des *Petits Joyeux*, monsieur le Maréchal, précisa le chef de la délégation.

— C'est une très belle chanson, dit le Maréchal. J'aime beaucoup la musique et l'électricité.

— On vous a apporté un poste à galène avec vos initiales et la francisque, dit le chef électricien.

— Merci, merci, mes amis. Que c'est beau, un poste à galène!

Le général Giraudet-Lempérière et ses boy-scouts se retirent dans un mâle claquement de brodequins. Les électriciens rompent de même. Charles-Hubert, vivement impressionné par la grandeur de la cérémonie à laquelle il avait assisté, ne sonnait mot. Tout d'un coup, il s'aperçut qu'il était face à face avec le glorieux vieillard. Julie et les deux enfants lui donnaient de petites poussées dans le dos pour qu'il se décidât à ouvrir le bec.

— C'est des œufs, dit-il en souriant niaisement, et en tendant à bout de bras la cassette en contre-plaqué. Le ruban rouge qui l'entourait se terminait en un nœud provocant.

— Merci, mon ami, dit le Maréchal d'une voix absolument semblable à celle qu'il avait prise pour exprimer sa gratitude de la canne et du poste à galène. J'adore les œufs à la coque.

— Ils sont tout frais du jour, dit Charles-Hubert.

— Tout frais! chevrota le Maréchal. C'est merveilleux! Ah! il y a encore des poules en France! Quel est votre nom, mon ami?

Charles-Hubert déclina son identité.

— Ça, c'est madame Poissonard, ajouta-t-il en amenant son épouse sous les yeux du vainqueur de Verdun, et ça, c'est Jeannine et Henri. On est crémiers rue Pandolphe, dans le dix-septième, monsieur le Maréchal.

— Bonjour, bonjour, mes amis, dit le Maréchal, serrant des mains et caressant des joues. Riri, enhardi par ces façons familières, saisit dans sa menotte la médaille militaire du vieux soldat et s'écria :

— Donne-moi ta croix! j'la veux! Elle est chouette!

Julie, prestement, attrapa l'enfant et le fit disparaître. Le Maréchal, étourdi par cette

agression inopinée, émit quelques borboryg-
mes et dit deux ou trois fois : « Allons, allons,
petit... »

Riri, derrière l'épaisseur maternelle, pleur-
nichait et disait :

— Pourquoi qu'il me prête pas sa croix, le
monsieur? J'la lui rendrai!

Les amiraux et le colonel s'agitaient. René
Benjamin, son calepin à la main, souriait aux
anges. Julie, qui ne perdait jamais son sang-
froid, dit :

— Excusez-le, m'sieu le Maréchal, c'est
qu'un enfant. Il sait pas!

— Mais oui, mais oui, répondit le Maréchal
en hochant la tête. J'aime beaucoup les enfants!

— Riri, poursuivit la crémière, viens dire
pardon au monsieur. On t'en donnera une, de
croix, toute en chocolat, mon trésor. Pas vrai,
monsieur Poissonard?

Charles-Hubert, courroucé, fusillait des
yeux son rejeton.

— Gentil petit! gentil petit! dit le Maréchal
dont le sourire avait regagné les lèvres. Gentille
petite fille! Petits enfants d'un crémier de
France! Mais... ces œufs, je veux les voir...

On s'affaire. La cassette ouverte, les œufs de
cane apparaissent. Le Maréchal, avec la versa-
tilité des vieillards, oublia ses émotions et se
plongea dans la contemplation de son cadeau.

— Comme ils sont gros! dit-il. Ils ont été
pondus par de grosses poules!

Charles-Hubert, qui souriait avec fierté, fut

223

soudain visité par une de ces inspirations géniales qui d'ordinaire étaient la marque de Julie.

— Non, monsieur le Maréchal, dit-il. C'étaient des poules comme les autres, mais on leur a dit qu'elles pondaient pour le Maréchal, alors, dame, elles en ont mis un coup! Ces bestioles-là, mettez-vous à leur place, elles se sont dit : on veut que le Maréchal il soit fier de nous.

— Braves petites poules de France! marmonna le Maréchal. Notez cela, Benjamin!

Le crayon de l'homme au lorgnon sautilla sur le carnet. L'homme au lorgnon paraissait au comble de l'attendrissement.

— Ah! monsieur le Maréchal, s'écria-t-il, Louis XIV lui-même ne pouvait dire que les poules s'évertuaient lorsqu'elles pondaient pour lui. Les animaux, monsieur le Maréchal, les animaux vous rendent hommage!

— N'est-ce pas? dit le Maréchal. C'est vraiment étonnant!

— C'est que vous n'imaginez pas, monsieur le Maréchal, poursuivit Benjamin, la voix vibrante, le mouvement d'amour qui fait trembler la France, la France avec ses hommes, sa terre et ses bêtes, le mouvement d'amour qui la fait trembler devant vous, monsieur le Maréchal. Il est là, ce pays, il s'offre, il vous désire, il veut que vous le possédiez!

— Eh bien, dit le Maréchal, au revoir, mes amis! Dans ces œufs, je tremperai mes mouillettes en pensant à vous et aux courageuses petites poules qui les ont pondus. C'est un beau métier d'être crémier. Un beau vieux métier de notre pays. Au revoir et vive la France!

— Vive le Maréchal! cria Charles-Hubert.

En quittant l'Hôtel du Parc, les Poissonard ne se tenaient plus d'orgueil. Ils résolurent d'immortaliser ce jour par un déjeuner pantagruélique. Il était une heure de l'après-midi. Vichy, plus pimpant que jamais, invitait à la joie de vivre.

— On va se payer un gueuleton à *l'Escargot qui tette,* proposa Charles-Hubert qui avait entendu parler de cet établissement comme du dernier refuge de la cuisine française.

La visite au Maréchal, et ses divers épisodes, furent commentés à l'infini. On gronda un peu Riri de s'être montré si espiègle ; mais Jeannine recueillit des félicitations unanimes. Ce qui avait particulièrement frappé Charles-Hubert, c'était la présence, au côté du Maréchal, de René Benjamin.

— Benjamin, dit-il, c'est un nom juif, ça. Tout de même, il est pas fier, le Maréchal, d'avoir des Juifs avec lui! C'est un homme qui est large d'idées. Moi, tu vois, les Juifs, j'ai toujours dit que c'étaient des hommes comme les autres. Mais en trouver un avec le Maréchal, ça, alors, c'est plus fort que de jouer au bouchon!

Il est assez piquant de noter que les Poissonard crurent toujours dur comme fer que l'écrivain René Benjamin, bien connu par ses panégyriques de la Révolution nationale et du Maréchal Pétain, était de confession israélite. Charles-Hubert, d'ailleurs, lui trouvait le type sémite assez prononcé. Voici plus piquant encore : c'est à l'occasion d'un voyage à Vichy que le crémier changea d'opinion sur les Juifs et cessa de professer l'antisémitisme. Cela montre que l'influence personnelle d'un auteur peut être non seulement différente, mais encore radicalement opposée à celle de ses écrits.

A *l'Escargot qui tette*, Charles-Hubert causa très fort, afin que ses voisins de table n'ignorassent pas l'insigne honneur dont il avait été l'objet. Il critiqua tous les plats qu'on lui servit, apprit au maître d'hôtel qu'il « était dans le négoce, et que par conséquent on ne la lui faisait pas », se plaignit de la cherté des mets, et conclut qu'on ne mangeait vraiment bien que chez soi. Julie, que ses chaussures neuves torturaient, les avaient subrepticement quittées et laissait ses pieds s'épanouir sous la table. On se goinfra jusqu'à quatre heures. Pour finir, Julie demanda du mousseux. La maison n'en possédait pas. Il fallut se contenter de champagne.

Le mercredi suivant, Gérard Legrandier de la Ravette, en dépliant l'hebdomadaire *Gringoire*, vit en première page un article de René Benjamin. Il le lut avec la plus grande attention. Le voici :

Le Miracle des Poules

Ce sont d'humbles gens du beau pays de France. Humbles mais fiers. Et conscients de la tâche qui leur incombe. Ils sont là, modestes. Dans un coin du salon plein de dorures et qui les émotionne un peu, ils attendent patiemment. Leurs ancêtres attendaient ainsi, à Versailles, lorsque, venant de leur campagne, dans un acte d'amour spontané pour leur maître, ils décidaient de lui apporter en offrande les produits de leur commerce rustique.

Ils sont là. Le père a ce bon visage du Français de France, ces bonnes mains du travailleur de France. Il essuie furtivement une larme attendrie qui perle au coin de son œil de Français de bonne volonté. Il sait que dans peu d'instants il apparaîtra. Qui, « Il » ? Celui pour qui il a fait ce long et coûteux voyage, car la vie, aujourd'hui, est dure aux humbles.

La mère, elle, a revêtu ses plus beaux atours. Un chapeau à plumes, comme une dame. C'est une bonne grasse paysanne de notre beau pays de France, une paysanne qui va à la messe et cuit le pain. Une de ces Françaises qui méprise les vaines richesses et sait que l'essentiel de la vie est ailleurs.

Et puis il y a les enfants. On les a endimanchés. La petite fille. Le petit garçon. Lui, il a mis son costume marin. Avec un béret à pompon. Et un sifflet. Il rêve d'être amiral, comme Esteva, comme de Laborde, comme notre Darlan, prestigieux militaires!

Ils attendent.

Quand viendra-t-il, l'idole, le Chef, l'ami qu'ils vénèrent, le Maréchal adoré?

Ils ne sont pas seuls. Une délégation d'électriciens est là aussi, qui apporte un poste à galène et chantera un cantique d'amour à Celui qui s'est donné à eux, et Auquel ils veulent se donner à leur tour. Et puis il y a le général Giraudet-Lempérière, cette pure gloire de notre pays qui n'en a pas tellement, hélas! Le général Giraudet-Lempérière avec ses scouts. Il apporte une canne au Maréchal.

Mais voilà que tout se tait. C'est Lui! ! ! Comme dans un rêve, les scouts et les électriciens remettent leurs présents. Le Maréchal leur donne en échange Son sourire et le rayon de Ses yeux. C'est plus qu'ils n'en demandent. Ils s'en vont comblés.

Reste notre famille de France. La voilà devant Celui qu'ils désiraient si ardemment rencontrer. Ils sont oppressés. L'homme se fige dans un garde-à-vous impeccable. C'est un crémier. Un simple crémier de chez nous. Il est venu de Paris tout exprès pour apporter des œufs au glorieux soldat qui a sauvé deux fois la France, à Verdun et à Montoire.

Le Maréchal lui offre l'éblouissement de Sa face. L'homme met un genou en terre comme un chevalier devant son suzerain. C'est une grande minute. Et il élève vers le Dieu une boîte. Une

boîte toute simple. En bois. On y a noué un ruban.
Un ruban bleu comme le cordon de Saint-Louis.

— Acceptez, monsieur le Maréchal, dit l'homme, ces œufs, ces pauvres œufs de France, qu'un crémier de Paris vous offre avec toute l'angoisse de son pauvre cœur, avec l'immense espérance de son cœur. Et acceptez aussi son cœur, monsieur le Maréchal !

On ouvre la boîte, car le Maréchal est ému. Miracle, les œufs sont énormes ! De vrais œufs d'autruche.

Le crémier dit :

— Ce sont des poules qui les ont pondus, monsieur le Maréchal. De simples poules de chez nous. Elles savaient que vous les mangeriez ! On le leur avait dit ! Voilà pourquoi ils sont si gros. Ces œufs, c'est l'acte de foi des poules de France !

Le Maréchal est heureux. Il relève l'homme. Il lui demande son nom.

C'est un beau vieux nom du terroir de France :

— Je m'appelle Poissonard !

Sa famille s'avance. Le petit garçon n'y peut tenir. Le Maréchal le fascine. Il se jette dans Ses bras. Le Maréchal reçoit ce petit être qui se donne à Lui. Il l'embrasse. Quel souvenir inoubliable pour un petit garçon de France ! Plus tard, il racontera cette scène à ses enfants qui l'envieront.

Le Maréchal serre des mains. On se sépare. Le Maréchal, avec une simplicité antique, demande qu'on lui fasse deux œufs à la coque. Il les mangera en pensant au crémier fidèle. Et aussi aux poules, aux vaillantes petites poules qui savaient pour

Qui elles travaillaient et qui, comme tant d'autres, ont fait de leur mieux !

Sa lecture achevée, Legrandier, dans le silence de son bureau, éclata de rire.

— Ce Benjamin est impayable! s'écria-t-il. Mais le chapeau à plumes et le costume marin le firent tiquer. Il se rappela le groupe qu'il avait désigné au major von Pabst le jour de l'arrestation de Léon Lécuyer.

« Ce sont eux! songea-t-il. Ce ne peut être qu'eux. Et ils sont crémiers! C'est complet! Quelle époque! Le crémier est roi. Le chef de l'État le reçoit et il est glorifié par les écrivains officiels. Par-dessus le marché, ça s'appelle Poissonard, comme dans Balzac. " Ces bonnes mains du travailleur de France " je t'en foutrai!

Nonobstant ces réflexions badines, Legrandier se plongea dans une méditation profonde.

Les Poissonard, de leur côté, furent enchantés par l'article de René Benjamin. Ils ne se lassaient pas de le relire.

— Il écrit rudement bien, le youpin du Maréchal! s'exclamait Charles-Hubert à chaque ligne. Mais c'est pas vrai, je me suis pas mis à genoux. T'avoueras que mon idée de poules, c'était une sacrément bonne idée! Ils ont tous coupé dedans!

— Cet article-là, dit Julie, faudra le découper et le garder. Tu te rends compte, monsieur Poissonard, voilà qu'on cause de nous dans les journaux, à présent!

— Qu'on ne vienne plus me dire du mal des Juifs, conclut Charles-Hubert. Il est vrai que tous les Juifs ne sont pas comme monsieur Benjamin.

C'est une chose considérable que l'imprimerie. A force de se pénétrer de cette prose, les Poissonard finirent par croire que leur entrevue avec le Maréchal s'était déroulée comme René Benjamin l'avait rapporté. Quinze jours plus tard, Riri avait effectivement bisé le sauveur de la France, Charles-Hubert s'était agenouillé comme Perceval le Gallois devant le roi Arthur, et le ruban de la cassette était bleu.

Pendant ce temps, Léon Lécuyer, passé à tabac par la police d'État, ne disait rien. Il est vrai qu'il n'avait rien à dire. Il avait mûri son dessein en secret ; personne n'en avait eu vent. Son attitude fut héroïque : il n'eut pas un mot de repentir.

— J'ai voulu tuer le président Laval, déclarat-il. Je regrette d'avoir échoué.

Cette dignité en imposait. Pour s'épargner des coups de pied et des gifles, Léon aurait pu citer le nom de Lemercier : cela n'effleura pas son esprit. Fatigués, ses bourreaux le transférèrent à la prison Saint-Jean, de Lyon, où il goûta quelques semaines de tranquillité et où sa femme lui apporta du linge. Puis il passa en jugement.

Il avait composé un discours vengeur, dans le goût des *Philippiques* de Démosthène, qu'il comptait lire à l'audience et dans lequel il clouait au pilori les responsables de la défaite. Son avocat lui déconseilla de se servir de cette œuvre.

Léon ne fut pas trop content d'entendre plaider son irresponsabilité partielle. Il revendiquait son acte. On ne donna pas à son procès la publicité qu'il aurait désirée. Au contraire, on l'expédia en catimini devant une douzaine d'habitués des Assises lyonnaises parfaitement amorphes. Les journaux ne le mentionnèrent même pas. Madeleine était présente, au premier rang, grosse à craquer et pleurant à chaudes larmes ; mais Madeleine n'était pas la France. Les sanglots de cette malheureuse indisposèrent son mari, qui aurait voulu une épouse romaine. Lorsqu'il apparut dans le box des accusés, pâle et maigre, elle se leva à demi, tendit les bras et cria :

— Mon Mimi! Mon Lélé!

La prison avait durci Léon. Il ne sourit que deux fois à sa femme. Cet esprit chimérique et vain, plein d'idées glorieuses, n'était pas un faible. Il s'entendit condamner à vingt ans de travaux forcés et ne sourcilla pas. Au moment d'être emmené par ses gardes, il prononça d'un ton froid :

— Messieurs de la Cour, vous savez comme moi que cette sentence est inique. En me condamnant vous condamnez le patriotisme! Je ne ferai pas appel. L'Histoire jugera!

Il avait les yeux brillants et un peu de rouge aux pommettes. Se retournant vers Madeleine pleine d'admiration et de crainte, il cria :

— A l'année prochaine! De Gaulle sera là et je serai libre!

Le soir, Madeleine prit le train pour Paris, afin d'annoncer à Mme Lécuyer mère le mariage de son fils et son malheur. Lemercier l'attendait à Chalon pour l'aider à franchir la ligne.

V

A la fin du mois d'août, les Poissonard, gorgés d'honneur et lavés par l'eau de Vichy, regagnèrent la rue Pandolphe. Ils foulèrent avec plaisir le carrelage du *Bon Beurre*.

— Les vacances, c'est très joli, dit Charles-Hubert, mais faudrait pas que ça dure tout le temps. On finirait par s'ennuyer, pas vrai, la patronne?

— Je me disais justement, répondit Julie, qu'on n'est jamais si bien que chez soi.

Les enfants partageaient cet avis. A Vichy, Jeannine s'était trouvée à court de lecture, et Riri s'était ennuyé à parader dans ses habits neufs. Le *Bon Beurre*, avec ses recoins ombreux, ses mystères, sa position privilégiée au centre du monde pandolphien, permettait des rêveries et invitait à des explorations dont le charme restait bien vif.

Dès que M. Lebugle, abonné à *Gringoire*, vit la crémerie rouverte, il courut féliciter les Poissonard et leur demander leurs impressions sur le Maréchal.

— Il fait pas vieux du tout, dit Julie. Quand monsieur Poissonard s'est mis à genoux, il s'est baissé comme un acrobate. Et puis alors, il est pas fier, c't'homme-là! Il a embrassé Riri comme du bon pain.

— Ah! voilà la vraie grandeur, soupira M. Lebugle. Et à vous, madame Poissonard, qu'a-t-il dit ?

— Eh ben, il m'a dit « bonjour, madame », très poliment. C'est un monsieur! Des hommes comme ça, voyez-vous, moi je dis toujours que c'est malheureux qu'y en ait pas davantage. On serait pas où on en est.

— On a beau dire, déclara Charles-Hubert, dans l'ancien temps, on était bien élevé. Le Maréchal, quand j'y ai donné ses œufs, il m'a remercié comme si je lui apportais le Pérou sur un plat. Tel que.

— Voulez-vous que j'vous dise, m'sieu Lebugle, reprit Julie, le Maréchal, c'est un homme très bien. Et qu'est bien entouré.

— Et qu'a des idées larges, ajouta le crémier. La preuve c'est qu'il a un Juif avec lui.

— Un Juif! s'écria M. Lebugle abasourdi.

— Parfaitement, dit le crémier. Je l'ai vu, de mes yeux vu.

— Un Juif! répéta M. Lebugle. C'est prodigieux! Ainsi il leur a pardonné? Cet homme est un saint.

Le couple Poissonard hocha la tête méditativement.

— Mais un saint réaliste, je n'en démords

pas, continua M. Lebugle. L'homme de Montoire pourrait donner des leçons de politique à n'importe qui. C'est une chance pour la France qu'elle ait trouvé Pétain et Laval. Sans ces deux-là, avec toutes les bêtises que nous faisons, Hitler finirait par se désintéresser de nous. Alors, je ne donnerais pas cher de notre peau. Nous, Philippe Pétain, Maréchal de France, chef de l'État... avouez que ça a une autre allure que M. Tartempion, président de la République, hein ?

— Ça..., dit Julie.

— Hélas ! les Français ont la mémoire courte ! Ils regrettent Mme Hanau, Stavisky, Oustric. Pouah ! Ce sont les berceaux vides qui accusent la Troisième République ! Et la racaille du Front popu ! Les Allemands sont là, peut-être, mais au moins on ne défile plus dans la rue le poing levé. On ne reverra pas de sitôt cet ignoble geste de haine...

M. Lebugle devenait lyrique. Il circulait dans la boutique avec de grands mouvements de bras.

— Il est permis, dit-il, de ne pas aimer les Allemands. Quoique je me demande ce qu'on pourrait bien leur reprocher. Mais il est impossible de ne pas les admirer. Connaissez-vous beaucoup de vainqueurs, vous, monsieur Poissonard, qui se conduiraient comme ils se conduisent avec nous ? Quand je les vois, si calmes, si sûrs d'eux, si corrects en un mot, je me dis que c'est une bénédiction pour nous d'avoir été battus. L'Allemagne, c'est en quelque sorte la grande sœur de la France. La petite sœur faisait des bêtises, alors la grande sœur est venue, amicalement, gentiment, lui faire la morale, lui donner une ou deux taloches. Et, mon Dieu, le résultat est excellent. Quand les Allemands nous auront montré la façon de se gouverner, quand ils auront fait de nous un peuple majeur et sérieux, ils retourneront tranquillement en Allemagne. Nous y perdrons peut-être l'Alsace et la Lorraine, mais la leçon vaut bien un fromage sans doute? Et, dites-moi, sincèrement, est-ce que ça ne marche pas mieux qu'avant? Il n'y a plus de grèves, plus d'agitation, plus de scandales politiques, plus de députés vendus, plus de partis. On respire, quoi. Les Anglais auraient bien besoin d'être occupés, eux aussi. Ils le seront, ne vous inquiétez pas. M. Churchill, l'homme au cigare entre les dents, se balancera au bout d'une corde. Mathématiquement, le Troisième Reich doit vaincre, et d'ailleurs, c'est juste.

Emporté par l'éloquence, M. Lebugle parla dix minutes. Il compara Hitler à Napoléon, en plus génial, un Napoléon heureux! Il évoqua le crépuscule de l'Empire Britannique, les Indes soulevées, appela le Grand Muphti de Jérusalem à la rescousse, porta aux nues le Maréchal Rommel avec qui « l'avant-garde de la France combattait les Anglais », tonna contre « la liberté, cette illusion! », méprisa les manœuvres tortueuses des francs-maçons (qui ne désarmaient

237

pas), repoussa les armées soviétiques jusqu'à Vladivostock, abattit un millier d'avions de la Royal Air Force et s'écria, en guise de péroraison : « La civilisation française est morte ; nous passerons dans l'histoire comme les Grecs anciens. » Il allait repartir dans ses divagations quand Julie, qui avait manifesté quelque impatience, et que des préoccupations d'ordre commercial requéraient, l'interrompit :

— C'est pas qu'on s'ennuie, m'sieu Lebugle, mais y a du travail, vous comprenez. On vous écouterait comme ça pendant des heures, mais le travail, il se fait pas tout seul.

— Qu'est-ce que ce sera pour M. Lebugle ? demanda Charles-Hubert, qui ne perdait jamais le nord.

M. Lebugle était venu au *Bon Beurre* sans autre projet que de contempler des gens qui avaient approché le Maréchal ; mais, comme beaucoup de vieillards, il était glouton, et ne pouvait flairer de la nourriture sans désirer y mordre. Les odeurs de la crémerie inspirèrent si bien son estomac qu'il répondit avec une hésitation artificieuse :

— Eh, eh ! J'achèterais volontiers deux cents grammes de ce jambon de Bayonne qui...

— C'est bien facile ! Il en reste justement.

— Et du saucisson ? demanda M. Lebugle, dont la pomme d'Adam monta et redescendit trois fois.

— On a toujours quelque chose pour les clients, dit l'insinuant Charles-Hubert. Et du cantal, vous en aimeriez pas un morceau, des fois? J'en ai de l'extra, provenance directe, réservé pour les amis.

— C'est ça, dit M. Lebugle d'une voix tremblante de passion, mettez-moi aussi un peu de cantal.

— Pas besoin de beurre? interrogea l'implacable crémier.

— Un quart, s'il vous plaît!

— Je le vends qu'à la demi-livre.

— Eh bien, une demi-livre!

Il y avait quelque chose de pathétique dans ce vieux Tantale du quartier des Ternes. Sa voracité croissait en raison inverse du rationnement. Il vivait dans l'angoisse de manquer de nourriture et se bourrait de tous les produits qu'il rencontrait. Ses rentes fondaient à vue d'œil. Bientôt il lui faudrait attaquer son capital. Le *Bon Beurre* était un enfer délicieux; encore, les comestibles qu'il achetait là étaient-ils bons. Mais que dire des galettes de seigle, gâteaux de pomme de terre, chocolat vitaminé et, d'une façon générale, de toutes les saletés qu'il ne pouvait se retenir de dévorer au hasard des occasions tout le long du jour, et qui lui soulevaient le cœur? Les Poissonard, loin de le raisonner, lui soutiraient son argent sans vergogne. C'était de bonne guerre. Après tout, n'étaient-ils pas des commerçants, dont le métier était de vendre, même au marché noir? Immobiles, ils assistaient à la ruine de M. Lebugle. Toutefois les justifications morales ne leur manquaient jamais : ils se taisaient parce qu'ils n'aimaient point « s'occuper de ce qui ne les regardait pas », et « M. Lebugle était assez grand pour savoir ce qu'il faisait ». Celui-ci, tout à sa passion de manger, qui menaçait de supplanter sa germanophilie, avait trouvé cette phrase qu'il répétait souvent :

« A soixante ans, l'organisme exige plus de nourriture qu'à dix-huit. »

— Ça, c'est bien vrai, répondait Charles-Hubert, dont le principe était de ne jamais contredire les bons clients, et qui au surplus n'avait pas d'opinion là-dessus.

Les Poissonard étaient en proie à un tourment : devaient-ils informer Mme Lécuyer de l'arrestation de son fils ? Ennuyeuse commission ! Julie, qui avait une inclination incompréhensible pour la vieille dame, le voulait. Charles-Hubert, fidèle à sa maxime de ne pas se mêler des affaires des autres, préconisait le silence. Ce fut lui qui gagna. On se tut ; mais Julie, tenant à manifester sa sympathie à cette mère éprouvée, lui dispensa pendant quinze jours des amabilités et des sourires qui auraient inquiété l'esprit le moins méfiant. Elle alla — incroyable libéralité ! — jusqu'à lui offrir un camembert. Cette largesse, après ces gracieusetés, éveilla l'instinct de Mme Lécuyer ; elle redouta quelque mauvaise nouvelle. Jour et nuit, la pensée de Léon l'obsédait.

Elle se rongeait précisément le matin où Madeleine, de noir vêtue, le nez luisant d'avoir pleuré toute la nuit, et plus enceinte que jamais, sonna chez elle. Mme Lécuyer devinait infailliblement dès qu'il s'agissait de son fils. Ouvrir la porte, voir Madeleine, se jeter dans ses bras, mêler ses larmes aux siennes, ne constituèrent qu'une seule et même action. Pas un mot ne fut dit. Après cinq bonnes minutes de gémissements et d'embrassades, Mme Lécuyer, froide comme le marbre et le cœur battant, demanda :

— Il est vivant, n'est-ce pas ?

Madeleine, la gorge nouée, fit « oui » de la tête.

— Qu'est-ce qui est arrivé ?

Retrouvant la parole, Madeleine raconta tout. Mme Lécuyer, partagée entre le chagrin et l'orgueil, pleurait et riait. Enflammée par le récit de sa bru, quand celle-ci rapporta les derniers mots de Léon à l'audience, elle battit des mains.

— Ce n'est pas dans un an qu'il sera libre, s'écria-t-elle, c'est dans un mois ! Savez-vous ce qu'on m'a dit ? Que les Alliés débarquent la semaine prochaine. Les Boches sont fichus. Hitler a passé le pouvoir à von Papen qui va demander l'armistice.

Cette explosion d'optimisme lui rendit en quelque sorte la vue. Elle constata soudain le volume de Madeleine. Mme Lécuyer, bourgeoise, certes, et pétrie de préjugés, n'avait pas une âme mesquine. Les circonstances, du reste, la plaçaient au centre d'une tragédie ; elle sentait bien que les idées de 1938 ou de 1912 n'avaient plus cours. Après un petit silence, elle dit, souriant avec bonté :

— Vous attendez un enfant de lui, n'est-ce pas?

Pour toute réponse, Madeleine versa un torrent de larmes et poussa des piaulements infantiles.

— Allons, allons, ma petite fille, disait Mme Lécuyer fort émue, consolez-vous! Songez que dans un mois au plus tard, il sera là.

— C'est... c'est... pou... ou... our la mi-septembre!... hoqueta Madeleine.

— Je parlais de Léon, dit Mme Lécuyer. Êtes-vous mariés seulement?

Madeleine avoua ses amours, sa faute et ses noces. Elle évoqua Léon avec tant de dévouement et de chaleur que Mme Lécuyer, agacée déjà qu'on lui eût caché le mariage, manifesta quelque irritation. Disons à sa louange que cela passa vite et qu'il ne resta qu'affection dans son cœur pour cette fille tombée du ciel. Elle l'invita à s'installer chez elle.

Madeleine accepta avec reconnaissance. Mme Lécuyer en l'aidant à défaire sa valise lui raconta, avec tous les détails, les débauches du maréchal Gœring chez Maxim's, décrivit les effets d'un obus nouveau, inventé par les Anglais et qui, en éclatant, déployait un filet où les avions allemands se prenaient par dizaines; chanta les louanges du général Giraud, évadé d'Allemagne et plus craint de l'ennemi que l'Armée Rouge tout entière; décrivit le typhus qui régnait dans les troupes nazies; révéla que l'occupation avait coûté à la France plus de trois cents milliards ; évalua à neuf millions le nombre de soldats allemands tués en Russie et imita le bruit des bombes anglaises (boum! boum!) tombant sur Berchtesgaden, repaire de Hitler. Elle termina par une succincte biographie de ce dernier : c'était un ancien marlou viennois, Juif en outre et de son vrai nom : Schickelgrüber. Cet imposteur avait pris le pouvoir en profitant d'une ressemblance fortuite avec un général mort mystérieusement en 1932.

Madeleine, submergée par ces extravagances, ne savait quoi dire. Mme Lécuyer, interprétant son mutisme comme un acquiescement, se félicita d'avoir une bru si patriote, et se promit d'excellents entretiens.

— Voyez-vous, ma petite Madeleine, dit-elle, moi, je n'ai jamais désespéré de mon pays. La France en a vu d'autres. Quant aux Boches, ils n'en ont plus pour longtemps. Ça craque de partout. Il paraît que les aviateurs de la R. A. F. déversent sur l'Allemagne des tonnes et des tonnes de petits poissons en papier sur lesquels il y a écrit : « Mères allemandes, voici des nouvelles de vos fils! » On m'a dit qu'un officier boche, à Noisy-le-Sec, la semaine dernière, s'est tiré une balle dans la tête après avoir embrassé trois petits Français dans la rue. C'est un symptôme, ou je ne m'y connais pas! Hier, dans le métro, un soldat m'a offert sa place. Il essayait de se faire pardonner d'être là. J'ai refusé. Qu'auriez-vous fait d'autre?

VI

Le mois qui suivit le retour de Vichy fut,
pour les Poissonard, un mois de bonheur parfait. Fous d'orgueil, ils se croyaient invulné-
rables. Le prestige du Maréchal rejaillissait sur
eux. La pratique, dans son ensemble, avait des
opinions politiques flottantes, et ils recueillirent
d'elle des congratulations quasi unanimes. En
1942, qu'on s'en souvienne, l'esprit de résistance n'était pas fort répandu, et la plupart des
Français acceptaient le gouvernement de Vichy
pour ce qu'il se donnait. Les plus hardis insinuaient qu'il jouait double jeu. Aux questions
infinies sur Pétain et son entourage, les crémiers
répondaient avec une bonne grâce intarissable
et quelque hâblerie.

Ce voyage à Vichy constitua vraiment un
apogée de prospérité et de gloire. L'été 1942
était splendide. Paris, sec et blanc comme une
carcasse de cheval au milieu du Sahara, dressait
autour des Poissonard son admirable squelette.
Ils le considéraient avec des yeux de propriétaire. Cela leur appartenait, comme un cadavre

appartient aux vers. Pure illusion, hélas! Ils n'allaient pas tarder à connaître de cruels retours. Le signe avant-coureur du désastre, qu'ils ne prirent pas comme tel, évidemment, leur apparut au début de septembre sous les traits de Mlle Léonie Jaquet.

A cette personne, en effet, ils dévolurent la succession de Josette. C'était une jeune femme de vingt-six ou vingt-sept ans, grande, assez bien faite, douée d'une figure honnête et avenante. Ses beaux yeux bruns veloutés, sa bouche mobile, son teint frais prévenaient en sa faveur.

Léonie Jaquet était la pire des coquines ; toutefois elle avait une dignité, un respect d'elle-même, qui en imposaient à ses employeurs. Ceux-ci, gens peu sensibles, et qui ne s'embarrassaient guère de délicatesse, étaient, devant elle, comme frappés de timidité. Léonie, en outre, se hâtait d'exprimer son avis ou de proclamer ses désirs, ce qui rendait d'autant plus difficile de lui assigner des tâches. Comment, par exemple, sans paraître la brimer, la contraindre à lessiver le carrelage du *Bon Beurre* quand elle venait de déclarer : « Moi, je déteste laver par terre, je l'ai jamais fait de ma vie »? On apprit ainsi qu'elle n'avait pas la force de manipuler le rideau de fer de la devanture ; qu'elle était trop faible pour soulever les bidons laitiers, et que la station debout risquait de lui donner des varices. Quand Julie lui notifia qu'elle devrait faire le ménage, la vaisselle et d'autres menus travaux domestiques, Léonie riposta crûment :

— C'est-y une bonne ou une vendeuse, que vous demandez, m'ame Poissonard ? Moi, je suis vendeuse, je suis pas bonne. Le ménage, c'est pas mes oignons.

Cette virulence estomaqua Julie. Léonie gagnait toutes les batailles. Au premier repas qu'elle partagea avec ses patrons, elle s'assit sans façon à leur table et, comme si c'eût été la chose la plus naturelle, se servit abondamment de leur excellent ordinaire. Les Poissonard, pétrifiés, n'osèrent protester. N'osèrent protester ! Imagine-t-on ce que cela représente ? Les Poissonard osaient tout. Ils ignoraient la crainte et les scrupules. Léonie Jaquet était le premier être humain qui les fît douter d'eux-mêmes, qui leur donnât un sentiment de faiblesse. En huit jours, le pli fut pris. Julie s'adressait à Léonie avec politesse. Elle la « priait » de chercher une boîte de petits pois, lui « demandait » de couper cent vingt-cinq grammes de fromage ; elle « aurait bien voulu » qu'elle décrochât un jambon, etc. Léonie recevait ces marques de déférence avec l'air d'une impératrice en exil. Les Poissonard souffraient. Cette souffrance s'exhalait le soir, dans l'intimité des soupers familiaux, par des considérations malveillantes sur le peuple en général, les temps modernes et la « mentalité » des gens. Fait curieux, les Poissonard parlant de Léonie, même en son absence, usaient d'un langage plein de réticences, de précautions, de sous-entendus. On aurait dit que le fantôme de la vendeuse les épouvantait.

Pas question de lui adresser des observations, et d'ailleurs, on n'y aurait pas songé. Léonie traitait les clients de haut en bas, renchérissant de roguerie sur ses patrons. C'était une syndicaliste irréductible qui exigeait constamment des augmentations ou des primes. Quand une contestation s'élevait, elle brandissait des textes de loi, invoquait la Charte du Travail et menaçait d'en référer à l'Administration compétente. Elle poussait l'audace jusqu'à se mettre en colère et à traiter Julie d'avare, de mauvaise Française et de salope. Les Poissonard, ulcérés, gonflés de rancune et de rage, par une démarche d'esprit surprenante, maudissaient le souvenir de Josette. Si cette fille ne les avait pas plaqués, ils n'auraient pas embauché ce bourreau.

Léonie régentait les enfants. Le premier jour, Riri, qui avait voulu se livrer sur elle aux facéties qu'il se permettait avec Josette, reçut une gifle et s'entendit traiter de « sale petit merdeux ». Ses hurlements et ses larmes cessèrent instantanément, car Léonie ajouta :

— Si tu ne t'arrêtes pas, t'en recevras une autre.

Quant à Jeannine, elle se tenait sur la réserve ; mais il arrivait que Léonie la réquisitionnât pour faire des paquets ou des commissions, et elle obéissait.

Léonie Jaquet, sans contredit, et au rebours de Josette, était une traînée véritable. Cela explique sans doute le mystérieux respect que lui portait Charles-Hubert. Pas une fois, tant qu'elle resta à son service, il n'eut à son endroit de geste déplacé ou de propos graveleux. De même il ne plaisantait jamais sur ses mœurs, qu'il ne connaissait pas et supposait pures. Lorsque Léonie évoqua un enfant en bas âge qu'elle avait et qui était en nourrice, les Poissonard, ces rudes censeurs, s'attendrirent et ne dissimulèrent pas leur mépris pour l'individu sans aveu qui l'avait abandonnée après le forfait. Léonie omit de préciser que cet enfant aurait pu choisir entre plusieurs pères et, dans le doute, s'en était abstenu. On sait les belles choses que les âmes sensibles disent sur les filles mères. Les Poissonard, dans cette occurrence, les prirent à leur compte : Léonie était une infortunée, la vie avait été dure pour elle, les enfants, même naturels, c'est si mignon, et d'ailleurs, tous les enfants ne sont-ils pas naturels ? etc. Léonie se prévalut de ces favorables dispositions pour chaparder des boîtes de lait concentré, et exiger de menues denrées pour le chérubin. Elle gardait tout cela pour sa consommation personnelle et les Poissonard avaient le sentiment d'être bons.

Ce qui les consternait plus que tout, c'était l'appétit de la vendeuse, qui tenait du prodige. Elle semblait trouver parfaitement normal de manger de la viande tous les jours, et de s'emplir de fromage. Cela ne développait même pas sa bonne humeur. Elle avait un caractère difficile et boudait des semaines entières. Les Poissonard, démoralisés, cherchaient ce qui, dans leur attitude, avait pu la blesser. Mais ils étaient novices dans ces sortes de préoccupations. Jamais ils ne s'étaient intéressés à l'âme d'autrui. Celle de Léonie leur paraissait opaque. Son cœur était fermé comme une porte de prison ; malgré leurs efforts, ils n'en devinaient pas les secrets mouvements.

Une chose qui montrera bien l'état de crainte dans lequel ils vivaient est celle-ci : un mois après l'entrée de Léonie dans leur existence, ils découvrirent qu'elle les volait. Elle sifflait des verres de lait pris à même la cuve, enfouissait des tombées de fromage dans ses poches, ou prélevait de petits morceaux de beurre sur les mottes. Ils ne lui en parlèrent pas. Ils avaient trouvé leur maître. Un jour, à la fin du déjeuner, elle les avisa qu'elle s'absenterait tout l'après-midi. Elle « allait au coiffeur pour sa permanente ». Cette information, énoncée sur un ton sans réplique, ne rencontra aucune opposition. Elle prit ainsi l'habitude de s'octroyer le mercredi. « C'est le jour à mon fiancé », expliqua-t-elle, précision péremptoire. Ce fiancé était une espèce de Protée qui changeait assez souvent d'apparence, d'âge, et même de costume, car il lui arrivait de porter l'uniforme allemand.

Quelquefois, les Poissonard prenaient conscience de leur déchéance. Un mois avait suffi pour que ces vainqueurs se transformassent en vaincus. Certes ils continuaient à gagner de l'argent, à stocker, à vendre, à se livrer aux trafics qui, depuis deux ans, leur avaient si bien réussi, mais la présence de Léonie ôtait beaucoup à leur plaisir. C'était leur plaie métaphysique, l'ulcère qui suppure sans cesse un peu, et lancine juste assez pour vous rappeler qu'on n'est pas immortel.

— Tout de même, disait la crémière, elle exagère, Léonie! Elle a pas l'air de se douter que nous autres on a été reçus par le Maréchal. On n'est pas n'importe qui!

Cette réflexion, si modérée dans ses termes, et prononcée sur un ton à demi plaintif, est bien révélatrice. C'est l'expression même de la faiblesse. Les faibles tirent une satisfaction morose à comparer leur infortune présente avec leur bonheur passé, et tentent ainsi de se prouver à eux-mêmes que leur vie n'a pas été manquée tout entière. Est-ce à dire que les Poissonard étaient faibles? Eh! qui n'a ses faiblesses? Louis XIV avait peur de Louvois, César de Brutus, Alexandre de Diogène et Napoléon de Fouché. Les plus braves ont un coin de lâcheté, d'autant plus nu, d'autant plus exposé que le reste est bardé de fer.

— Léonie, précisait Charles-Hubert, elle a son petit caractère, y a pas à dire!

Ils avaient cependant des velléités de révolte, témoin ce dialogue:

— Léonie, dit la crémière, elle ferait damner un saint. On ne peut rien lui dire, elle prend la mouche. C'est plus possible! Cet après-midi, je lui demande bien gentiment de me passer une des mottes du frigo, tu ne sais pas ce qu'elle m'a répondu?

— Non?

— « Allez la chercher vous-même, je ne suis pas votre domestique. »

— Y a de l'abus, dit le crémier.

— Elle me dispute devant les clients. Ça fait mauvais effet. Des fois je me demande si on ne ferait pas mieux de la remercier.

Mais les Poissonard, contrairement à leurs habitudes, avaient été imprudents. Sans méfiance et sans secrets, ils ne s'étaient point cachés de Léonie pour effectuer leurs menues falsifications. Elle avait assisté dix fois à une opération complexe : Charles-Hubert écrémait partiellement le lait, puis le mouillait. Le mouillage diminue la densité et l'écrémage l'augmente ; quand on a le coup de main, et Charles-Hubert l'avait, on compose un liquide dont le poids est exactement celui du lait authentique. Léonie avait encore pu observer la façon dont on allonge le beurre avec du suif, et comment un fromage contenant vingt pour cent de matières grasses devient fromage à quarante-cinq pour cent par simple substitution d'étiquette. Enfin, elle apprit que l'eau oxygénée avait la vertu merveilleuse d'empêcher le lait de cailler. Les Poissonard, avec une légèreté inconcevable, lui avaient montré leurs stocks. Léonie les tenait. Elle ne se gêna pas pour dire à Julie un jour que celle-ci, excédée de sa mauvaise volonté, la menaça de renvoi :

— Non mais, je voudrais voir ça! Ça se permet de moucher le monde alors que ça n'est même pas fichu d'être honnête!

Julie, furieuse, essaya la tactique d'intimidation :

— Comment! Qu'est-ce que vous racontez? Voilà que vous me traitez de malhonnête, maintenant...

— Tout juste, coupa Léonie, avec un sourire moqueur. Et si vous voulez qu'on s'explique, y a qu'à le dire. Qui c'est qui met de l'eau dans le lait, hein? C'est moi, peut-être? Si c'est pas honteux! Et j'en sais d'autres. La maison Poissonard, je la connais, moi. J'en aurais à raconter, si je voulais.

Julie, atterrée, voyait la méchanceté et le vice sifflant comme deux serpents devant elle. Complètement désarmée, elle attendit impatiemment le soir pour en délibérer avec Charles-Hubert. On l'avait menacée! On avait brandi sous ses yeux l'étendard du chantage! Les crémiers mesurèrent l'étendue de leur infortune : en engageant la demoiselle Jaquet, ils avaient installé l'enfer au *Bon Beurre*. Il fallait se débarrasser au plus vite de cette diablesse. La décision prise, ils donnèrent libre cours à leur haine trop longtemps contenue. Ils avaient souffert Léonie deux mois durant. C'était la plus grande épreuve qu'ils eussent jamais endurée. Pendant deux mois, ils s'étaient tus, ils avaient tremblé, ils n'avaient pas même osé penser mal de la vendeuse. Ce soir-là vit leur revanche :

— Ça n'est qu'une pas grand-chose!

— Sans compter qu'elle fait la vie!

— Elle a le vice dans le sang, cette fille-là, c'est moi qui te le dis. On se demande d'où ça sort seulement.

On psalmodia comme cela jusqu'à une heure avancée. Les Poissonard en avaient gros sur le cœur. Ils brossèrent de Léonie un portrait fort poussé au noir.

Les quinze jours suivants ne furent pas bien gais. Les crémiers ne surmontaient pas leur crainte ; parler à Léonie n'était pas une petite affaire. S'ils lui annonçaient son licenciement tout à trac, elle courrait dénoncer leurs fraudes et leurs stocks. Comment affronter son regard perçant et ses invectives? Sait-on de quoi une pareille furie est capable quand on l'attaque en face? Une altercation devant les clients aurait été déplorable. Léonie Jaquet, qui ne modérait en rien son tempérament et ne refrénait nullement ses colères, pouvait « faire du grabuge ». Julie voyait par avance le *Bon Beurre* saccagé, les boîtes de conserves volant à travers la devanture, la caisse enregistreuse défoncée comme un piano mécanique dans un *saloon* du Far-West. On n'avait même pas la ressource de solliciter la protection de la force publique.

Léonie flairait-elle quelque chose ? Chaque jour croissait son arrogance. Elle désertait son poste pendant des demi-heures pour aller bécoter un godelureau sous une porte cochère ; elle disait ironiquement aux acheteurs :

— Voilà du bon lait bien crémeux ! Regardez-moi un peu comme c'est épais, mesdames, on dirait que ça vient de sortir de la vache ! C'est la santé des enfants !

A en donner des sueurs froides ! La garce profitait insolemment de la situation. Elle faisait en public des allusions aux richesses de la resserre. Les Poissonard redoutaient à tout instant qu'elle ne provoquât une émeute parmi les affamés de la rue Pandolphe. Pour comble, il leur revint aux oreilles qu'elle les débinait sans vergogne, colportant sur toute l'étendue des Ternes que ses patrons étaient des rapiats, des menteurs et des escrocs, les décrivant comme de modernes Trimalcions, et affirmant qu'ils s'enrichissaient par les moyens les plus honteux. Charles-Hubert excitait particulièrement sa verve calomnieuse, elle le dépeignait sous les traits d'un Marquis de Sade et se plaignait de prétendues privautés qu'il aurait eues envers elle. Julie n'était qu'une charogne et Riri pissait dans la cuve à lait. Seule Jeannine échappait à ses accusations. Le public ne croyait pas à toutes ces horreurs, mais on sait qu'il reste toujours quelque chose de la calomnie. Quelque modestes et discrets que fussent les Poissonard, on n'était que trop enclin, du seul fait qu'ils étaient commerçants, crémiers par surcroît, à les soupçonner d'exploiter la détresse nationale.

Les malheureux en étaient venus à un tel degré de terreur qu'il suffisait que Léonie sourît, ou répondît aimablement pour qu'ils espérassent qu'elle s'était amendée, et que l'existence allait changer. A cette amabilité ou à ce sourire succédaient des paroles aigres, des cris et même des injures qui les abattaient de nouveau. Léonie avait un talent infernal pour pousser ses avantages. Elle avait très bien saisi l'effet dévastateur de ses menaces sur les Poissonard, et elle se sentait très forte. Dix fois par jour, elle nommait le Contrôle Économique et la Répression des Fraudes. Charles-Hubert avait déjà pratiqué la corruption de fonctionnaire et ne craignait pas beaucoup les inspecteurs faméliques qui venaient mendier périodiquement un quart de beurre, mais les conséquences d'une plainte circonstanciée l'effrayaient.

L'insolente Léonie rigolait quand elle surprenait ses patrons en train de se livrer à un tripatouillage, et ensuite feignait l'indignation pour obtenir gratuitement, afin de les envoyer au petit Patrick (c'était le nom de son fils), des boîtes de lait *Nestlé*. Elle accueillait Charles-Hubert revenant de la campagne, sa camionnette pleine, par des apostrophes de ce genre :

— Alors, patron, vous avez bien volé le monde aujourd'hui ?

Ses désirs étaient insatiables ; à table, elle se servait la première et raflait les gros morceaux ; tous les quinze jours, elle conquérait un rajustement de salaire : en avril 1943, elle gagnait six cents francs par mois, somme exorbitante. Elle avait trois blouses qu'elle considérait comme sa propriété, bien qu'elles eussent été acquises avec l'argent des Poissonard et grâce à leurs propres *points textiles*. La coupe déborda le jour où, fracturant la resserre, elle emporta un saucisson et trois savonnettes.

Les Poissonard tinrent un conseil de guerre. Le désordre avait trop duré. Ils firent « par curiosité » le compte de ce qu'avait coûté Léonie. Le total était effrayant. Cette fille les ruinerait. Les Poissonard étaient à la fois furieux et profondément tristes.

— Ah ! soyez bon avec le monde ! soupira Julie. Qu'est-ce que ça rapporte, la générosité ? Je te le demande !

— Bon sang de bon sang de bonsoir ! dit Charles-Hubert, exclamation qui, chez lui, dénotait un grand trouble.

On se donna trois semaines pour venir à bout de Léonie.

VII

Léonie lut-elle son destin sur la figure des Poissonard ou bien obéit-elle à une de ces impulsions qui l'entraînaient à mal faire pour le plaisir ? Toujours est-il qu'elle les gagna de vitesse, et que, le surlendemain, qui était un mercredi, un petit homme chafouin au pardessus râpé et à la mine basse entra dans la boutique.

Charles-Hubert, averti par un pressentiment, depuis quelque temps s'abstenait de mouiller le lait mais, le mercredi étant jour de congé pour Léonie, il n'avait pas résisté au désir de ramasser un peu d'argent et avait, selon son dosage, versé vingt pour cent d'eau dans la cuve. Avant même que le petit homme ouvrît la bouche, le crémier comprit que la jalousie divine fondait sur sa tête.

— Répression des Fraudes, dit le petit homme en touchant son chapeau.

— Tiens, répliqua Charles-Hubert, faraud, je ne vous ai jamais vu, vous !

— Voilà ma carte, dit le petit homme d'une voix sans timbre, la voix même avec laquelle

Robespierre proclamait la Terreur à l'ordre du jour.

Charles-Hubert, assez remué, mais non abattu par cette visite somme toute ordinaire, chercha à gagner du temps en s'absorbant dans la lecture du papier mis sous ses yeux. Il y apprit que son interlocuteur se nommait Simonin, Édouard, et avait le grade d'inspecteur principal.

— Monsieur est inspecteur, dit Charles-Hubert à Julie qui n'avait nul besoin de cette précision. Elle se força à sourire, ce qui n'affecta guère Simonin dont le visage resta impassible sous le chapeau.

— Eh bien, dit Charles-Hubert avec son entrain des grands jours, venez dans l'arrière-boutique, m'sieu l'Inspecteur. Vous prendrez bien une petite goutte avec nous?

— C'est ça, ajouta Julie. Je vais fermer la porte pour qu'on soit pas dérangé par les clients.

— Je ne bois jamais d'alcool, dit Simonin.

— Vous ne refuserez pas un verre de vin. J'ai justement de l'appellation contrôlée de premier choix.

— J'ai l'estomac sensible, dit l'inspecteur de sa voix blanche.

La membrane protectrice qui entourait le cœur de Charles-Hubert avait beau être épaisse comme de la peau de rhinocéros, ce qui le laissait d'ordinaire inaccessible aux impressions et sentiments que les êtres humains inspirent, elle fut, cette fois-ci, transpercée. L'inspecteur

Simonin, il est vrai, avait une figure à glacer les plus braves. Ses joues creuses semblaient avoir recueilli toute la crasse des couloirs de la Préfecture de Police. Ses yeux à demi fermés sécrétaient un regard terne et dur, mais le plus sinistre était encore sa voix monocorde qui dérangeait à peine en passant l'ordonnance de ses lèvres droites. Cet homme-là était incapable d'éprouver un sentiment d'humanité quelconque. C'était le type même du policier pauvre et cruel.

« Du moment qu'il est miteux, songea Charles-Hubert, on peut l'acheter. » Ce raisonnement, fondé sur l'expérience, était simpliste. Simonin était peut-être capable de scélératesse, comme tout le monde, mais non pour un maigre profit.

— Ça fait plaisir de voir un de ces messieurs de la Préfecture, dit Charles-Hubert.

Simonin ne se donnait aucun mal pour faire la conversation. Il se plaisait dans le silence. Cela déroutait ses interlocuteurs qui parlaient, parlaient, afin de surmonter le trouble provoqué par un homme aussi froid.

— Ça devient difficile d'être commerçant, aujourd'hui..., poursuivit Charles-Hubert.

— Y a des fois qu'on aimerait fermer la boutique et tout laisser en plan, dit Julie.

— Si on reste ouvert, c'est bien pour rendre service. Pour ce que ça rapporte!

Il attendit un mouvement d'assentiment qui ne vint pas. Simonin dardait sur lui des yeux de saurien. Le crémier, tâchant d'obtenir une décision rapide, et que l'incertitude angoissait, se jeta à l'eau :

— Les gens sont malheureux, aujourd'hui. Avec leurs rations, ils ne peuvent pas faire. Tenez, m'sieu l'Inspecteur, vous, je parie que vous mangez pas à votre faim.

— Non, dit Simonin.

— Vous voyez! s'écria le crémier. Vous allez me faire plaisir : j'ai justement un beau morceau de gruyère. Il fait la livre tout rond. C'est pour vous!

Simonin demeura silencieux. Les crémiers échangèrent un regard.

— Faut pas que m'sieu l'Inspecteur emporte un mauvais souvenir de nous, dit Julie. Charles, donne-z-y aussi un quart de beurre pour manger avec son *gruaire*.

Charles-Hubert se dilata de joie lorsque Simonin, se décidant à parler, dit :

— C'est surtout de viande qu'on manque.

— Ah! la viande! C'est pas notre rayon. Vous me diriez du jambon...

— Du jambon, tiens! dit Simonin, dont les lèvres ondulèrent en une sorte de sourire.

— Ça vous plairait, du jambon, m'sieu l'Inspecteur?

— A qui du jambon ne plairait-il pas! dit Simonin, ambigu.

L'inspecteur exagérait. La victoire avait été trop facile. Charles-Hubert résolut d'assigner un terme, sans toutefois sortir de la politesse, aux prétentions de ce concussionnaire.

— Fais un paquet à monsieur l'Inspecteur, madame Poissonard, ordonna-t-il. Une livre de gruyère, un quart de beurre et six tranches de jambon.

— C'est tout ce que vous avez? articula Simonin d'une voix métallique.

— Vous avez un sacré appétit, vous! dit le crémier en riant. Revenez la semaine prochaine. Y aura quelque chose de côté pour vous.

— Savez-vous que vous venez de vous rendre coupable de corruption de fonctionnaire? dit Simonin, sans élever le ton. Cela sera consigné au procès-verbal.

— Mais, m'sieu l'Inspecteur, s'écria le crémier épouvanté, c'est vous qui...

— Qui quoi?

— Qui m'avez demandé...

— Vraiment?

— Non!... Non!... Je vous donnais ça simplement pour vous faire plaisir...

— Parce que vous êtes sympathique, ajouta Julie, toutes ses forces bandées devant le péril.

Simonin ricana :

— Ah! je suis sympathique!

— Très sympathique, affirma chaleureusement Charles-Hubert.

— Vous m'en voyez charmé, dit Simonin. Mais vous risquez de changer d'avis tout à l'heure.

L'affolement des crémiers était à son comble. La pensée de Charles-Hubert tournait en rond et n'offrait à son esprit que cette phrase indéfiniment répétée : « Pourtant c'est un miteux ! » Simonin était retombé dans le silence et savourait avec une expression d'hyène sur le visage l'effet qu'il produisait au couple Poissonard. Plongeant ses mains dans les poches de son pardessus, il en tira quelques petits flacons vides qui firent battre le cœur de Charles-Hubert à la cadence d'un piston de locomotive.

Posément, Simonin aligna huit bouteilles sur le comptoir comme les pions d'un jeu d'échecs. Julie, horrifiée et fascinée, tâchait de faire bonne contenance.

— Quatre flacons pour le lait et quatre pour le beurre, dit Simonin.

— On n'a rien à se reprocher, dit Julie.

— Je l'espère pour vous.

Charles-Hubert suait. Le lait et le beurre ne résisteraient pas à l'analyse du laboratoire municipal. Il voulut bluffer :

— Vous savez, c'est pas la peine de prendre de grands airs. Je me plaindrai. Faut pas croire que, parce qu'on est des ouvriers, on connaît personne. J'ai été reçu par le Maréchal, moi. C'est vrai, on fait son commerce tranquillement, et un inspecteur qu'on ne connaît ni d'Ève ni d'Adam vient vous compliquer la vie. Sans compter l'effet dans le quartier...

Il se rendait compte, à mesure qu'il parlait, de sa maladresse. Mais il n'avait pas perdu tout espoir d'influencer le policier.

— Laisse donc, Charles, dit Julie. Monsieur

croit qu'il a affaire à des fraudeurs. Ça risque de lui retomber sur le nez!

C'était peut-être plus habile, mais après tout, ce n'était qu'une tentative pour ne pas perdre complètement la face. Simonin n'était pas le moins du monde intimidé. Après avoir prélevé du lait, il cacheta les flacons et inscrivit le nom du crémier sur des étiquettes.

— Vous gardez celui-ci, dit-il en tendant une des fioles. Maintenant, ouvrez cette glacière.

Les flacons restants furent remplis de beurre, cachetés et annotés de même. Les Poissonard, immobiles comme des statues, déchirés par le désespoir, regardèrent Simonin enfouir les bouteilles dans sa poche en formant des vœux pour qu'il les cassât en route. Hélas! ces accidents ne se produisent jamais quand on le désire. Simonin, ouvrant la porte, se retourna et dit :

— Corruption de fonctionnaire et menaces à un représentant de l'autorité, cela peut être grave. Sans préjudice des sanctions qui seront prises en cas de fraude. Au revoir, messieurs-dames, au plaisir.

Cette voix sans intonations, qui coulait comme un filet de venin, avait vraiment quelque chose de terrifiant. Les paroles de Simonin résonnaient comme un arrêt implacable. Charles-Hubert, dans une tentative ultime, s'écria lamentablement :

— Vot' paquet, m'sieu l'Inspecteur! Vous oubliez vot'paquet...

Simonin attacha sur lui son demi-regard polaire et dit :

— La récidive, maintenant!

La porte se ferma là-dessus. Les Poissonard, livides, se regardèrent.

— Quelle bourrique! dit Charles-Hubert.

— Nous voilà frais, répondit Julie en écho.

— Nom de Dieu de nom de Dieu de nom de Dieu!

Charles-Hubert était partagé entre l'abattement et la rage. Il lui semblait que son cœur était tombé dans son ventre et il aurait aimé briser quelque chose. Cet homme rude, bizarrement, avait envie de pleurer. Quelle catastrophe que cet inspecteur, quand les affaires marchaient si bien! Les grandes douleurs, comme on sait, sont muettes. Les Poissonard se turent, chacun ruminant le désastre. Toutefois, il fallait penser à l'avenir. Simonin pouvait alerter le Contrôle Économique. On décida de transporter à la nuit tous les stocks chez Lhuillier le marchand de couleurs et Vigouroux le bougnat. Le malheur s'était abattu sur le magasin et l'on devait envisager le pire. La journée s'écoula avec une lenteur exaspérante. Chaque fois que la porte tintait, les deux crémiers croyaient voir un agent du Contrôle Économique. Ce qui montre, malgré tout, l'ingénuité de nos héros, c'est que l'idée qu'ils avaient peut-être été dénoncés par Léonie ne leur vint pas. Ou plutôt, si elle leur vint, ils s'empressèrent de la chasser. Un tel excès de monstruosité dépassait leur entendement.

Les Poissonard, après la visite de Simonin, connurent des jours extrêmement pénibles. Charles-Hubert se mettait la tête à l'envers pour trouver un moyen d'arrêter la marche administrative. Il songea aux Allemands du *Soldatenheim* qu'il avait approvisionnés naguère ; mais le *Hauptmann* qu'il pria d'intervenir en sa faveur auprès de la Préfecture de Police et du ministère de l'Agriculture le renvoya avec des sourires moqueurs et des marques de compassion sarcastiques. Parmi les Français, Charles-Hubert n'avait aucune relation qui eût assez de pouvoir pour faire détruire les maudits flacons dont il s'attendait à voir jaillir l'opprobre et l'amende. Les conversations entre les époux déconfits étaient mélancoliques. A mesure que l'espoir s'enfuyait, Charles-Hubert et Julie devenaient plus sombres. Le sentiment de leur impuissance les anéantissait. Ces gens actifs s'usaient à attendre, recroquevillés dans leur boutique, que le tonnerre tombât sur eux. Paralysés par la frousse, ils vivaient dans une incertitude abominable. La Préfecture de Police, retranchée dans la Cité comme une forteresse, muette, menaçante, formidable, était sans cesse présente à leur esprit. Derrière ces murailles s'ourdissait lentement leur ruine. On disposait d'eux ; ils étaient des esclaves, des objets, dont le destin reposait entre les mains de personnages mystérieux et tout-puissants. Charles-Hubert ne mangeait plus. Au bout de la première semaine d'attente, il n'alla même plus « au ravitaillement ». Tout lui paraissait inutile. Julie, caractère plus solide, cédait aussi à la panique. Leurs belles ressources d'énergie, leur ténacité, leur courage, bref toutes les vertus qui avaient fait d'eux des riches, s'étaient comme volatilisées.

Léonie Jaquet, par contraste, était gaie comme un oiseau. Elle ne se mettait plus en colère que deux ou trois fois par jour, ce qui rendait l'existence charmante. On aurait dit que l'infortune, l'air morne et découragé, les affres de ses patrons, pacifiaient ses humeurs guerrières. Certes, elle continuait à n'en faire qu'à sa tête, recevant ses amants dans la boutique, et tenant avec eux, pendant que les clients attendaient d'être servis, d'interminables colloques, mais enfin, elle souriait, répondait parfois aimablement et exécutait sans rechigner la plupart des ordres. Julie, encouragée par ces marques de bonne volonté, lui raconta la descente de Simonin et lui fit part de ses appréhensions. Léonie écouta avec une raisonnable compassion et, le récit fini, déclara :

— Pauvre madame Poissonard! Voilà ce qui arrive quand on veut péter plus haut que son derrière.

Cette réflexion ne plut pas trop à Julie, mais elle était rompue aux façons de la vendeuse, et elle éprouvait un soulagement réel d'avoir vidé son cœur.

Le tourment des crémiers n'échappait pas aux clients. Il s'exprimait par des soupirs, des considérations désabusées et pessimistes. Charles-Hubert était morose et irascible. Quand on lui en faisait la remarque, il répondait hargneusement :

— On voit bien que vous êtes pas commerçant, vous. C'est pas tout rose d'être commerçant, aujourd'hui. Faut avoir tué père et mère!

Souvent, il s'écriait, énigmatique :

— Ah! la vie! Quelle saloperie!

Quant à Julie, l'adversité lui conférait une certaine douceur qui surprenait tout le monde. Elle tombait dans des rêveries. Le menton dans la main, l'œil fixe, un vague sourire aux lèvres, coupée au ras de la ceinture par le comptoir, elle aurait pu personnifier pour un sculpteur réaliste de 1880 la *Crémerie malheureuse*. On était obligé de lui toucher l'épaule ou de toussoter pour qu'elle sortît de sa léthargie, non sans sursauter, et consentît à encaisser tickets et argent.

— Faut pas vous frapper, expliquait Léonie à la pratique curieuse. La patronne, elle a des malheurs, alors ça lui tape sur la tête.

Le supplice dura trois semaines. Au bout de ce temps, les pouvoirs publics se manifestèrent. Comme on s'y attendait, l'expertise avait été accablante. Le lait mouillé et écrémé, le beurre composé de près d'un tiers de suif accusaient les Poissonard avec la dernière éloquence. Ils furent condamnés à vingt mille francs d'amende, et le *Bon Beurre*, par ordre du préfet de police, l'amiral Bard, fermé pour un mois.

Les Poissonard avaient de l'argent à la banque ; ils ne vendirent pas leur or. Charles-Hubert s'estima heureux de ne pas aller en prison. On colla sur la vitrine une affichette notifiant la sanction et ses attendus. La corruption de fonctionnaire n'y manquait pas. Les Poissonard lisaient ce document tous les jours. La signature de l'amiral Bard qui l'ornait leur fit prendre en grippe, définitivement, les officiers de marine.

— Un amiral préfet de police, dit Charles-Hubert. Je vous demande un peu! Il aurait mieux fait de rester sur son bateau, ce feignant-là! C'est pas étonnant qu'on ait perdu la guerre.

Il déclara également, ce qui vaut qu'on le rapporte :

— C'était pas comme ça autrefois. On a beau dire, la République, ça n'avait pas que des mauvais côtés. Il est propre, leur régime! On n'est plus entre Français.

Dès que tout fut réglé et que les Poissonard surent à quoi s'en tenir sur les suites de leur imprudence, ils reprirent leur alacrité. Charles-Hubert bourra de bois le gazogène de la camionnette et se remit à écumer les provinces. Julie, pendant le mois de fermeture du *Bon Beurre*, effectua des rangements monstres et des inventaires géants. Elle visita tous les dépositaires clandestins et ramena des sommes importantes qui comblèrent fort heureusement le trou creusé par l'amende. Mais ce n'était là que du demi-travail et elle dit à Charles-Hubert :

— La vie est mal faite tout de même. Ces truands-là, ils auraient pas pu nous fermer au mois d'août, non? Comme ça, on serait partis en vacances, et ça n'aurait pas fait de manque à gagner.

Les revers trempent l'âme. Dans l'épreuve, les Poissonard puisèrent le courage de chasser Léonie. Ils ne la reprendraient pas à la réouverture de la boutique. Léonie, quand on lui annonça ce renvoi poli, entra dans une colère qui n'émut guère les crémiers. Ceux-ci étaient redevenus eux-mêmes. Elle exigea qu'on lui payât des vacances, prétention repoussée. Léonie tempêta. Charles-Hubert, terrible, la saisit par le bras, la conduisit dans la rue et lui claqua la porte au nez. Elle cria pendant cinq minutes, déversant sur ses anciens employeurs des injures ordurières.

Lorsqu'ils relevèrent au bout d'un mois le store métallique, tombé sur leur honte comme un rideau de théâtre sur la punition des méchants, les crémiers redoutaient un peu les réactions de la pratique. Ils avaient tort. La pratique était domptée depuis longtemps, réduite à l'ilotisme, bâillonnée. A l'unanimité, elle les plaignit. Belle occasion pour les Poissonard de se poser en martyrs. Julie affirma que les accusations de l'affiche étaient fausses. En réalité, on les avait punis parce qu'ils essayaient de « rendre service ». L'Administration était truffée de crapules qui ne songeaient qu'à se laisser corrompre. L'honnêteté des Poissonard leur avait interdit d'user de tels moyens. Leur disgrâce était le fait d'un fonctionnaire rancunier auquel ils avaient refusé un pot-de-vin.

— Le Français n'est plus honnête, concluait Julie. Moi, j'admets pas ça.

Les clients acquiesçaient, plus dévorés par l'esprit de flatterie que des courtisans de La Bruyère.

M. Lebugle, dans son for intérieur, ne pouvait donner tort aux services publics d'avoir fermé le *Bon Beurre*, mais il dépendait trop du crémier pour exprimer cette opinion ouvertement. Mme Lécuyer, en revanche, manifesta sa joie :

— Eh bien, dit-elle à Julie, ils ont été gentils avec vous, madame Poissonard, vos amis les collabos. J'espère que vous avez compris maintenant.

— A qui le dites-vous, répondit la crémière. C'est canaille et compagnie. La France est bien bas, madame.

Mme Lécuyer ricana. Elle jugeait la sentence fort équitable, et s'était beaucoup réjouie de l'amende. Sa haine pour les Poissonard trouvait là un apaisement. Elle confia à Madeleine :

— Ces crémiers sont des filous. On ne peut pas être malhonnête indéfiniment. Ils n'ont pas volé ce qui leur arrive. Cela leur pendait au nez. D'ailleurs ils détestent Léon.

Il y a peu à dire sur la vendeuse qui succéda

à Léonie Jaquet. C'était une personne insigni-
fiante qui donna aux Poissonard toute satisfaction. Elle s'appelait Jeannette. De qui,
d'ailleurs n'auraient-ils été satisfaits, après le
farouche dressage de Léonie?

QUATRIÈME PARTIE

A l'issue de son procès, Léon Lécuyer fut
transféré à la Centrale de Fontevrault où, avec
des condamnés de droit commun et des prisonniers politiques, il apprit à coudre des chaus-
sons de lisière. Il avait pour camarade de cellule
un certain Delahausse, Albert, trafiquant
malheureux qui avait tenté six mois plus tôt de
vendre à l'armée allemande cinq cents kilomètres de rails rouillés appartenant au réseau
du sud-ouest de la S. N. C. F. C'était une
belle affaire ; cet habile homme, hélas! avait
eu contre lui l'Administration française et la
Wehrmacht. La Gestapo, par une clémence
incompréhensible, l'avait remis après trois
mois d'interrogatoires à la Sûreté Nationale.
Ce Delahausse gardait de son passage aux deux
polices un souvenir horrifié et folâtre. Il décri-
vait des rossées à coups de nerfs de bœuf, des
tortures renouvelées de l'Inquisition et s'esclaf-
fait de la sottise des flics qu'il avait, selon ses
propres termes, « baisés du commencement à
la fin ». C'était, à l'en croire, d'incomparables

crapules, dont le seul souci avait été d'apprendre où il dissimulait, lui, Delahausse, son magot. Mais il n'était pas tombé de la dernière pluie. Il possédait plusieurs cachettes et n'avait indiqué que les petites. Le gros de ses bénéfices sommeillait en lieu sûr. Il récupérerait cet argent après la guerre, quand il aurait « tiré ses cinq ans de taule ». Il prononça, à ce propos, une phrase assez bizarre, qui amena un sourire sur les lèvres de Léon :

— La Suisse n'est pas faite pour les chiens.

— Elle est surtout faite pour les vaches, répliqua Léon qui, comme tous les Français, rêvait de laitages.

— Je m'entends, dit Delahausse.

C'était un personnage enjoué, insouciant, terre à terre, qui partageait son temps en contrepèteries et en regrets badins de son existence opulente. Léon ne pouvait se retenir d'avoir pour ce drôle une certaine sympathie. Delahausse considérait Léon comme un sot et ne se gênait pas pour le dire.

— Les politiques, prétendait-il, c'est tous des paumés. Tiens, toi, par exemple, qu'est-ce que ça t'a rapporté ton patriotisme ? T'es en cabane, comme moi. Et pour plus longtemps. Moi, dans quatre ans, cinq mois, neuf jours, je mets les voiles. J'ai du pèze en Suisse. Je vais à New York et je me fais naturaliser amerloque. Parlemoi des U. S. A. ! A moi les pépés, le chouinegomme, et les Chesterfièldes !

Léon, en retour, catéchisait Delahausse. Il lui exposait les turpitudes du Gouvernement de Vichy, la sauvagerie des Allemands, et vantait les bienfaits de la République, telle que le général de Gaulle la rétablirait après la victoire. Delahausse avait trop de griefs contre Vichy et les Allemands pour les défendre. Léon, de la sorte, avait l'impression agréable qu'il convertissait un homme.

Au bout de trois semaines, Delahausse invoquait de Gaulle comme s'il avait milité dans les rangs de la Résistance, et croyait fermement que les Alliés le libéreraient. Léon, charmé par son adepte, avait presque oublié ses origines et n'était pas loin de le regarder comme un camarade de combat. Il retrouvait l'atmosphère fraternelle de l'oflag. En somme, il était assez heureux. La rondeur, l'allégresse de Delahausse tranchaient de la façon la plus aimable sur l'hostilité, la stricte discipline, les douze heures de travail quotidien de la prison. Il s'ouvrit à lui de sa préoccupation secrète.

— A quoi doit-on penser quand on est en prison? demanda-t-il abruptement.

— A recevoir des colis, répondit innocemment Delahausse.

— Non. A s'évader.

— Tu veux t'évader? s'exclama le trafiquant. T'es complètement dingue! Tu tiens à recevoir un pruneau?

— Ah! la liberté! s'écria Léon. Vivre libre ou mourir!

— T'es tombé sur la tête. Comment que tu veux te tirer d'ici? Y a pas moyen.

— Je ne sais pas... Avec un clou, on peut creuser dans le mur. Ensuite on fabrique une corde avec sa chemise. Il faudrait se procurer une petite lime. Pour les barreaux.

Delahausse éclata d'un rire vulgaire.

— T'es sinoque, mon pote! dit-il. On est dedans et on y est bien, c'est moi qui te le dis. Y'a qu'à attendre la quille, le plus peinard possible. Si tu fais des blagues, ils te foutront au mitard. Et moi avec, pour complicité, sans compter les colis qui sauteront. C'est ça que tu veux?

Dans leur substance, ces propos rappelaient fâcheusement les exhortations du capitaine Legrandier de la Ravette; mais les discours dictés par un défaitisme spécieux ne prenaient plus Léon de court.

— Tais-toi, dit-il, tu parles comme un lâche et un imbécile. Quand on a de l'honneur, et qu'on est en prison, il n'y a qu'une chose à faire : s'évader. D'abord, parce que la vie est courte et que la liberté est le plus précieux des biens, ensuite parce qu'on risque toujours moins à se montrer courageux que froussard. Dès l'instant où j'ai été arrêté, je n'ai pensé qu'à une chose : la façon dont je m'échapperais. Gambetta disait en 71 : « Pensez-y toujours, n'en parlez jamais. » Je t'en parle aujourd'hui pour la première et la dernière fois. Si tu as les jetons, je m'évaderai tout seul.

278

Ce langage ferme bouleversa Delahausse. Il est vrai que Léon avait un tout autre air que de coutume. Ce n'était plus un étudiant maigrichon, exalté, un peu ridicule, mais un soldat au visage déterminé. Pour la première fois de sa vie, Léon parlait un langage d'homme. Jamais jusqu'alors, ses propos n'avaient rendu un son aussi grave. Le devait-il à un heureux assemblement des phrases, à l'assurance qu'il ressentait en face du risible Delahausse, ou enfin à la force de ses convictions ? Trancher est bien difficile. Quant à lui, il ne s'étonna pas. Il était le siège d'une modification profonde.

— Ah ! ben alors ! marmonna Delahausse. Tu me fous la trouille !

— C'est bien, dit Léon, inexorable. Je compte sur ton silence. Je te préviens que je serai capable de tuer si c'est nécessaire.

Le lendemain matin, Léon remarqua qu'il perdait ses cheveux. Son peigne en était plein. Il avait vingt-huit ans.

La prison lui pesait. Delahausse, décidément, se révélait un triste sire. Léon le jugeait maintenant avec sévérité. C'était un escroc et un poltron, rien de plus. Comment s'était-il abusé sur son compte ? Comment avait-il espéré insuffler des idées généreuses à cette âme pourrie, uniquement occupée de calculs égoïstes ? Quand Delahausse, pour lui complaire, entonnait des péans en l'honneur des Alliés ou de la Résistance, Léon, exaspéré, ne répondait pas. Il ne se connaissait pas une telle capacité de mépris. Delahausse était le premier homme qu'il jugeât sans appel. Sent-on ce que signifie « juger sans appel » pour un caractère comme celui de Léon ? C'était un garçon courageux, sans doute, mais timide, peu sûr de soi, toujours prêt à admirer les autres, à leur donner *a priori* raison contre lui ; son esprit encombré de scrupules examinait à l'infini avant de porter une appréciation sur quelqu'un ou quelque chose ; il n'était résolu que dans le domaine de l'action, ou lorsque les circonstances le pressaient. Encore ses décisions, la plupart du temps, ne jaillissaient pas d'un raisonnement, mais d'une impulsion sentimentale. Sans qu'il s'en doutât, ces dernières années, grâce à son honnêteté méticuleuse, son application cartésienne à ne rien tenir pour certain qui ne fût vérifié, son ingénuité, son absence d'esprit de système devant les spectacles naturels ou les réactions des êtres, un travail d'ossification s'était fait en lui. Ses récentes aventures, le mariage, l'attentat manqué, l'arrestation, le procès, avaient hâté ce mûrissement. Une force qui ne le surprenait pas mais lui procurait un contentement diffus irradiait de son cœur dans ses membres. Il découvrait qu'il n'avait plus besoin de livres. L'univers, jusqu'ici indéchiffrable et opaque, était devenu subitement transparent. Et voilà maintenant qu'il jugeait automatiquement, instinctivement pour ainsi dire, et qu'une certitude intime lui affirmait que ses jugements étaient fondés.

Deux phrases de Delahausse avaient suffi pour que Léon le classât à jamais dans la catégorie des larves. Inversement, lui, Léon conçut de l'orgueil. Ce sentiment était nouveau. Il cessait de se prendre pour quelque personnage romantique ou pittoresque, il avait la conscience d'être enfin lui-même. Ce n'était plus un caméléon sentimental changeant à volonté d'attitude, jouant les Talleyrand, les Napoléon, les Gœthe, les Brutus, mais Léon Lécuyer, un individu, un caractère, une façon d'être. Son esprit était solide, dur comme une pierre, irréductible. Il ne lui serait plus possible dorénavant d'avoir une pensée, d'accomplir une action qui ne fût spécifiquement sienne, qui ne portât, indélébile, la marque Lécuyer. Il était comme un peintre qui a trouvé sa manière après avoir, de longues années, pastiché les maîtres. L'originalité ne vous est pas donnée, elle vient à la suite de patients efforts, de tâtonnements et d'erreurs.

En contemplant son peigne chargé de cheveux morts, Léon songeait : « J'ai vingt-huit ans ; ma jeunesse est finie ! » Il en éprouvait satisfaction et regret à la fois.

Il se sentait vigoureux, mais les charmantes possibilités, les innombrables espoirs de l'adolescence s'étaient évanouis. D'une seconde à l'autre, il se trouva convaincu qu'il ne serait jamais Napoléon, Brutus ou Gœthe, mais Lécuyer, toujours, irrémédiablement Lécuyer, que tout son zèle ne parviendrait qu'à perfectionner Lécuyer, à en faire un Lécuyer accompli, glorieux, peut-être, mais singulièrement circonscrit. Il soupçonnait depuis longtemps qu'il n'était pas créé pour l'aventure, ni pour la politique, ni même pour les belles-lettres. Ses mauvais vers du cahier *Gallia* le firent rougir. Son destin et sa vocation étaient d'enseigner les humanités à des potaches. Bref, dans l'espace de quelques minutes, il s'accepta pour ce qu'il était et le désir d'être différent le quitta. La perte d'une passion, même simulée, ne va pas sans quelque tristesse. Léon, devant la débâcle de son ambition, ou plutôt de ses ambitions, eut un serrement de cœur. A Delahausse qui se répandait en louanges immodestes sur le général de Gaulle et « les chouettes petits gars des F. F. I. », il répondit d'un ton cassant :

— Ta gueule! Tu ne penses pas un mot de ce que tu dis. Tu n'es qu'un opportuniste. Dans des circonstances différentes, tu en dirais autant de Pétain ou des Boches.

Pareil au grand Frédéric excédé de Voltaire, Léon voyait en son compagnon une orange exprimée dont on n'a plus qu'à jeter la pulpe, mais il ne se comparait point au roi de Prusse. Il se demandait seulement comment il allait supporter cet individu haïssable, qui avait comme polarisé les éléments de sa personnalité épars jusqu'à la veille. Mais le hasard, parfois, dispose heureusement des événements. La porte s'ouvrit et le geôlier poussa un homme dans la cellule.

L'arrivant était maigre et avait le teint terreux. Son nez, long et un peu busqué, sa lèvre supérieure, surplombant l'inférieure, son menton ramassé sous sa bouche, son cou où la pomme d'Adam saillait comme un bréchet, ses cheveux plats, son costume étriqué, qu'on ne lui avait pas encore enlevé pour le remplacer par l'uniforme des détenus, lui composaient une figure impressionnante, assez sinistre, à tout le moins sévère.

— Salut, mon pote, s'écria Delahausse avec jovialité. C'est gentil de nous faire une petite visite.

L'inconnu regarda Delahausse sans aménité. Il en fallait davantage pour intimider l'escroc qui fit des compliments de bienvenue pendant cinq minutes : on n'était pas au Ritz, mais la maison était bonne, on ne risquait pas d'être mis à la porte, etc. Ces sottises irritèrent Léon qui se renferma dans un digne silence.

— Comment tu t'appelles ? interrogea Delahausse, à bout de lieux communs plaisants.

— Alphonse.

— Alphonse quoi ?

Alphonse dédaigna de répondre. Il attacha ses gros yeux verdâtres et cernés sur Delahausse, puis, posément, sur Léon.

— T'es politique ou droit commun ? demanda Delahausse.

— Politique.

— C'est comme moi, s'écria Delahausse, qui, là-dessus, enfila quelques couplets sur la Patrie, et, en conclusion, ajouta : Tu connais la dernière ? Métropolitain.

— Qu'est-ce que c'est ? dit Alphonse.

— Eh bien, dit Delahausse, il faut dire « Métropolitain », mais il ne faut pas dire « Pétain mollit trop ». C'est marrant, hein ?

Alphonse n'esquissa pas l'ombre d'un sourire. Il était visiblement dépourvu d'humour. Son regard de mépris pour Delahausse lui gagna le cœur de Léon.

On apprit dans la semaine qu'Alphonse s'appelait Irénée Crottaz et qu'il avait été arrêté à la suite d'une rafle. On avait perquisitionné chez lui, et découvert des explosifs. C'était un individu déroutant, taciturne, plutôt sombre. Il vivait avec une économie de mouvements remarquable, se lavait peu, détaché du monde au point qu'on n'aurait pas pu dire si le fait d'être emprisonné l'affectait en quelque façon. C'était une espèce de moine, si flegmatique, si renfermé, qu'il semblait ne jamais éprouver le moindre désir et n'avoir d'autre sentiment qu'une hostilité tranquille et un dédain de fer à l'égard de tous. Souvent, en mangeant, les gens se dévoilent. Alphonse mangeait la soupe de Fontevrault sans qu'on sût si cette nourriture le dégoûtait ou lui plaisait : il aurait absorbé du caviar, du homard à l'américaine ou du poulet avec la même indifférence. Léon admirait une telle constance, bien que cela fût, à son sens, inhumain. Alphonse, du reste, avec son visage blême, ses longues dents jaunes, son nez pincé

284

et sa bouche immobile, paraissait à mi-chemin entre la mort et la vie. Les joues creuses, les pommettes saillantes et les orbites pleines d'ombre, à la lueur de la faible ampoule de la cellule qui donnait à sa peau une teinte d'ivoire terni, il ressemblait à cette effigie de la Mort que Michel-Ange a mise dans son *Jugement dernier* de la Chapelle Sixtine. A force de silence et de morosité, il était parvenu à glacer le joyeux Delahausse, qui ne se risquait plus à le questionner, ni même à plaisanter ou à prôner hypocritement les exploits de la R. A. F. Une fois qu'il avait chanté l'héroïque défense de Stalingrad par les Russes, Alphonse dit d'un ton coupant :

— Ne parle pas de ce que tu ne connais pas, je te prie.

Delahausse, interdit, se jura de changer de cellule. Il y parvint en trois jours.

II

Voici donc Alphonse et Léon face à face. Alphonse dit :

— C'était un mouton.

Malgré sa répugnance, Léon, par honnêteté, défendit Delahausse mais dévoila que c'était un trafiquant.

— C'est bien ce que je disais, dit Alphonse, c'est un traître.

Il y avait là matière à discussion. Cette qualification était abusive. Léon, grammairien, discuta.

— Les profiteurs sont des traîtres, affirma Alphonse.

Léon trouva que son compagnon avait des principes bien raides. Cela ne lui déplut pas. « C'est un jacobin », pensa-t-il. Le jacobin, depuis la retraite de Delahausse, avait retrouvé sa langue. Léon put apprécier sa voix, qui était ténorisante et relevée d'un mince accent du Midi. La parole lente et méthodique évitait à ce chantonnement de paraître monotone. Le sujet de prédilection d'Alphonse était la politique qu'il possédait à fond et dont il traitait quasiment en homme de métier, comme un menuisier du bois, ou un garagiste de mécanique, employant à tout instant des termes techniques dont le sens, évidemment, n'échappait pas à Léon, mais qu'il n'avait pas l'habitude d'entendre. Prolétariat, motion, syndicalisme, lutte des classes, action immédiate, etc., articulaient les discours d'Alphonse et leur donnaient une allure didactique tout à fait digne d'un théoricien. Léon éprouvait un léger sentiment d'infériorité et d'admiration devant cet homme austère si versé dans une science difficile. Lui, Léon, était en gros socialiste, partisan du Front populaire, démocrate. Il tenait le président Blum pour le dernier mot de la Révolution ; et il l'avait défendu, jadis, contre sa mère, avec la sensation délicieuse d'avoir des idées avancées. Ses études ne lui avaient guère laissé de temps pour songer sérieusement à la politique. Du reste son esprit littéraire ne l'y inclinait pas. Il ignorait les difficultés que soulèvent les aspirations des masses. La conversation d'Alphonse, par suite, l'ennuyait : elle était aride, abstraite, toute de déductions, pleine de données économiques et hérissée de vocables pédants, mais elle l'intéressait aussi : grâce à elle, il entrevoyait des problèmes inconnus.

Détail curieux, Alphonse, résistant, ne chérissait pas les Anglais outre mesure. Sur le général de Gaulle, il se montrait réservé. « C'est un général d'Action Française », dit-il à deux ou trois reprises. « Pour le moment, il n'est pas mal, mais attendons de le voir à l'œuvre en temps de paix. » Il honnissait carrément le général Giraud que Léon admirait à cause de son évasion romanesque. Alphonse accusait ce militaire de tractations louches avec les Américains, et de « combines malpropres » avec un certain fabricant d'huile de table, qui était également banquier. Être banquier, pour Alphonse, semblait aussi déshonorant que d'être satyre ou cocaïnomane. Sommé de s'expliquer plus clairement, il déclara qu'il était « provisoirement » pour de Gaulle et contre Giraud. Ce dernier divisait la nation.

Léon commençait à distinguer un monde complexe et partagé qui bouleversait ses courtes idées d'honneur, de courage et de vertu patriotique. Il croyait à l'union enthousiaste des forces du Bien contre celles du Mal, et s'attrista en apprenant que les forces du Bien étaient la proie des mêmes dissensions qu'avant la guerre, et que chacun, malgré la croisade, poursuivait ses petites luttes particulières. Sa joie n'en fut que plus forte quand Alphonse lui proposa de fonder un journal qu'ils feraient circuler dans la prison. L'élaboration du premier numéro les occupa toute une quinzaine. Léon désirait qu'on l'intitulât *Le Patriote de Fontevrault*, Alphonse préconisait *La Cellule*, mais il lui fut objecté que cela aurait un vague air communiste.

— Qu'est-ce que ça peut faire ? dit Alphonse d'un ton bizarre.

Un soir Alphonse rapporta dix feuilles de papier quadrillé et un crayon. Léon, émerveillé, l'interrogea sur la provenance de ce matériel.

— Moins tu en sauras, mieux ça vaudra, répondit Alphonse de la façon la plus offensante du monde. Léon ne fut pas offensé. Alphonse dégageait une telle odeur de conspiration qu'il en était contaminé.

La Cellule parut au mois de décembre 1942. Léon résista au plaisir de se comparer à Camille Desmoulins. Ce journal, qu'il confectionnait le soir, lui procurait une exaltation indicible. Alphonse, lui, qui en avait vu bien d'autres, restait impassible comme de coutume. On distribua les dix exemplaires en un après-midi. Le gros titre était :

LE SECOND FRONT EST OUVERT

Suivait un article d'Alphonse relatant le débarquement d'Alger et concluant qu'il était grand temps d'apporter un secours effectif à l'héroïque Armée Rouge. La première page se complétait par des consignes de sabotage élaborées par le même Alphonse.

« Patriotes, écrivait-il, on vous force à fabriquer de dérisoires pantoufles pour les bourgeois capitalistes et les bouchers nazis. Sabotez! Enfoncez mal les clous, ou enfoncez-les trop profondément. Faites marcher les bourreaux et les traîtres sur un tapis de sang, etc. »

Le verso du journal s'ornait d'un appel à l'évasion dû à Léon Lécuyer : « Le premier devoir d'un prisonnier est de chercher à s'enfuir. Moquez-vous des conséquences. Mieux vaut mourir debout que vivre à genoux! » L'article tenait les deux tiers de la page. Le reste était consacré à des menaces contre les dénonciateurs et annonçait une liste noire des mouchards de la prison. Ceux-ci seraient fusillés par un tribunal populaire sur le lieu même de leurs crimes.

La Cellule parut de la sorte toutes les semaines. Léon, surexcité, ne dormait que la moitié de la nuit. Il songeait avec délices à ses articles, les composait dans sa tête, corrigeait mentalement ses phrases, essayait et rejetait des adjectifs, tentait de retrouver la verve des grands polémistes : Paul-Louis Courier, Veuillot, Rochefort, Léon Bloy. Il trouvait qu'Alphonse était inspiré sans doute, mais n'avait pas de style : il se contentait d'aligner des clichés virulents, du genre « le traître Pétain, les tueurs de Himmler, pour un Noël de combat, la camarilla de l'Hôtel du Parc, les valets du nazisme, etc. ». Comme Léon lui reprochait timidement ce peu de recherche dans l'expression, Alphonse le traita avec hauteur « d'intellectuel petit-bourgeois gâté par le formalisme »; la seule chose qui comptât était d'agir sur l'opinion. Léon, peu convaincu, aimait tant Alphonse, qu'il n'insista pas. C'est qu'Alphonse l'entraînait. Pour une fois, Léon avait trouvé plus courageux et plus entreprenant que lui. Il se donnait sans réserve à cet homme de fer qui méprisait sa guenille charnelle et ne vivait que par l'âme. Momentanément, il avait abandonné ses projets de fuite :

— Notre devoir, avait dit Alphonse, c'est de rester ici et de créer un noyau de résistance. Ensuite, quand tout sera en place, on verra. Et pourquoi n'organiserions-nous pas une évasion massive de tous les politiques de Fontevrault ?

Quelle extraordinaire traverse du destin ! C'est en prison, alors que Léon avait renoncé pour toujours à l'aventure, qu'elle venait le chercher ! Jamais il n'avait senti, espéré, vibré d'une façon aussi intense. Il en arrivait à éprouver une espèce d'attachement pour les couloirs louches et les murs désolés de l'endroit. Dans cette cage il s'épanouissait.

La nuit, au cœur de l'obscurité et du silence, les deux compagnons de cellule causaient longuement. Alphonse une fois demanda :

— Politiquement, qu'est-ce que tu es au juste ? Rien du tout, hein ? T'es un bourgeois. Tu n'as jamais pris conscience de la réalité prolétarienne. Tu ne t'es donné que la peine de naître.

Blessé, Léon répliqua :

— Je suis S. F. I. O.

— Tu es un social-traître, alors ? dit Alphonse, amicalement.

En prison, l'on devient vite psychologue.

On devine des sourires dans les ténèbres. Léon, qui ne soupçonnait guère qu'Alphonse pût parfois plaisanter, ne s'y trompa point. Il pensa que pour le conquérir, il fallait certainement lui faire part de ses idées progressistes et citer quelques noms. Celui du président Blum, aussitôt, lui monta aux lèvres. Alphonse, hanté par le prolétariat, la C. G. T. et la lutte des classes, aimait sûrement cet homme d'État dont les principes et l'action ressemblaient à ceux qu'il prônait.

— Je ne suis pas exactement S. F. I. O., dit-il. Enfin, je ne suis pas inscrit. Tu comprends, avant guerre, je ne faisais pas de politique. Mais je trouve que Léon Blum, ajouta-t-il d'un petit ton dégagé, est un type épatant. Attaqué comme il l'a été par la droite, n'est-ce pas... Et au procès de Riom, il a été formidable.

Un petit rire âpre traversa la nuit.

— Blum! dit froidement Alphonse. L'homme qui a trahi la classe ouvrière! Le traître des Conférences de Matignon! Le valet du comité des Forges! Le responsable de Franco! Le fossoyeur de la Révolution! Bravo! Tu places bien tes admirations.

Léon, qui ignorait tout des Conférences de Matignon, et n'avait que des idées imprécises sur les autres griefs, fut désorienté par cette sortie. Craignant de s'enferrer davantage, il se tut. Comme Alphonse n'ouvrit pas la bouche, ils en restèrent là. Le lendemain matin, Léon s'éveilla très antisocialiste. Sur le chapitre de la politique, il n'avait pas le courage de penser autrement que son camarade. Alphonse, intolérant, rigide et convaincu, imposait sa conviction.

Pour Léon, il était politiquement ce que, sur le plan de l'amour, avait été Émilienne : un initiateur. Léon avait abordé celle-ci comme celui-là avec une candeur et une ignorance complètes. Au bout de trois mois il soupçonna qu'Alphonse était communiste. Ce dernier, malgré ses discours révélateurs, avait été là-dessus d'une discrétion totale. Léon sentait bien l'incongruité de lui poser une question brutale.

— Après la guerre, déclara-t-il, escomptant une réaction intéressante, je m'inscrirai au P. C.

Mais Alphonse se contenta d'interroger d'un ton indifférent :

— Ah ? Tu es sympathisant du parti ?

Léon, qui était assez satisfait d'avoir dit « P. C. », se promit d'employer dorénavant la formule d'Alphonse, « le parti ». Cela faisait plus averti encore.

— Oui, poursuivit-il avec chaleur et bonne foi : les communistes sont les seuls vrais résistants. Et les plus courageux. Ce sont toujours des communistes qu'on fusille. Je suis communiste de cœur !

— Très bien, dit placidement Alphonse.

— Et l'Armée Rouge ! s'écria Léon. Elle fait tout ! Les Russes meurent pour sauver la civilisation. Sans eux, Hitler serait depuis longtemps le maître de l'Europe, Angleterre comprise!

Alphonse ne répondit rien à cette profession de foi, mais Léon, dont la faculté sensitive s'était développée à l'extrême, discerna un relâchement dans l'attitude, lut de la bienveillance dans les regards de son compagnon et, ce qui le combla de joie, à d'infimes modifications, crut comprendre qu'Alphonse éprouvait pour lui un sentiment de fraternité. Alphonse, en effet, lui frappa sur l'épaule et l'appela plusieurs fois « camarade ». Cette promotion lui inspira une extrême fierté. On l'acceptait moralement au sein d'une grande cause.

Il est vrai qu'Alphonse devenait, à sa manière, qui était calme et froide, familier et même, dans un certain sens, confiant. Ses interminables causeries se teintaient d'humanité ; il jugeait des hommes et des événements en termes ordinaires, parlant de bravoure, de loyauté, de force d'âme comme n'importe qui ; surtout il faisait circuler dans ses paroles un courant de complicité qui enchantait Léon. Quand par exemple il exposait une question, il sous-entendait que Léon avait dessus des vues identiques, à savoir, celles du Parti Communiste. Il lui arrivait même parfois de dire « nous », englobant dans une prise de position, Léon et lui-même : « Nous ne voulons plus voir des choses comme le camp du Vernet, n'est-ce pas ? » A quoi Léon, avec empressement, répondait :

— Ah! non, alors!

Sous les lèvres d'Alphonse naissait un univers miraculeux, franco-russe et révolutionnaire, où toutes les qualités trouvaient leur emploi et leur récompense. Cela commençait en pastorale : des triangles d'oiseaux survolent les plaines fertiles de l'Ukraine ; les balalaïkas égrènent leurs romances mélancoliques quand la nuit paisible descend sur les kolkhoses. Les membres innombrables de la patrie des travailleurs préparent dans la joie et la confiance des lendemains qui chantent. Puis, peu à peu, se mêlaient aux phrases beethoveniennes d'Alphonse, des bruits plus modernes et plus puissants : le roulement rythmique des tracteurs, le sifflement des puits de pétrole de Bakou, le tumulte majestueux des usines de Tarnopol, le tonnerre du barrage de Dniépropétrovsk. La symphonie industrielle devenait bientôt symphonie héroïque : d'un seul coup, sur tout cela, la soldatesque hitlérienne déferle, semant la terreur et la mort. Mais le peuple russe qu'on prétendait délivrer de l'esclavage allait montrer qu'il n'était pas si mécontent que ça de son régime. Apparaissaient alors les indomptables partisans, et la glorieuse Armée Rouge. Le fasciste Napoléon avait osé une fois s'attaquer au peuple russe. Il s'en était mordu les doigts. De même on viendrait à bout de Hitler. Staline, avec son bon sourire, qui plissait son œil malicieux, sa grosse moustache de bon papa de la Révolution, son air finaud était, ni plus ni moins, le plus grand génie militaire des temps modernes. Dans un fracas de bombes, de mortiers, de mitrailleuses, chargeaient des escadrons légendaires qu'on n'imaginait pas autrement vêtus et montés que les cosaques de Souvaroff. Les chefs de ces héros, avec leurs noms mélodieux, Tolboukhine, Timochenko, Boudienny, fumeux et grandioses comme des lithographies de Raffet, valaient, pour la stature historique, les maréchaux de la Grande Armée et les capitaines de la Horde d'Or. Les minables troupiers allemands, sous les coups des archanges de la future république universelle, crèvent par millions. Loqueteux, grelottants, affamés, ils se traînent dans la neige, mangent de la chair humaine, ou bien, vrais loups aux abois, se livrent sur les villageois à des exactions épouvantables. L'automne, l'hiver le printemps, tout est contre eux : des nappes de neige recouvrent leurs cadavres, leurs convois s'enlisent dans la boue du dégel, les partisans font dérailler leurs trains et les paysans brûlent les récoltes. Hitler en attaquant la Russie avait commis le péché suprême, le sacrilège inexpiable. La dictature trouvait là son tombeau.

Cette épopée, cette « page de gloire que les Russes écrivaient avec leur sang », c'était autre chose, tout de même, que les reculades, les prudences et les atermoiements des Alliés! Léon en convenait sans peine. Alphonse, alors, lui montrait quels liens unissaient l'U. R. S. S.

à la France, malgré l'attitude réactionnaire et hostile de notre pays depuis le traité de Brest-Litowsk. Il y avait eu la Commune, que diable! et le mur des Fédérés! sans compter Gracchus Babeuf, ce précurseur! Depuis le Congrès de Tours où les social-traîtres avaient dévoilé leur noirceur, le parti communiste français s'était signalé comme le plus ardent et le mieux organisé de l'Europe capitaliste. Le plus souvent, les discours d'Alphonse se terminaient en un feu d'artifice de noms, de dates et d'événements dont la juxtaposition n'était arbitraire qu'en surface. Il obéissait à un besoin de synthétiser lorsqu'il mélangeait dans une seule période les marins de Cronstadt, les militants de la base, la main tendue (geste prophétique si l'on voulait bien se reporter à l'époque), les koulaks (qui étaient tous des traîtres, ce qui n'avait rien d'étonnant vu leur position sociale), les Brigades Internationales de la guerre d'Espagne, la poésie de Paul Eluard, les fusillades d'Odessa, le cuirassé Potemkine (que Léon prit longtemps pour un vaisseau de guerre et qui se révéla être le plus grand film jamais tourné dans le monde), la justice sociale, le stakhanovisme, l'escadrille Normandie-Niemen, la Non-Intervention, et les symphonies de Chostakovitch.

Endoctriné par Alphonse, Léon ne doutait pas que le pacte germano-soviétique, dicté par le seul souci de leur sécurité, ne fût une manœuvre géniale des Soviets. Thorez n'avait quitté son régiment que pour servir plus efficacement la France à Moscou. Léon, dont cependant l'esprit critique n'était pas sans finesse, ouvrait son âme à la doctrine. Marx, Engels, le matérialisme dialectique, le parti bolchevik, la haine de Trotski et des possibles déviationnismes, le déterminisme historique, etc., tout cela entrait en lui par bataillons serrés. Il avait la ferveur du néophyte. Surtout il ne cessait d'admirer combien les Communistes étaient patriotes. Ils mouraient en criant non pas : « Vive l'U. R. S. S.! » mais : « Vive la France! » N'était-ce pas une preuve que la France devait être communiste? Après tout n'a-t-elle pas toujours été à la pointe du progrès politique?

— La libération nationale est inséparable de l'insurrection nationale. Nous marchons vers la Révolution, disait froidement Alphonse, une révolution capitale, complète, bien plus radicale que celle de 89.

Léon, émerveillé de ses découvertes, était un partisan de cette révolution. Ses convictions influaient sur son style ; les articles qu'il troussait pour *La Cellule* s'en ressentaient. Il ne tombait pas dans les lieux communs véhéments d'Alphonse, mais nourrissait ses exposés de comparaisons et de références spécifiques ; lorsqu'il employait des termes tels que *prolétariat*, *justice sociale* ou *trust*, il en éprouvait le plaisir d'un enfant qui manipule un jouet neuf. Décrivait-il les scélératesses des miliciens du traître Darnand, les Versaillais de M. Thiers s'insinuaient sous sa plume. Il s'amusa ainsi pendant les quelques mois que vécut *La Cellule* avec les dynamiteros, le pacte antikomintern, l'incendie du Reichstag et Dimitrov, octobre 1917, Lénine, Vaillant-Couturier, etc. Alphonse lui apprit les premières paroles d'une chanson russe qui reflétait toute la poésie de la Révolution, des steppes, de la mélancolie slave et aussi de l'espoir soviétique : « *Plaine, ma plaine...* » Cet air, qu'il fredonnait constamment, suscitait des images immenses de guerre et de paix. Alphonse surveillait avec une indulgence un peu dédaigneuse les progrès de son disciple. Il parlait avec une flamme froide qui tranchait sur l'impétuosité de Léon et qu'on pouvait prendre pour de la modération.

La Cellule croissait et multipliait. Alphonse avait enrôlé des auxiliaires, qui recopiaient le journal. Les autorités de la prison effectuèrent des perquisitions sans résultat. Alphonse était vraiment un homme extraordinaire. Toujours impassible, pour ne pas dire inerte, il créait sans cesse de l'agitation, provoquait des événements, accomplissait des actions. Il avait un tel pouvoir de dissimulation et de secret, que Léon ne sut jamais comment il avait établi ses contacts et noué ses complicités. Tacitement, on le considérait comme le chef politique de la Centrale. Léon, fier d'être son second, le considérait comme un héros authentique.

Se sentant responsable du moral de Fontevrault, il ne songeait plus à la fuite. Pour le militant, tout endroit est un poste de combat qu'il ne saurait déserter. Cette réflexion d'Alphonse montrait bien l'abnégation de celui-ci. Léon levant les yeux sur cet ecclésiastique émacié fut, un soir, saisi d'un pressentiment. Il crut distinguer sur lui un signe fatal. Qu'était-ce que ce signe? Il l'ignorait, mais il en fut remué jusqu'aux tréfonds. Le visage d'Alphonse était le même; il n'avait ni grossi ni maigri; il ne reflétait rien, sinon une gravité morose, mais tout à coup Léon se rendit compte qu'il était marqué. Sa peau terreuse avait une couleur tragique; son regard n'était presque plus de ce monde, sa bouche avait la noblesse d'une bouche de cadavre; de toute sa personne émanaient une détresse, une faiblesse, et en même temps une résignation impressionnantes. C'était la vivante représentation de l'homme broyé par le monde. Pendant un instant de double vue, Léon lut une condamnation sur ces joues, ces cheveux, ces dents. Une pensée le traversa comme un éclair: « Alphonse est irréductible; il n'accepte aucune compromission; de même le destin ne composera pas avec lui. » Il ne croyait pas à ces sortes de divinations; cela révoltait son âme matérialiste et son esprit dialectique. Mais dans un coin profond de lui-même, se logea la conviction qu'Alphonse ne survivrait pas à la guerre.

III

A considérer impartialement les Poissonard, on reste confondu devant le peu de prise qu'offre ce couple exemplaire à la morale, en particulier à la morale chrétienne. Qui, autour de nous, n'est coléreux, envieux, orgueilleux ou gourmand? Les Poissonard pratiquent un seul péché capital : l'avarice. Encore, ce péché ne leur est venu que sur le tard, et sous le coup des circonstances. Au début de l'année 1943, en dépit de leurs vicissitudes, ils avaient cinq cents louis d'or tout rond et neufs lingots. Les gens qui ignorent la joie de posséder ou à qui manque, comme disait Gall, la bosse de l'acquisivité, imagineront difficilement la titillation de nos héros devant cette richesse qui était leur, et dormait dans un lieu secret. Charles-Hubert, humoriste, appelait cela « ses métaux non ferreux ».

— Avec du louis, t'es sûr de pas avoir de mauvaise surprise, disait-il parfois à Julie. Ça peut que monter. Tandis qu'avec les titres on sait jamais. Moi, la Bourse, ça me fout les foies.

Un jour t'es millionnaire, le lendemain t'es lessivé. Cet argent-là, on a eu du mal à le gagner, c'est pas pour le paumer, hein, poulette?

Julie avait les mêmes idées. Or, pour elle, était synonyme de stabilité. Certains discours de son père sur la monnaie d'avant 1914 et son fabuleux pouvoir d'achat s'étaient imprimés dans sa tête. Peut-être aussi faut-il de l'or pour que l'avarice s'accomplisse, et donne un plaisir total. Ces péchés capitaux, à cheval sur l'âme et le corps, rongeant également l'un et l'autre, naissant de l'esprit, puis attaquant la matière, et *vice versa*, sont difficiles à délimiter. L'avarice ne correspond pas seulement à un besoin intellectuel de puissance. Un véritable avare ne se contente pas de savoir qu'il peut acheter la plus belle voiture, la plus pure conscience, la plus vierge des filles, et qu'il est au-dessus de ces désirs, puisqu'il les dédaigne, puisque son carnet de chèques contient virtuellement ces biens ou ces êtres, dont la possession dépend de sa signature : pour être comblé dans sa chair, il lui faut, comme au luxurieux, le contact des pièces d'or. Sa volupté, c'est de faire couler ces petits disques entre ses doigts, c'est d'enfoncer ses bras jusqu'au coude dans une vasque pleine de ces vaguelettes pesantes et dures. Tels des corsaires descendant, quand leurs matelots reposent, dans la cale entrebâiller leurs coffres et contempler le fruit de leurs pirateries, les Poissonard, de temps à autre, s'offraient le plaisir d'aller palper leur trésor. Matérialisé par neuf barres d'un kilo chacune et cinq cents effigies de Marianne ou de Napoléon III, ils voyaient deux ans de leur vie, deux ans de leurs travaux et d'astuce, d'ingéniosité et de courage. Ils avaient, par leurs seules forces, *créé* neuf lingots et cinq cents pièces d'or, et leurs pensées n'étaient guère différentes de celles d'Horace devant son œuvre : « J'ai élevé un monument plus durable que l'airain. Je ne mourrai pas tout entier. »

L'année 1943, qui se passa, comme les deux précédentes, à gagner de l'argent, marqua un tournant dans leur existence, et vit un changement profond dans leur attitude politique. Les revers des armées allemandes, les premiers succès des Alliés, qu'on ne pouvait ignorer, malgré les mensonges des communiqués, leurs propres déboires avec la Répression des Fraudes enfin, les avaient disposés à une nouvelle vision des événements. En toute sincérité, ils tournèrent leurs regards vers l'autre camp, celui qui, au-delà des mers, défendait les principes démocratiques et proclamait son désir de restaurer la Liberté. Ces sentiments nouveaux n'eurent pas beaucoup de retentissement sur leurs manières. Les Poissonard étaient avant tout prudents ; mais on verra comment, peu à peu, leur optique changea, à quelles démarches insolites ils se livrèrent, bref, quelle sorte de cœur, un cœur de Français, frémissant, cocardier, patriote, ils se découvrirent.

Les années que nous vivons se personnifient

souvent dans notre mémoire par les êtres qui les ont emplies ou colorées de leur personnalité, en sorte que chacune adopte le visage, ou bien la qualité morale d'une ou de plusieurs personnes. Pour les Poissonard, l'année 41 avait été l'année de Josette ; 42, plus riche, fut dominée par les figures diversement importantes du Maréchal, de Léonie Jaquet et de l'inspecteur Simonin. L'année 1943 allait s'inscrire dans leur souvenir comme celle que choisit le destin pour placer sur leur route Hans Pfeiffer et Isaac Rappoport, dit Jacques Rappo.

Hans se présenta le premier. C'était un soldat allemand. Son uniforme était sale et élimé, ses bottes avachies ; et bien qu'il fût boutonné jusqu'aux yeux, comme ses congénères, il y avait dans toute sa personne un air débraillé et bon enfant, une gaucherie timide qui dénotaient une origine campagnarde. On aurait dit un paysan travesti. Ses joues rondes, ses yeux bleus, son calot tout droit sur son crâne piriforme, sa petite moustache, lui donnaient un air ingénu et doux qui était comme une injure à la Wehrmacht, à la discipline prussienne, à l'impassibilité nazie. Cet homme était aussi étranger que possible à la guerre. Le franc éclat de son regard, ses grosses pattes de cultivateur, le reflet de « joie mélancolique » qui rayonnait sur son front, son sourire séduisant à force de bonté, dévoilaient une âme candide et faible, ennemie naturellement de la violence, et portée à s'attendrir sur les oiseaux, les fleurs et les coussins brodés à la maison. Hans Pfeiffer paraissait (et était) le membre le plus inoffensif de toute l'armée allemande. Le ciel l'avait si bien comblé de *Gemütlichkeit*, qu'il ne restait pas de place pour la *Schadenfreude*. Il venait du Brandebourg, où les villageois vivent dans un contentement pacifique hérité du XVIIIe siècle. Il avait quitté sa maison et sa famille avec désespoir et jugeait la guerre monstrueuse. En bon luthérien, il croyait que seul le désastre pour son peuple pouvait sortir de cette impiété. Il attendait patiemment le désastre. Il prit part à la campagne de Belgique et à celle de France sans tirer un coup de fusil. Puis son régiment descendit jusqu'à Bayonne où, pendant deux ans, il vécut tranquillement sous les ordres du major von Pabst. Comme Hans avait trente-sept ans, on ne l'avait pas expédié sur le front russe, mais il avait été muté dans la *Flak*, à Paris, avec le grade de *Gefreiter*, ce qui veut dire caporal. Sur le toit d'une maison de la porte d'Orléans, il tirait périodiquement dans le ciel des coups de canon qui n'atteignaient personne. La vie à Paris avait été pour Hans une expérience colossale. Il avait, Dieu sait comment, rencontré Léonie Jaquet qui se vendit à lui contre deux paires de bas de soie. Ce fut la première maîtresse de Hans, qui n'avait jamais trompé son épouse. Léonie avait la saveur exquise des fruits gâtés de la civilisation méridionale. Son éducation amoureuse dépassait infiniment celle que l'on reçoit dans le

Brandebourg, et en deux semaines Hans avait fait d'admirables découvertes. Chaque fois qu'il avait congé, il prenait le métro, voyageait pendant cinquante minutes et courait goûter dans les bras de Léonie des plaisirs qui l'attachaient à la France.

C'est ainsi qu'un des premiers jours de janvier 1943, il pénétra au *Bon Beurre*. Outre Julie, Charles-Hubert, et Jeannette la vendeuse, il y avait dans la boutique Mme Lécuyer, Émilienne et une certaine Mme Halluin. Hans se balança indécis devant la porte, entra furtivement, et dit d'une voix lente :

— Mademizelle Léonî, si fus plaît, je peux foir ?

Un silence de mort, instantanément, tomba. Les regards s'attachèrent sur cette apparition. Hans salua tout le monde avec des courbettes, pendant que sur ses lèvres fleurissait un sourire confus et cordial. Charles-Hubert ne savait trop s'il devait se réjouir de ce qu'un militaire des Forces d'Occupation honorât ses pénates. Embrassant d'un coup d'œil les clientes, instinctivement rassemblées pour faire front, il fut frappé par deux idées à la fois, ce qui était beaucoup pour lui. Premièrement, il discerna une majorité germanophobe ; deuxièmement, il lui apparut tout à coup que les clients du *Bon Beurre* constituaient l'élément permanent, durable, stable, pour ainsi dire éternel de son existence, alors que les Allemands étaient éphémères, provisoires, transitoires, transparents ;

arrivés hier, ils repartiraient demain ; à peine,
à la faveur d'une conjoncture historique malheureuse, traversaient-ils la France. Malgré
leur toute-puissance, on « n'avait pas intérêt »
à s'afficher avec eux ; des jaloux risquaient,
plus tard, de s'en souvenir et de vous créer des
ennuis. Voilà comment, aux premiers jours
de janvier 1943, avant beaucoup d'autres qui se
sont fait par la suite une réputation de patriotes, Charles-Hubert reprit espoir, retrouva la
foi et, comme il était plutôt homme d'action
qu'homme de pensée, s'engagea résolument,
encore qu'avec lenteur et circonspection, dans
le chemin de la Résistance. Un regard lui suffit
pour jauger Hans qui souriait timidement
dans l'encadrement de la porte. « C'est une
cloche, pensa-t-il. Y a pas besoin de se gêner. »
La bonté qui émanait du soldat lui causa la
plus mauvaise impression. Il était incapable de
respecter quelqu'un qui ne lui faisait pas peur.

— Léonie capoute, dit-il.

— *Kaputt ?* s'écria Hans, dont le cœur
battit violemment, la bouche se tira et les
yeux s'agrandirent. *Kaputt ! Das ist unmö-
glich ! Das ist furchtbar ! Kaputt !* répéta-t-il
la voix toute tremblante.

— Non, dit Charles-Hubert. Nix capoute.
Raousse. (Il mima le geste d'un homme qui
jette un sac dehors.) A la porte ! Partie ! Ren-
voyée !

La bienveillance et les sourires réintégrèrent
le cœur et le visage de Hans.

— *Gut, gut !* dit-il en remuant la tête comme un automate de Nuremberg.

— Vous pas parler français ? cria Charles-Hubert.

Hans continua une demi-minute encore son hochement, puis les paroles du crémier s'étant sans doute frayé un chemin jusqu'à sa conscience, il articula avec effort :

— Un b'dit beu.

Ensuite il éclata de rire, un bon rire rocailleux et cascadant, fort comme un torrent de la Forêt-Noire, pur comme les yeux bleus d'une bergère bavaroise. Il venait soudain de comprendre que le crémier, en disant d'abord « capoute » pour « raousse », entendait plaisanter. Son uniforme pisseux et fripé tremblotait du col jusqu'aux bottes sous les ondes de cette allégresse.

— Quel chnoque ! murmura Charles-Hubert à mi-voix.

— Léonî partî, dit Hans. *Warum ?*

— A tes souhaits ! répondit, à la joie des trois commères, que ce petit dialogue en sabir captivait, Charles-Hubert très pince-sans-rire.

— Partî Léonî, répéta Hans. Pourquoi ?

— C'était une salope, dit Charles-Hubert en faisant un clin d'œil aux autres.

— Salôpe, voué ! voué ! dit Hans, jubilant.

Il ne faisait pas mine de se retirer. Un peu désorienté, toutefois, cet homme sociable adressait des sourires interrogatifs à chacune des personnes présentes. Émilienne lui sourit en retour. Le visage de Mmes Lécuyer et Halluin se figea et elles affectèrent de lorgner ailleurs. Hans, comme saisi d'une inspiration, fouilla fébrilement dans ses poches ; il en tira des cigares, des cigarettes et des bonbons qu'il distribua, la figure tout illuminée d'attendrissement. Mmes Lécuyer et Halluin refusèrent tout, dignement. Émilienne prit les cigarettes, Charles-Hubert les cigares ; Julie et la vendeuse les bonbons. Hans circulait dans la boutique comme un père Noël. Il avait rompu la glace.

— Tous les Allemands sont des hypocrites, déclara Mme Lécuyer. Celui-ci ne vaut pas plus cher que les autres. Tout de suite il vous fait des grâces, demain il vous fusillerait sans faire ouf!

— Si c'est pas malheureux de voir ça! gémit Mme Halluin.

— Un cigare, c'est toujours bon à prendre, dit Charles-Hubert.

— Pouah! s'écria Julie. C'qu'ils sont mauvais leurs bonbons! C'est fait avec des produits chimiques. Dès qu'il sera parti, j'irai cracher.

Jeannette, la vendeuse, émit un petit rire nerveux sans réelle signification, et Émilienne dit :

— Il a l'air gentil, tout Boche qu'il est.

Hans, accoudé au comptoir, considérait les heureux qu'il avait faits avec une sorte d'extase peinte sur la figure.

— Moi, aimer France, prononça-t-il.

— C'est pas réciproque, dit Mme Lécuyer.

— La France, dit Charles-Hubert, en souriant et du ton le plus doux, elle t'emmerde.

— Monsieur Poissonard, dit Julie avec reproche, tu causes mal. Y a des dames.

— *Krieg*, dit Hans. La querre. Triste.

— Il nous nargue, maintenant ! dit Mme Lécuyer.

— Si la guerre est triste, dit Mme Halluin, ils n'avaient pas besoin de la faire. Personne ne le leur demandait.

— Bon ! Ben on t'a assez vu, dit le crémier, intrépide. Calte !

— Charles, fais attention, dit Julie. Des fois qu'il comprenne le français ? On sait jamais avec ces oiseaux-là.

— Tu parles ! dit Charles-Hubert. Il comprend que dalle. T'as qu'à le regarder. C'est un péquenot. Moi j'ai vu ça tout de suite.

Hans, toujours appuyé au comptoir, expliqua qu'il venait du Brandebourg, qu'il avait une femme et trois enfants tous blonds. A l'appui de ses dires, il exhiba de son portefeuille des photographies représentant une matrone qui souriait, deux petits garçons qui souriaient et une petite fille qui souriait. Les photographies circulèrent de main en main. On les examina avec une politesse distraite.

— De la graine de nazis ! remarqua Mme Lécuyer.

— C'est bien une grosse Allemande, dit Mme Halluin.

— Ça a femme et enfants, poursuivit Mme Lécuyer, et ça fait la noce avec mademoiselle Léonie. Quelle mentalité!

— Ils sont mignons, dit Émilienne que les enfants, de quelque nationalité qu'ils fussent, touchaient.

Hans, dans sa bonté et sa naïveté, croyait avoir conquis le *Bon Beurre*. Lui-même n'était-il pas prêt à se jeter au feu pour ses nouveaux amis? Le corps légèrement penché en avant, les yeux humides, la bouche entrouverte dans un demi-sourire attentif, il semblait se donner à eux de toute son âme.

— France, beau, dit-il. Moi apprend' français. Vous apprend français moi.

— Il a tous les toupets! s'exclama Mme Lécuyer.

— Ces Allemands se croient tout permis, dit Mme Halluin. Lui apprendre le français! Et puis quoi encore? Ma fille en mariage peut-être?

— Rendez-nous l'Alsace et la Lorraine! dit Mme Lécuyer. On verra ensuite.

— C'est ça! Je vais t'apprendre le français, mon pote, dit Charles-Hubert. Répète après moi : Moi, Allemand, connard. Allez! Vas-y! Moi Allemand connard.

Tout le monde pouffa, Hans inclus, de confiance.

— Charles, t'exagères! dit Julie entre deux gloussements.

— Laisse donc, dit le crémier. On va se marrer. Alors, tu répètes, Fridolin de mes deux? Moi Allemand connard.

— Moi, Allemand gonnard, prononça Hans avec application.

Un rire général secoua la boutique, auquel les accents rugueux du *Gefreiter* hilare servirent de basse concertante.

— La leçon est finie, dit Charles-Hubert. A l'année prochaine, si t'es encore là.

— Moi Allemand gonnard, répéta Hans en riant.

— C'est ça, dit le crémier. T'as compris! T'es doué!

On s'amusa encore pendant un quart d'heure. Hans, le cœur en fête, se persuadait que l'amitié triomphe des frontières et que, si tous les hommes de bonne volonté voulaient se donner la main, il n'y aurait plus jamais de guerre dans le monde. Il promit de revenir bientôt et commanda de la cancoillote, produit rare, dont il raffolait. Charles-Hubert enregistra ce désir. Quand il fut parti, Mme Lécuyer s'écria :

— Mort aux Boches!

Une discussion générale et assez confuse s'éleva, dont émergèrent trois suggestions : qu'il faudrait, après la victoire, châtrer tous les Allemands, afin que leur race pérît, occuper l'Allemagne à perpétuité et livrer Hitler aux Juifs, dans une cage. Mme Lécuyer souligna que Hans avait une tête de brute, une nuque de boucher, le crâne rasé, et des mains d'étrangleur. Cela en disait long sur lui. Charles-Hubert, très excité par ses exploits, encore tout glorieux d'avoir si bien « mis en boîte » un guerrier en uniforme, affirma :

— Les vrais vainqueurs de la guerre, allez, c'est encore nous autres, les Français!

— Les Allemands sont lourds, ajouta Julie. Nous, on est plus fin, c'est un fait.

— Quand la bêtise et l'intelligence sont face à face, expliqua Mme Halluin, c'est toujours l'intelligence qui gagne.

Émilienne ne partageait pas ces opinions, mais, impressionnée par l'unanimité et la vigueur des réactions, elle n'osa pas avouer sa sympathie pour Hans. Quant à Jeannette, les sommités réunies au *Bon Beurre* l'intimidaient trop pour qu'elle se permît la moindre réflexion qui ne fût pas approbative.

La conversation, ensuite, revint à Hans, et par le jeu des associations d'idées se fixa sur Léonie Jaquet. Les Poissonard, tout d'un coup, sentirent leur haine, longtemps contenue, crever dans son barrage. Ils se lancèrent, l'un après l'autre, dans une diatribe féroce contre cette fille et lui attribuèrent des vices horribles. Elle les avait volés, bernés, calomniés ; c'était une coureuse ; n'avait-elle pas des maladies vénériennes? Elle appartenait certainement à la Gestapo, etc. Pour « aller » avec une roulure pareille, Hans devait être une sacrée canaille! Mme Lécuyer, Mme Halluin et Émilienne écoutèrent bouche bée cette catilinaire.

— Eh bien! dit Mme Halluin. On peut dire qu'elle vous en a fait voir, celle-là!

— Ah! mais c'est bien fini, m'ame Halluin, dit Julie encore toute fumante. Chat échaudé craint l'eau froide! Un homme averti en vaut deux! Chacun porte sa croix sur la terre! La Léonie elle peut aller se faire pendre ailleurs!

Si bavardes que soient les ménagères, il faut bien qu'elles se séparent. Dans la rue, Mme Lécuyer confia à Émilienne:

— Les Poissonard sentent le vent tourner, ma petite. Vous verrez qu'ils vont devenir patriotes comme nous. Enfin. Ils ont peut-être compris, à la longue. A tout péché miséricorde!

— C'est égal, dit Émilienne, c'est des sales gens, moi je vous le dis. La façon dont ils ont tourné ce pauvre Boche en bourrique, moi, ça m'a pas plu.

— Pfuitt! fit Mme Lécuyer. Vous n'allez pas vous mettre à défendre les Fritz, maintenant, Émilienne? Il n'a eu que ce qu'il méritait, celui-là. Personne ne lui a demandé de venir en France, que je sache?

Douillettement installés dans leur petit logis, le soir de cette journée, savourant dans le calme un petit verre de prunelle, les Poissonard ouïrent dans la rue Pandolphe un martèlement cadencé de bottes et un chant germanique.

— T'entends ces gueulards? dit Charles Hubert.

— C'est un monde! répliqua Julie. Ils peuvent pas laisser les Français dormir, non? Ils vont réveiller les enfants.

— Sans compter qu'ils chantent faux comme des jetons.

— Ça ne vaut pas l'Opéra, dit la crémière avec un petit rire sarcastique.

Sait-on comment les bruits se propagent? La semaine suivante, Léonie Jaquet, aux oreilles de laquelle les propos injurieux de ses anciens patrons étaient revenus, fit dans la boutique une entrée torrentielle. Se plantant les poings sur les hanches en face de Julie, elle vomit pendant plus d'un demi-quart d'heure des injures à embarrasser un conscrit. Ce réquisitoire ordurier tendait à démontrer à la pratique que les Poissonard étaient non seulement des calomniateurs de l'espèce la plus abjecte, mais encore des fripouilles, des exploiteurs et des criminels. Tout y passa : le lait mouillé, le beurre allongé, les stocks, etc. Julie, blanche comme du plâtre, n'arrivait pas à interrompre cette Gorgone. Finalement elle prit le parti de crier aussi fort qu'elle, ce qui causa un certain vacarme. Charles-Hubert, malheureusement, était en tournée. Julie, d'une voix perçante, réclama un sergent de ville. Mais Léonie, qui n'avait plus rien à dégoiser, sans doute, sortit. Elle claqua la porte si violemment que les clients levèrent les coudes pour se protéger contre un éventuel bris de verre. Julie sut très bien, en quelques paroles, rétablir la vérité. Toutefois, cette aventure l'avait secouée. Ce sont les risques de la crémerie en temps de guerre.

L'histoire ne dit pas si Hans et Léonie se revirent. Le *Bon beurre*, que l'une avait quitté avant que l'autre y pénétrât, avait indiscutablement élevé entre eux une sorte de barrière métaphysique. Pareil à l'armée d'Essex en Irlande, ou à celle de Napoléon en Espagne, Hans devait, au *Bon Beurre*, trouver une confiance illusoire et, pour finir, un destin cruel. Le comptoir, les fromages, les étagères, les boîtes de conserves, l'atmosphère industrieuse et pacifique de la crémerie, jusqu'à son odeur et ses richesses cachées, ravissaient l'esprit campagnard du soldat Pfeiffer. Ce n'était pas seulement la terre grasse, les puissants bestiaux, les alléchantes boutiques du Brandebourg que tout cela évoquait pour lui, mais la nature entière, la joie de vivre, la bonté et la mansuétude du monde lorsque, temporairement, le Mal sommeille. Les bruyères changeantes, la verdure mouillée, la bruine irlandaise, les nuits peuplées de francs archers et de léprichaunes ne frappèrent pas Essex d'une paralysie plus insidieuse ; non plus que la désolation séduisante de la sierra Morena ou la secrète opulence des beaux quartiers de Grenade ne fascinèrent les troupes du maréchal Junot.

Hans ne visitait jamais ses amis Poissonard sans apporter des cadeaux pour tous. Riri et Jeannine lui inspiraient une affection avunculaire. Il les couvrait de sucreries, que leurs parents confisquaient. Les cigares, les bas de soie, les tablettes de thé solidifié, le café étaient les moindres présents qu'avec une gentillesse inlassable il déposait sur l'autel de l'amitié. Les Poissonard acceptaient tout, mais l'assiduité de Hans les gênait. Ce militaire en uniforme donnait mauvais genre à la boutique. L'année précédente, ils l'auraient reçu avec des transports.

Par suite, leur attitude était différente selon qu'il y avait ou non des témoins. On a vu comment, lors de sa première visite, on le traita. Quand la boutique était déserte, ou bien quand on le recevait « dans le fond », marque de confiance qui l'illuminait de joie, Charles-Hubert l'appelait « m'sieu Anse », et Julie qui, tout comme un écrivain du XVIIᵉ siècle, francisait les noms étrangers : « m'sieu Féfé ». On lui offrait à boire ; on écoutait avec intérêt ses laborieux bavardages ; on contemplait ses photographies, on s'extasiait sur la bonne mine des petits Pfeiffer, l'air de jeunesse de Frau Pfeiffer, la beauté du paysage et le style de la maison, qui n'en avait pas.

Charles-Hubert se décarcassait pour lui trouver de la cancoillote. « J'ai vot' cancoillote, m'sieu Anse! » s'écriait-il joyeusement. Hans avait fini par assimiler ces sons incompréhensibles et le ton, toujours le même, dont ils étaient prononcés, avec l'objet de sa concupiscence. Pareil au fameux chien de Pavlov, il salivait lorsqu'ils frappaient son oreille. Dans l'arrière-boutique, il installait Riri sur ses genoux et lui fredonnait des chansons prussiennes. Ses efforts pour apprendre le français étaient surhumains, mais mal suivis de résultats, de sorte que les conversations n'étaient pas fort poussées. Mais Hans croyait à un langage des yeux et lisait dans ceux de ses hôtes ce qu'il mettait dans les siens. Charles-Hubert, devant lui, admirait Hitler et l'Allemagne, et dans un esprit de flatterie allait jusqu'à louer la commodité de l'uniforme allemand. Hans, qui n'entendait pas le quart de ce qu'on lui disait, bien que ce fût arrangé en petit nègre et crié à tue-tête, remuait le chef en cadence et souriait à tout hasard. Très vite, les Poissonard prirent l'habitude de l'introduire directement dans l'arrière-boutique. Moins on le verrait dans le quartier, mieux cela vaudrait. Mais il était parfois impossible de le dissimuler. On le laissait planté des quarts d'heure contre la vitrine.

— Vous n'avez pas vu notre Fritz? disait Charles-Hubert aux clients. Venez le voir! Il en tient une couche, je vous jure! C'est bien un Boche, allez!

Hans était alors moqué de la façon la plus féroce et l'on citait les crémiers pour leur bravoure. Ils étaient très contents de ce militaire qui leur achetait des jambons, des saucissons et des fromages secs à des prix fantastiques pour envoyer à sa famille brandebourgeoise. Il est assez révélateur que les Poissonard, en un an et demi, ne l'invitèrent pas une fois à déjeuner et que le seul cadeau qu'il reçut d'eux fut, attention diabolique et qui l'enchaîna pour toujours, une demi-livre de cancoillotte gratis, le jour de la Saint-Jean ou Saint-Hans, le 24 juin 1943. Mais laissons là ce personnage. Il est ennuyeux au possible. Venons-en à Isaac Rappoport.

IV

Rappoport est un petit homme qui a de l'embonpoint. Comme son nom l'indique, il est Juif. Il y avait encore quelques Juifs à Paris en 1943. Celui-ci se croyait oublié. Respectueux des règlements même iniques, il portait l'étoile jaune sur le cœur et accomplissait tout le long du jour des manœuvres sournoises pour dissimuler ce signe flamboyant de son infamie. L'avant-bras replié, comme un oiseau frileux, ou bien les mains dans les poches, ce qui rabattait le revers de son veston sur l'étoile, il déambulait en se retournant souvent, jetait partout des regards, baissait la tête afin qu'on ne vît pas son type sémite, mettait des lunettes noires, etc. Il habitait, dans un immeuble neuf de la rue Saint-Senoch, un appartement agréable, garni de meubles très laids et peu commodes, où sa femme, sa mère et sa fille faisaient régner beaucoup de propreté.

En 1919, lors de la restitution de Cracovie

à la Pologne, le père d'Isaac Rappoport était boucher rituel à Podgorze (on prononce « Podgougé »), faubourg juif de cette ville. Le jeune Isaac avait alors seize ans. Sa jeunesse s'était écoulée sous l'œil bienveillant de la monarchie austro-hongroise, fort clémente aux Juifs, comme on sait. Une lithographie représentant l'empereur François-Joseph casque en tête et favoris au vent, veilla sur les seize premières années du jeune homme. Les Polonais sont follement antisémites. Quand, vainqueurs, ils s'engouffrèrent dans Cracovie, la petite communauté trembla.

— Mon fils, dit à Isaac le boucher rituel, qui usait volontiers d'un style biblique, le temps de l'épreuve est venu. Podgougé est sous la botte des Philistins. Notre peuple va encore souffrir. La colère de l'Éternel est sur nous. Fuis Podgougé, mon délicieux! Rameau vivace de la tribu des Rappoport, je te retranche du tronc. Va vers l'ouest, orgueil de ma vieillesse! Prends racine dans un pays qui n'est pas Canaan, mais où l'on ne doit pas être mal, si j'en crois le proverbe.

— Quel pays, quel proverbe, mon vénéré? interrogea Isaac.

— Heureux comme Dieu en France!

Isaac Rappoport vint donc à Paris. Il avait dans son baluchon le portrait de l'empereur François-Joseph dont il ne se sépara jamais et qui, désuet, anachronique, presque beau, tranchait de la façon la plus curieuse sur le mobilier moderne de son appartement de la rue Saint-Senoch.

Les manières bibliques du jeune Rappoport ne résistèrent pas à trois mois passés dans la capitale de la France. Au début de 1920, il possédait à merveille l'argot de la rue Rambuteau et les mœurs du carrefour Strasbourg-Saint-Denis où il vendait, dans un parapluie, des cravates. En 1940, résultat de quatorze heures de travail quotidien sans dimanches, il était propriétaire de *Marbeuf-Tissus*, chemiserie, avenue des Champs-Élysées.

C'était une belle et édifiante réussite. A la mort du boucher rituel, en 1932, il fit venir auprès de lui sa mère, et se maria avec une demoiselle Cerf dont il n'y a rien à dire, sinon qu'elle lui donna une fille. Complètement absorbé pas son commerce, il avait toujours négligé de se faire naturaliser Français, en sorte que, lors de l'occupation allemande, il se trouva dans la situation d' « Israélite apatride », ce qui n'était pas fameux. Son beau magasin, provisoirement, le sauva. On y intronisa un administrateur séquestre, crapule arrogante, qui lui donnait huit cents francs par mois et s'emplissait les poches avec le reste. Isaac avait, heureusement, des réserves. Son caractère juif, au fond duquel se nichait quelque fatalisme, l'empêcha de sombrer dans le désespoir. Le plus pénible, pour cet homme qui depuis l'âge de seize ans avait travaillé quatre-vingt-dix-huit heures par semaine, était l'inaction. Le soir, les quatre têtes Rappoport se penchaient sur le poste de radio, extravagant objet, surchargé d'ornements et de dorures, où l'on « prenait Londres » en polonais, en français et en allemand.

Songeant à son frère, qui tenait un magasin de confections à New York, à ses cousins, teinturiers à Buenos Aires, à l'un de ses oncles, changeur à Panama, Isaac disait avec un gros soupir et distribuant des accents toniques inattendus :

— Quand je pense que toute ma famille a la paix, et que moi, j'ai choisi la France !

Malgré les conseils, il s'obstinait à rester à Paris. Il s'était attaché à cette ville, et une voix intérieure l'avertissait que, s'il quittait les environs immédiats de *Marbeuf-Tissus*, le peu de chances qu'il avait de récupérer son bien, après la guerre, s'évanouirait. Soucieux qu'on ne le remarquât pas, il montait scrupuleusement dans la dernière voiture du métro, n'achetait qu'aux heures permises, bref observait à la lettre les prescriptions vexatoires édictées par les nazis contre sa race. Lorsque sa peine était trop lourde, il disait plaintivement :

— Que faire ? Le sang n'est pas de l'eau !

Mais petit à petit, à mesure que la situation internationale évoluait, il reprenait courage. Ses trois femmes, effacées, craintives, patientes, ne sortaient guère. Au printemps 1943, Isaac Rappoport s'était endormi dans la sécurité. C'est le moment que le Très-Haut choisit pour le meurtrir dans sa chair. Un soir qu'il rentrait rue Saint-Senoch (ô ironie, c'était le lendemain du terme!) la concierge lui annonça que la Gestapo avait enlevé dans l'après-midi sa femme, sa mère, sa fille, son poste de radio et ses deux jambons, sans compter l'argent et les bijoux.

Le pauvre Rappoport s'évanouit. La concierge, qui était une brave femme, le tira dans sa loge. Quand il se réveilla, elle lui apprit qu'on avait posé les scellés sur son appartement. La Gestapo d'ailleurs n'avait pas dit son dernier mot. Elle avait l'intention de revenir pour le cueillir, lui. Cette concierge était un des dépositaires des produits clandestins de Charles-Hubert Poissonard. Devant le désarroi de son locataire, elle courut au *Bon Beurre* et revint avec le crémier.

— Est-ce que vous avez de l'argent? dit Charles-Hubert à Rappoport prostré. Ce furent là ses premières paroles.

— Oui... Non... De l'argent? murmura Rappoport. Un peu. J'en ai un peu sur moi. Je peux m'en procurer demain. Monsieur! Monsieur! Ne m'abandonnez pas! Ah! les brutes! les sauvages! Que faire, monsieur? Sauvez-les! Sauvez-moi!

Le crémier ébahi regarda la concierge qui lui mima, le doigt sur la tempe, que Rappoport avait momentanément perdu l'esprit.

— Ils vont les tuer ou les envoyer en Silésie

dans les mines de sel, monsieur. Et qu'est-ce qu'il me reste à moi, monsieur, quand elles sont en Silésie, dites-moi un peu, seulement? Je n'ai plus qu'à me jeter à la Seine!...

L'infortuné Rappoport proféra pendant cinq minutes des discours incohérents, versa des larmes, évoqua le camp d'internement de Drancy où les nazis rassemblaient les Juifs avant de les expédier en Allemagne, demanda au crémier d'organiser une évasion, le pria de l'envoyer à Londres ou à Alger, *via* l'Espagne, lança une invocation en yiddisch, prononça des mots allemands tels que *Auschwitz, Neuengamme, Buchenwald*, qui restèrent lettre morte pour ses interlocuteurs, et tout d'un coup, sans transition, l'espoir, malgré tout, refluant en lui comme une marée, s'écria :

— Non! Non! C'est pas possible! Il y a erreur! Ils n'avaient aucune raison. Pourquoi les arrêter, mes pauvres femmes? Ils se sont trompés. Ils ont confondu avec un autre nom. Nous les Rappo, on n'a jamais rien fait de mal. Jamais, je jure devant le Seigneur! On a toujours porté l'étoile, n'est-ce pas, madame la concierge? Dans le métro, j'allais toujours dans le dernier wagon, comme c'est ordonné. Et les boutiques interdites aux israélites, les endroits *verboten*, jamais, jamais, je jure, on n'y est entré! Messieurs les Allemands sont justes, n'est-ce pas? ajouta-t-il d'une voix implorante. Ils ne garderont pas mesdames Rappoport s'ils ne trouvent rien contre nous.

Peut-être je devrais aller les voir à Drancy et leur expliquer. Si je viens, peut-être qu'ils les relâcheront, hein? Qu'est-ce que faire ils peuvent avec une petite fille de treize ans et une femme de soixante-quinze? Madame la concierge, monsieur, qu'est-ce que vous croyez? On n'arrête pas les gens sans raison, tout de même, au vingtième siècle, en France? D'autant plus que nous aimons beaucoup l'Allemagne, n'est-ce pas? Il y a des Rappoport en Allemagne, bons citoyens et tout, des cousins...

— Il me les casse, dit Charles-Hubert à la concierge. Qu'est-ce qu'il veut au juste, vot' client? Moi j'ai pas de temps à perdre. Je ne suis pas payé pour entendre des jérémiades. Ça n'est qu'un Juif, après tout.

Rappoport, trop occupé de sa douleur, n'entendit pas ces mots, prononcés à mi-voix. Toutefois, une intuition qui ne le trompait jamais lui souffla qu'il fallait, toute affaire cessante, parler d'argent. Il se souvint qu'il avait vingt mille francs dans son portefeuille.

— Cinq mille francs! s'écria-t-il. C'est tout ce que je possède au monde ce soir. Les voilà! Ils sont à vous. Cachez-moi, achetez-moi une fausse carte d'identité, cher monsieur. Il faut sortir de cette maison tout de suite. Demain on y verra plus clair. Et voici deux cents francs pour madame la concierge, en la remerciant beaucoup, beaucoup. Merci, madame la concierge!

Charles-Hubert et son associée empochèrent les billets avec des sourires.

— Faut bien s'entraider, m'sieu Rappoport, dit Charles-Hubert avec bienveillance. Avec la drôle d'époque qu'on vit, pas? Vous êtes israélite, c'est une affaire entendue, mais ça vous empêche pas d'être aussi bon Français que nous autres, hein?

— Oh non! oh non! s'écria Rappoport avec ferveur. La France est ma patrie, cher monsieur. C'est en France que j'ai mon commerce.

— Ah! vous êtes dans les affaires, dit Charles-Hubert avec intérêt. C'est quoi, votre partie?

— La chemise, pyjama, sous-vêtements, chaussettes, cravates...

— Ça doit rapporter, ça, dites donc?

— On ne se plaignait pas, cher monsieur, on ne se plaignait pas. Non, non. Mais ils ont mis un gérant aryen, n'est-ce pas. Alors, ce n'est plus pareil. Une crapule, cher monsieur, qui mérite d'être pendue! Mais ce n'est pas fini. Cet homme paiera le mal qu'il m'a fait. Je voudrais, cher monsieur, que vous voyiez le beau magasin que c'était, *Marbeuf-Tissus*, avenue des Champs-Élysées! Ah! j'ai eu du bon temps! Après la guerre, je vous fais cadeau d'une douzaine de chemises en popeline, que vous m'en dites des nouvelles, et à madame des combinaisons en soie naturelle, oui, monsieur, vous verrez!

Ils avaient quitté l'immeuble de la rue Saint-Senoch et marchaient côte à côte dans l'avenue des Ternes, déserte et nocturne. Cette conversation, ces évocations de la splendeur passée de *Marbeuf-Tissus*, ces projets d'avenir distrayaient Rappoport de sa peine. Charles-Hubert éprouvait quelque tendresse pour cet homme qui se fiait entièrement à lui et qui, semblait-il, avait de quoi reconnaître les dévouements. On a un plaisir sans nuage à obliger les gens riches en difficulté. Très sincèrement, ce soir-là, Charles-Hubert se sentait prêt à remuer ciel et terre pour les Juifs.

— C'est pas pour dire, affirma-t-il, mais les Boches, ils ont fait du mal au commerce, en France.

— A qui le dites-vous, cher monsieur, répliqua Rappoport avec chaleur, à qui le dites-vous! C'est une désolation! Pas plus tard qu'avant-hier, je suis passé rue du Sentier, et quand j'ai vu tous ces magasins fermés, tous ces rideaux tirés, je me suis dit : Voilà ce qu'ils ont fait de la France!

— Ah! là là! dit Charles-Hubert.

Devisant ainsi, ils arrivèrent rue Pandolphe. Julie les accueillit avec des tasses de café. Cette munificence, qui n'était pas dans son caractère, montre une fois de plus l'esprit vraiment supérieur de la crémière. D'après les quelques mots de la concierge, tout à l'heure, elle avait deviné que son époux ramènerait le chemisier de Cracovie, et que celui-ci serait une recrue intéressante.

— C'est m'sieu Rappoport, dit Charles-Hubert. Faut qu'on s'occupe de lui, pas vrai, puisqu'il est dans le pétrin.

— C'est not' devoir de Français, dit Julie. Israélite ou pas — parce que monsieur est israélite, pas vrai? On est tous des frères. Voilà ce que je dis.

— Des Israélites, on en a connu, nous autres, et pas qu'un, dit le crémier. Quand ça ne serait que monsieur Benjamin. Un homme instruit, çui-là, qu'écrit dans les journaux.

Rappoport, ragaillardi par l'atmosphère de chaude amitié qu'il rencontrait au *Bon Beurre*, et par l'excellent café de Julie, revenait à la vie. Après une demi-heure, il était presque convaincu que ses trois femmes seraient bientôt libérées et que la victoire des Alliés, dans moins de six mois, lui rendrait *Marbeuf-Tissus* et l'opulence. De la conversation il résulta qu'on lui fournirait une fausse carte d'identité et qu'on le logerait dans un immeuble du boulevard Saint-Germain, dont le concierge n'avait rien à refuser aux Poissonard. Rappoport demanda aux crémiers de confectionner des colis pour ses prisonnières et de les leur porter à Drancy. Lui, n'est-ce pas, ne pouvait se montrer. Une telle imprudence eût peut-être aggravé le cas de ces dames. Il paierait, naturellement.

Il n'était pas dix heures, et le couvre-feu ne

tombait qu'à minuit. Charles-Hubert, plein de décision, et à qui l'idée ne souriait pas de garder toute une nuit rue Pandolphe un hôte aussi compromettant, résolut d'emmener tout de suite Rappoport dans son futur logis. Julie, avec les ciseaux dont elle se servait pour les tickets d'alimentation, décousit l'étoile jaune, puisque aussi bien, dès cet instant, Rappoport changeait de religion et d'état civil.

— Comment que vous voulez vous appeler? dit Charles-Hubert. Faut le savoir, pour la carte. Et puis c'est pas la peine que le concierge sache que vous êtes israélite.

— Eh bien, dit Rappoport, j'ai envie de m'appeler de Sérigny. Raoul de Sérigny. Qu'est-ce que vous en pensez? ajouta-t-il timidement. Moi, je trouve que ça fait très bien. Et puis ça n'éveille pas l'attention, n'est-ce pas?

Ce que Rappoport ne disait pas, c'est le plaisir qu'il ressentait à s'anoblir ainsi. Pour cinq mille francs, il pouvait s'offrir une particule, que diable! Il fallait bien que le grand malheur offrît une compensation.

— Ça va, dit simplement le crémier. Marquez-moi ça sur un papier et on verra ce qu'on pourra faire.

Boulevard Saint-Germain, le concierge, qui revendait pour le compte de Charles-Hubert des canadiennes, des tablettes de chocolat, du saucisson pur porc et des chaussures à semelle uskide, installa Rappoport dans un superbe appartement de huit pièces au troisième étage sur rue qu'il craignait de voir réquisitionner par les autorités d'occupation. Cette transaction coûta trois mille francs à M. de Sérigny, qui remercia Charles-Hubert avec effusion et lui souhaita de vivre jusqu'à cent vingt ans.

Le lendemain, le crémier se rendit dans un bar de la place Blanche où il avait coutume d'acheter et de vendre diverses marchandises à des individus interlopes. Il ne lui fallut pas dix minutes pour dénicher là un Corse qui, pour la somme de cinq cents francs, cédait des cartes d'identité émanant de la mairie de Cambrai dont les archives avaient été réduites en cendre par les bombardements et dont l'authenticité était par conséquent irréfutable. Ce bénéfice de quatre mille cinq mit Charles-Hubert en joie pour deux jours. Le soir même, il délivra la carte à Rappoport-Sérigny qui, avec quelque exagération, l'appela son bienfaiteur, et lui donna cinq autres billets de mille pour les colis des pauvrettes, lesquelles ne reçurent jamais rien, car elles ne restèrent à Drancy que vingt-quatre heures, et furent envoyées à Auschwitz où elles moururent toutes les trois en un mois et demi. Par humanité, les crémiers cachèrent cette horrible nouvelle à Rappoport qui venait au *Bon Beurre* tous les deux jours. Ils lui firent ainsi d'héroïques mensonges jusqu'au mois de janvier 1944. Toutes les semaines, le chemisier leur remettait de l'argent qu'ils étaient bien forcés de garder. En janvier 1944, ils se décidèrent à frapper le coup et annoncèrent à Rappoport, effondré, que sa mère, sa femme et sa fille avaient pris place, la veille, dans un convoi de déportés.

— T'as eu tort de lui dire ça, reprocha Charles-Hubert à Julie. C't'homme-là, maintenant, il va se faire du mauvais sang.

— Non, répondit Julie. Il l'aurait su un jour ou l'autre, de toute façon, et on aurait pas eu l'air honnête.

Que dire encore des Poissonard pendant les vingt mois qui séparèrent le début de l'année 1943 de la libération de Paris ? Ne surchargeons pas le récit de détails infimes. Ils gagnèrent de l'argent, ils en perdirent. Le Contrôle Économique leur infligea une amende parce qu'ils vendaient des œufs un jour où cette marchandise était prohibée ; la famine à cette époque était telle, en effet, qu'on n'avait pas le droit de vendre des œufs tous les jours. Les Poissonard supportèrent cette épreuve en Romains. L'inspecteur Simonin leur rendit visite de temps à autre, ce qui leur causait toujours un grand malaise. Quand ce petit homme glacé, cet ange de la malchance, poussait la porte du *Bon Beurre*, ils avaient des sueurs froides. Imperceptiblement goguenard, Simonin se contentait de dire, en touchant son chapeau : « Bonjour, m'sieu-dames », puis circulait silencieusement dans la boutique, attachant sur chaque produit un regard perçant comme un rayon X. Il restait dix minutes, un quart d'heure, et se retirait avec un « Au plaisir, m'sieu-dames » qui n'évoquait rien moins que le plaisir. Ces visites accablaient le couple crémier à qui il fallait une journée pour s'en remettre. Aucune, toutefois, n'eut une issue tragique, car Charles-Hubert, qui pratiquait le marché noir avec un succès croissant, était devenu très circonspect dans ses falsifications.

Mme Lécuyer, M. Lebugle, inébranlables sur leurs positions, firent quotidiennement résonner le *Bon Beurre* de leurs querelles. M. Lebugle, grand auditeur de MM. Philippe Henriot et Hérold-Paquis, adopta la manie de parler du nez comme le premier et de répéter à tout bout de champ, comme le second : « L'Angleterre, comme Carthage, sera détruite! » Ce nouveau genre enrageait Mme Lécuyer qui sentait pour ce vieillard croître une haine inexpiable et lui promit souvent une mort infamante.

Ce fut grâce à Mme Lécuyer que les Poissonard, à la fin de 1943, eurent une surprise vraiment mémorable. Elle se rendit à la boutique accompagnée de Jules Lemercier qui, profitant d'un voyage à Paris, était venu saluer Madeleine. Les Poissonard considérèrent Lemercier avec étonnement, cependant que de vagues réminiscences s'agitaient dans leur esprit. De son côté, Lemercier ouvrait de grands yeux.

— Bordeaux! s'écria-t-il.

— Ça y est! dit Julie. J'y suis! Ça alors! Tout de même, le monde est petit! Il en est passé, de l'eau sous le pont depuis, hein?

Lemercier rit de bon cœur. C'était lui le zouave que les Poissonard avaient ramassé sur la route pendant l'exode de 1940. Ces retrouvailles n'ont-elles pas un côté miraculeux? Les Poissonard qui, sur le moment, avaient jugé ce zouave détestable, furent tout attendris de le revoir.

— C'est égal, dit Charles-Hubert, si on avait pensé qu'on se rencontrerait à Paris!

Lemercier ne partageait pas cette émotion. La chose lui semblait piquante, sans plus. Avec ses manières sans gêne de 1940, il tutoya les crémiers, tout comme s'il eût été de leur famille. Cela interloqua les Poissonard, mais ils se ressaisirent bientôt. Charles-Hubert rendit son tutoiement à l'ancien zouave.

— Les vieux copains, ça s'arrose, mon pote, dit Lemercier. Qu'est-ce que tu m'offres?

Charles-Hubert emmena Mme Lécuyer et Lemercier dans l'arrière-boutique et les régala d'un apéritif appelé *Tola* dont ils burent déraisonnablement.

— Monsieur est un grand patriote, dit Mme Lécuyer en désignant Lemercier. C'est un ami de Léon.

— T'es dans le maquis? demanda le

crémier. Comment c'est-y ? Vous avez-t-y assez à manger ?

— Non, dit Lemercier. Si t'étais un frère, crémier de mon cœur, tu me filerais quelque chose pour les copains. Tu dois avoir plein de provisions. Tiens, donne-moi un jambon, ajouta-t-il en rigolant, et à la libé, quand tu seras arrêté, je viendrai témoigner que t'as aidé la Résistance !

Ces paroles portèrent Mme Lécuyer au septième ciel. Elle ne désarmait pas devant les Poissonard. Charles-Hubert rit jaune, mais au bout de quelques minutes, il se leva, sortit et réapparut avec un jambon de huit kilos qu'il remit au zouave. Celui-ci n'en crut pas ses yeux.

— Eh bien, mon colon, dit-il en guise de remerciement et d'un ton si jovial que le crémier ne sut que penser, tu dois en avoir à te faire pardonner, toi ! Enfin ! T'as ma parole.

Lemercier parti, Charles-Hubert calcula qu'un jambon additionné à un Juif, cela faisait un total résistant considérable, et il envisagea d'un œil serein l'avenir démocratique de la France, qui commençait à se dessiner avec une angoissante netteté.

Au mois de juillet 1944, à la veille de la libération de Paris, alors que les armées alliées tenaient une bonne partie du pays, on pouvait évaluer la fortune des Poissonard à quelque cinq millions. Cette richesse qui les emplissait du plus légitime orgueil était placée en or, les billets de banque perdant leur valeur à une vitesse vertigineuse. Charles-Hubert avait également acquis pour un prix dérisoire un immeuble dit de rapport rue Saint-Georges. La conclusion de cette opération honorait la sagacité et le patriotisme du crémier : malgré la panique immobilière qui durait depuis quatre ans, il proclamait sa foi dans le terrain parisien et le destin de la France. Acheter un immeuble, alors que tout le monde, crainte des bombardements, s'enfuyait, c'était implicitement affirmer que Paris ne serait pas détruit et que, libéré sous peu, il redeviendrait le pôle d'attraction de la province, des campagnes et de l'étranger. On verrait alors les émigrés revenir. Où logerait-on cette horde ? Charles-Hubert, fort à propos, se souvint de la crise du logement de 1920.

— C'est toujours la même chose après les guerres, expliqua-t-il à Julie.

Celle-ci réfléchit deux jours et atteignit à cette idée hasardeuse, mais peut-être génératrice de bénéfices : profiter des dernières semaines d'esclavage de la nation pour louer une douzaine d'appartements vides que l'on céderait, plus tard, contre de substantiels pas-de-porte.

C'était un peu révolutionnaire pour le crémier, mais il n'avait pas oublié l'attitude de Julie au début de l'occupation, lorsqu'elle l'avait forcé à constituer des stocks. La fortune était sortie de ce coup de dés. Malgré ses réticences, il écouta son épouse et, grâce à ses dévoués concierges, loua douze appartements dans des quartiers divers. Cela signifiait douze baux ; cela représentait aussi douze loyers (dont certains étaient élevés). Cette immobilisation de capital effraya un peu Charles-Hubert, mais il avait les reins solides. Et si Julie, cette fois encore, avait vu clair ?

La Libération, maintenant, pouvait survenir. Les Poissonard ne craignaient rien. Politiquement, grâce à de prudentes manœuvres et à des discours crypto-gaullistes, ils étaient bien placés. Ils avaient évolué avec les événements. Au mois de février 1944, ils écoutèrent six fois la B. B. C., ce qui leur communiqua une délicieuse venette. « Honneur et Patrie, voici la France libre », s'écria jovialement Charles-Hubert un jour que Mme Lécuyer entra dans la boutique. De semaine en semaine, ils s'enhardissaient et entretenaient davantage les clients de leurs convictions nouvelles. Lorsque les Alliés débarquèrent en Normandie, Charles-Hubert remisa sa camionnette et attendit avec impatience l'entrée des libérateurs à Paris. D'après lui, ils lambinaient. Toutefois, il ne se hasarda pas à aller constater *de visu* les causes de cette lenteur.

V

Quelques personnes se rappellent sans doute que la libération de Paris commença le 19 août 1944 et dura presque une semaine. Le ciel était bleu, le soleil chaud, et les Parisiens pleins d'allégresse. Les insurgés, groupés sous les initiales F. F. I., et que le peuple appela instantanément les « fifis », leur conférant avec ce surnom, une légèreté d'oiseaux, surgirent de tous les coins de la capitale. Ils étaient jeunes, suants, gais, ils portaient des revolvers, des vieux fusils, des casques de la défense passive et avaient l'air de bien s'amuser. Les murs s'égayaient d'appels à la révolte. Partout régnait l'effervescence. Les Allemands fuyaient ; les rues voyaient peu de véhicules ; le Paris de 89, des Trois Glorieuses, de la Commune ressuscitait avec une curieuse exactitude historique. Le soir, des piquets de fifis, en bras de chemise, berçant leur pétoire comme un bébé, évoquaient très bien les sans-culottes de Santerre. Une merveilleuse fraternité réunissait dans la rue les gens les plus divers. On causait, on s'encourageait, on se donnait des tapes dans le dos ; demandiez-vous quelque chose, aussitôt vingt personnes accouraient pour vous l'offrir, qu'il s'agît d'une chemise, d'un morceau de pain, d'une grenade ou même d'une auto. La nation semblait avoir mis toutes ses ressources en commun. La propriété, provisoirement, était abolie. De temps en temps, on entendait des fusillades ; c'était les fifis qui s'attaquaient à des patrouilles ou des détachements allemands avec une belle bravoure qui suppléait à l'insuffisance de l'armement.

Rien n'est plus amusant que les combats de rues. La guerre civile — et les combats de la Libération ressemblaient furieusement à une guerre civile — est la meilleure guerre du monde. On s'y bat comme jadis ; le courage et la détermination ont leur mot à dire, on n'a pas à redouter ces armes hypocrites et féroces des gouvernements modernes : mine ou lance-flammes. Au contraire, on reste un homme, fier et ardent, qui affronte d'autres hommes, avec des armes nobles et peu meurtrières. Il faut de l'initiative, de la décision, de l'empire sur soi ; les chefs ne sont pas des adjudants tatillons, c'est tout simplement les combattants les plus braves ; la mort qu'on affronte n'est pas certaine. Bref, l'insurgé n'est pas cette bête foireuse et déshonorée qui ne songe qu'à tuer au moindre risque, le soldat en campagne. C'est un vaillant, qui lutte loyalement pour ses libertés. Le 19 août 1944, les fifis retrouvèrent l'âme joyeuse et intrépide de leurs ancêtres, ces Français cruels qui ignoraient le chassepot et gagnaient les batailles avec leur cœur.

Timidement, des drapeaux tricolores se montrèrent à des balcons. Charles-Hubert Poissonard, qui n'aimait pas la bagarre « où l'on risque toujours de récolter un mauvais coup », avait baissé son rideau de fer. La rue Pandolphe, cependant, était calme. Topographiquement, elle se situait si loin des centres de la bataille, qu'on n'imaginait pas que des cohortes, même en déroute, vinssent à passer par là. Julie, mère alarmée, s'était calfeutrée dans l'arrière-boutique avec ses deux petits et suffisamment de provisions pour soutenir un siège de dix ans. Andromaque n'eut point pour Hector des regards plus anxieux que ceux dont elle accompagna Charles-Hubert, lorsque celui-ci, après un jour de réclusion, se hasarda à mettre le nez dehors. La claustration lui pesait. Vingt-quatre heures en tête à tête avec sa famille était une épreuve assez dure. En outre, il avait soif de nouvelles. Un coup d'œil dans la rue Pandolphe lui suffit pour comprendre qu'on n'y ferait jamais la guerre. Ces maisons, ces boutiques, cette population désœuvrée et joviale formaient le paysage le plus pacifique du monde. Mme Lécuyer, véritable Bellone, au centre d'un groupe de Pandolphiens, lisait à haute voix une affiche placardée dans la nuit, qui appelait les citoyens aux armes.

— Le jour de gloire est arrivé, trompetta la vieille dame. C'étaient les derniers mots de la proclamation. Elle se retourna. Cette fois ça y est, continua-t-elle. Mort aux Boches! Vive de Gaulle!

— Vive de Gaulle! cria le crémier, plus fort que les autres. Puis, saisi par une activité impatiente, il revint à sa boutique.

— Poulette, dit-il, est-ce qu'on a un drapeau?

On en découvrit un, pas très grand, passablement délavé, mais encore présentable. Charles-Hubert ayant relevé le rideau métallique fixa le drapeau à la hauteur de son enseigne. C'était le premier qui apparût depuis quatre ans et demi dans la rue Pandolphe. Endossant sa blouse grise, comme un chevalier boucle son armure, Charles-Hubert, un vaste sourire aux lèvres, se planta sur le pas de sa porte. Julie, qu'il n'avait pas eu de peine à convaincre, traçait à l'encre violette sur une feuille de papier :

LES DISTRIBUTIONS CONTINUENT
COMME D'HABITUDE
VIVE DE GAULLE!

Cet avis, collé à la devanture du *Bon Beurre*, draina un nombre considérable de personnes qui, l'après-midi durant, achetèrent des provisions à des prix insensés. Dans l'arrière-boutique, Jeannine, âgée de quatorze ans, lisait *La Princesse de Clèves*, et Riri, qui marchait sur ses neuf ans, s'ennuyait. Julie, à la caisse, recevait avec modestie les compliments de la pratique. Elle prétendait qu'en ouvrant la crémerie, on n'avait fait que son devoir, que les Poissonard ignoraient la peur, et que la France était encore le plus beau pays du monde. Elle jeta le blâme sur les crémeries concurrentes, tenues par des lâches, ou pis encore, par des collabos qui n'osaient pas se montrer.

— Les Boches s'en vont, disait-elle. Bon débarras! J'espère qu'on les tuera tous, ces animaux-là! On peut bien le dire, maintenant : on a souffert, pas vrai, monsieur Poissonard ? Ça nous a-t-il fait chagrin, à tous les deux, de voir la France comme elle était!

Sur la bouche de Charles-Hubert refleurissaient les calembours d'avant guerre. A une dame qui commandait deux boîtes de petits pois à l'étuvée, il dit :

— Devinez un peu voir de quelle couleur ils sont mes petits pois ?

— Eh bien, verts, dit la dame.

— Non, madame, les petits poissons rouges!

Toute la boutique s'esclaffa. Les esprits étaient surexcités.

Vers cinq heures, un vent de panique souffla : un fifi au brassard tricolore, fusil en bandoulière, marchait dans la rue. On se rua. Il raconta qu'une violente échauffourée se déroulait à la mairie du XVIIe. Charles-Hubert, précipitamment, grimpa décrocher son drapeau. Il éprouva quelque difficulté à trancher les innombrables nœuds de la ficelle. Le drapeau fut soigneusement enseveli dans l'arrière-boutique.

— Baisse le rideau, Charles, cria Julie d'une voix perçante.

Mais la rue resta très calme. Aucun bruit de fusillade lointaine. On releva le rideau une heure plus tard. Quant au drapeau, on préféra, avant de l'arborer de nouveau, attendre au lendemain.

Le lendemain se passa fort bien. La rue Pandolphe respirait un air de fête. Paris, sans gouvernement, sans police, livré à ses passions, crépitant de coups de feu, était gai comme un enfant en vacances. Charles-Hubert se sentit infiniment vexé lorsqu'il vit la rue Pandolphe entièrement pavoisée : il y avait des drapeaux à tous les étages. Il s'empressa de remettre le sien. On vendit encore à pleins bras. Deux ou trois fois, à la suite d'alertes, on amena le drapeau. Mais les Poissonard prenaient de l'assurance. Des patrouilles de fifis apparaissaient de temps en temps. Mme Lécuyer, postée sur leur passage, versait du vin. La rue Pandolphe comptait trois héros. Ces jeunes gens rentraient le soir vers six heures couverts de poussière et de gloire, après avoir guerroyé dans le thalweg des Halles. Leurs

parents étaient si fiers d'eux que, 1
terreur, ils n'osaient pas leur interdire d'aller
se battre. C'étaient de fameux gaillards, très
conscients de leur popularité, et qui, depuis
deux jours, affectaient la manière ronde et
rude des soldats chevronnés. Le crémier les
guettait, le matin, et leur offrait des sandwiches au jambon. Il était ainsi au mieux avec
les puissants.

Les combats se circonscrivaient de plus en
plus. Quand Charles-Hubert fut bien certain
que la rue Pandolphe ne serait violée par
aucune soldatesque, il prit l'initiative de dresser
une barricade. Ce projet, qu'il ruminait depuis
trente-six heures, et dont il s'ouvrit à quelques
Pandolphiens qui stationnaient dehors, électrisa tout le monde. Le quartier des Ternes
était déplorablement tranquille. En un clin
d'œil, la rue Pandolphe arracha ses pavés, fit la
chaîne, entassa des objets les uns sur les autres.
On chantait, on s'interpellait joyeusement.
L'union sacrée des bourgeois et du peuple
s'était accomplie. La rue Pandolphe, petite
vallée encaissée, à l'écart des grandes voies
d'invasion, ressembla soudain à une république gibeline s'apprêtant à repousser un
assaut des guelfes avec toute la fougue des
Italiens de la Renaissance. Des garçonnets,
des jeunes filles (Julie, qui n'avait plus aucune
crainte, libéra Riri qui se mêla voluptueuse-
ment aux bâtisseurs ; Jeannine, elle, préféra
poursuivre la lecture de Mme de La Fayette),

des hommes, des femmes de toute catégorie participaient aux fortifications. Des vieillards, que l'on croyait morts depuis vingt ans, descendirent de leur sixième avec des bois de lits, des sommiers métalliques, des chandeliers, des fauteuils en velours d'Utrecht, des bahuts et mille autres pièces hétéroclites. Quelqu'un céda à Charles-Hubert un pistolet qui avait au moins cent ans d'âge et trente centimètres de long. Un accident étant toujours possible, le crémier extirpa soigneusement de cet engin les cartouches qui le garnissaient, l'inséra dans sa ceinture, comme le Roi des Montagnes, et se promena de long en large.

La barricade de la rue Pandolphe étant un pur objet d'art, sans aucune utilité, ses maçons eurent tout le temps de la décorer, de la polir, retranchant six pavés à droite, ajoutant une vieille chaise à gauche, et ainsi de suite ; au bout de trois jours, ce chef-d'œuvre était si bien équilibré, si pittoresque, avait l'air si romantique et si vaillant avec son drapeau subtilement planté de guingois, ses sacs de sable récupérés de la Défense passive, ses créneaux irréguliers, ses déclivités et ses monticules, qu'on l'aurait pris pour une reconstitution commémorative de la Révolution de 48. Mme Lécuyer, folle de bonheur, contemplait trente fois par jour ce monument du patriotisme pandolphien. Charles-Hubert, qui en était le promoteur, faisait la navette du *Bon Beurre* à la barricade, et *vice versa*. Coupant des fromages ou tranchant le saucisson, pistolet à la taille, il figurait merveilleusement le citoyen-soldat cher aux âmes républicaines. Mme Lécuyer, le voyant si enflammé et si actif, sentit son cœur s'amollir, et songea qu'elle s'était tout au long méprise sur ce vrai Français. Julie, elle-même, accomplissant avec intrépidité la permanence de crémerie et ravitaillant les insurgés, était touchante. Quant au jeune Riri, il nageait dans la joie. Le matin, il disait :

— Maman, je peux aller jouer à la barricade ?

On ne le revoyait que le soir.

Les seuls commerçants qui, avec les Poissonard, restassent ouverts rue Pandolphe, étaient Rasepion le cordonnier et Vigouroux le bougnat. On apprit que l'un et l'autre avaient été des résistants. Ils étaient assez distants et semblaient mépriser la barricade. Vigouroux avait un mousqueton d'infanterie ; sur le coup de huit heures, chaque matin, l'arme à la bretelle, il partait à la guerre comme un bon Auvergnat, quand la chasse est ouverte, va tirer des lapins sur le rocher de Chastel. Rasepion s'absentait de la même façon. Il y avait en eux quelque chose de sérieux et d'authentique qui faisait enrager Charles-Hubert. Il se sentait jugé par ces deux hommes. Émilienne, tout aussi patriote que Mme Lécuyer, adoptait des façons de vivandière. Elle avait amené son Jojo dans sa chambre. Les Bloncourt fermaient les yeux sur cette incartade. N'était-on pas en période exceptionnelle? Ce Jojo, qui inspira tant de jalousie à Léon Lécuyer, était un petit homme râleur, à casquette et à mégot. C'était un des plus assidus défenseurs de la barricade. Il y montait la garde tout le jour, scrutant l'horizon. Quant à Madeleine Lécuyer, que nous avons un peu perdue de vue, elle s'occupait avec tendresse de la petite Geneviève, sa fille, âgée de deux ans. Elle ne sortait pas. Sa belle-mère l'exaspérait; avec un bon sens qui l'honorait, elle considérait avec pitié les vaines agitations de la rue Pandolphe. M. Lebugle, retranché dans son appartement, effondré par les revers des troupes allemandes, désespérant de la France, tremblant pour lui-même, n'osait pas ouvrir ses persiennes.

La nuit du 21 au 22 fut une nuit mémorable pour les Poissonard. Elle permit au crémier d'établir définitivement sa réputation de résistant. Vers une heure du matin, alors que la rue Pandolphe ronflait du haut en bas, et que la barricade, déserte comme toutes les nuits, découpait sur le clair de lune ses paisibles anfractuosités, on gratta à la porte du *Bon Beurre*. Charles-Hubert se dressa sur son séant et saisit son pistolet antique. Il ne redoutait aucune visite dangereuse, mais pensait que la vue de l'arme dans sa main lui donnerait aux yeux du visiteur une allure très glorieuse.

— Qui est là? dit-il.

Une voix allemande gargouilla derrière le rideau de fer. Le sang de Charles-Hubert se glaça dans ses veines. Il s'imagina tout à coup arrêté par les S. S., emmené, fusillé à l'aube. Regrettant son ostentation de la veille, il se traita d'imbécile. Que faire? Il tremblait. Jetant son pistolet qui ne pouvait qu'aggraver son cas, il dit, d'une voix blanche :

— Voilà... voilà...

De l'autre côté, on dit :

— Meu-zieu Pvassonahr! Oufrez!

D'une main malhabile, fasciné comme un oiseau par un serpent, le crémier, prêt à éclater en sanglots, effroyablement seul dans la rue Pandolphe endormie, décadenasse le store et le soulève doucement. Une paire de bottes apparaît à ses yeux horrifiés, puis un pantalon vert, puis un soldat allemand tout entier. Le soldat sourit. C'était Hans Pfeiffer.

— Ami, dit-il. *Kamarade!* Vous cacher moi.

Charles-Hubert mit au moins deux minutes à se ressaisir. Hans, dans son sabir, expliqua qu'il détestait la guerre, qu'il ne voulait pas répandre le sang des Français, que la sauvagerie des insurgés le bouleversait, et qu'il comptait sur les Poissonard pour le dissimuler pendant quelques jours. En un mot il désertait.

Charles-Hubert éclata d'un rire nerveux.

— Charles, qu'est-ce que c'est? cria Julie, du lit conjugal.

— Ça alors, répondit le crémier, je te jure! On aura tout vu! C'est le Fritz! C'est Anse. Il a la trouille. Il vient se planquer. Non mais dis!

On entendit un remue-ménage et Julie, la tête truffée de bigoudis et de papillottes, apparut serrant un peignoir autour d'elle.

— M'sieu Féfé! dit-elle. Ça, pour une surprise, c'est une surprise!

— Qu'est-ce qu'on va en foutre? dit Charles-Hubert. On peut pourtant pas en faire des conserves, de ce mironton-là. Tu te rends compte qu'on tro·ve un Boche chez nous?

Le Boche se dandinait d'un pied sur l'autre et arborait un sourire des plus niais et des plus cordiaux.

— Mes amis! disait-il avec attendrissement. Dans la cave! Moi *ruhig*... pas bouger. *Ich werde Ihnen helfen*. Moi aider!

— C'est moi qui vais t'aider, tu vas voir, salaud, grommela Charles-Hubert, encore secoué et plein de rancune.

— Par là! cria-t-il. Amène ta fraise! Puis il dit à mi-voix à Julie : On va le mettre à la cave, puisque c'est ça qu'il veut.

— Mais, objecta Julie, et les provisions? T'as pas peur qu'il les mange? Et les bouteilles? Cette engeance-là, ça vole comme ça respire.

— Te casse pas la tête, répondit le crémier. Il y restera pas longtemps. J'ai mon idée.

Avec une abondance incroyable de sourires, de *Danke schön*, de *Bitte schön*, le soldat Pfeiffer s'engagea avec le crémier dans le chemin sinueux qui menait au souterrain.

— Là, dit Charles-Hubert, quand ils furent arrivés. Vous êtes-t-y content, m'sieu Anse? Vous allez pouvoir attendre la fin de la guerre, ici.

— La fin de la guerre bientôt, voué, voué! Mer-ci, mer-ci, dit Hans plein de gratitude. Il se pencha en avant, attrapa dans ses bras le crémier qui eut un haut-le-corps de terreur, et plaqua sur ses joues deux bons baisers brande bourgeois. Ami! ami! ami! répéta-t-il. Une petite larme bascula sur sa paupière. Mer-ci!

— V'là qu'il chiale, maintenant, dit le crémier. Ces Boches, alors, ils sont marrants!

Rendant à Hans son sourire, il lui tapa dans le dos avec toutes les marques de l'amour. En sortant de la cave, il ferma la porte à clef.

— Alors? dit Julie.

— Il est bouclé.

— T'es sûr qu'il volera rien?

— Rien du tout. Il va pioncer.

Le lendemain matin, Hans fut réveillé en sursaut. Les trois fifis de la rue Pandolphe, mitraillette au poing, Vigouroux fusil à la bretelle, Charles-Hubert brandissant son pistolet le regardaient férocement. Le pauvre Hans vira au gris, comprit que son ami l'avait trahi et baissa la tête.

350

— Je lui ai mis le pétard sur le ventre, pérorait Charles-Hubert. Je l'ai désarmé, et puis je l'ai enfermé là. Il avait l'air drôlement gonflé, mais avec moi, ces manières-là, ça prend pas, nom de Dieu! Il s'exprimait avec une chaleur qui, pour un peu, l'aurait convaincu lui-même.

Les cinq hommes mirent Hans sur ses pieds, lui lièrent les mains, lui donnèrent quelques bourrades et l'amenèrent rue Pandolphe où un attroupement s'était formé. Charles-Hubert était l'incontestable héros du jour. Dans l'arrière-boutique, Riri criait :

— Qu'est-ce qu'il y a, maman, je veux voir? Où qu'il est le Boche que papa a attrapé?

— Reste tranquille, dit Julie, craignant une gaffe de son fils qui aurait reconnu son fournisseur de caramel. C'est pas pour les enfants!

Pour bien montrer son patriotisme, Charles-Hubert s'approcha de Hans enchaîné et lui déchargea un coup de pied dans les jambes en s'écriant :

— Sale Boche!

Les fifis et le prisonnier tournèrent le coin de la rue. C'est ainsi que Hans Pfeiffer disparut de la vie des Poissonard. Pareil à un personnage de la cathédrale de Strasbourg, il était passé devant l'horloge, avait marqué un moment, et s'était enfoncé dans les ténèbres.

Le 26 août au matin, la rue Pandolphe s'éveilla au son de la trompette. Les gens ébahis et flattés contemplèrent une apparition d'un autre âge : traînant son cheval par la bride, arrêté par la barricade, un garde républicain en grande tenue, bottes, gants à crispin et casque, une trompette à la bouche, sonnait le Cessez-le-Feu.

ÉPILOGUE

Le 15 septembre 1944, Léon Lécuyer, définitivement libre, foula le pavé inégal de l'impasse du Docteur-Barthès. Il était maigre ; ses
cheveux s'étaient terriblement éclaircis sur les
tempes et derrière la tête. Beaucoup de sa
spontanéité était partie, en apparence au moins.
Quelques semaines auparavant, une cour martiale, composée de miliciens, avait écumé Fontevrault. Alphonse, reconnu communiste, fut
exécuté. Léon se demandait pourquoi on ne
l'avait pas fusillé, lui aussi. La mort d'Alphonse,
exemplaire (il s'était tu sous les sévices, et il
était tombé en criant : « Vive la France! »),
l'avait profondément impressionné. Sa mère
et sa femme conservaient le souvenir d'un
adolescent tardif ; elles retrouvèrent un homme.
Il les embrassa l'une et l'autre avec économie et
contempla son enfant. Le seul sourire qu'on
lui tira en quinze jours fut l'œuvre de la petite
Geneviève qui lui pinça le nez dans sa menotte.
Mesdames Lécuyer, interdites et un peu craintives, lui conférèrent tacitement le titre de chef

de famille. Léon demeurait de longues heures à méditer, solitaire. Madeleine était dix fois plus amoureuse de cet être mystérieux et mélancolique que du jeune homme qui l'avait séduite à Lyon. L'état de mère lui donnait une certaine maturité d'esprit, et ouvrait son instinct. Elle sentait en son mari la présence d'une vie intérieure. Un des premiers soins de Léon fut de rechercher le cahier *Gallia* où il avait écrit ses vers patriotiques, et de le brûler. Par cet autodafé symbolique, il coupait les ponts avec sa jeunesse ; il accomplissait sa mue. Un jour, il annonça, à la consternation de sa mère :

— Je crois que je vais m'inscrire au parti.

Toutefois, il avait des scrupules et décida d'attendre encore un peu avant d'entreprendre cette grave démarche. Sa brillante conduite sous l'occupation, enfin reconnue grâce à Lemercier, membre de l'Assemblée consultative, qui le proposa pour la médaille de la Résistance, lui valut un poste de professeur de quatrième au lycée Carnot. Enviable promotion pour un jeune agrégé ! Les Poissonard, lorsque Mme Lécuyer mère leur annonça cette récompense, s'en réjouirent sincèrement. Mme Lécuyer, depuis la barricade, se confondait en amabilités devant eux. Les crémiers, considérant la résipiscence de cette irréductible comme une extraordinaire victoire, en concluaient qu'ils étaient (c'est le mot du moment) complètement dédouanés. Ils ne se trompaient pas.

La capture de Hans Pfeiffer avait attaché au

nom de Charles-Hubert Poissonard la réputation d'un brave à trois poils. Il voulut encore celle de patriote, au sens où l'on entendait ce terme en 1793. Il songea à Léonie Jaquet, mauvais ange du *Bon Beurre*, et à l'inspecteur Simonin contre lequel il était animé d'un esprit de vengeance. Julie déclara que le devoir d'un bon Français gaulliste commandait de signaler la conduite anti-française de ces deux personnes. Charles-Hubert déposa donc une plainte en bonne et due forme au commissariat. Mais Léonie Jaquet resta introuvable : elle s'était enfuie en Allemagne avec ses amants lors de la débâcle du 19 août. Quant à Simonin, ce mince personnage était un roc où la volonté des Poissonard venait se briser comme du verre. Il appartenait à l'organisation *Honneur de la Police* et au comité d'épuration de la Préfecture. Il était en passe de devenir commissaire pour « faits de résistance ». On lui communiqua la dénonciation de Charles-Hubert, qu'il jeta lui-même au panier. Mais il ne l'oublia point. Deux mois plus tard, nommé commissaire, il s'offrit le plaisir d'entrer au *Bon Beurre* et de terroriser les crémiers pendant une heure et demie.

Charles-Hubert, très déçu du mauvais résultat de ses initiatives, pensa à M. Lebugle, invisible depuis trois semaines et connu de toute la rue Pandolphe comme un collaborateur notoire. Cette fois, il fit mouche. Le pauvre Lebugle fut arrêté, interrogé et expédié au camp de Drancy où il moisit pendant neuf mois. Quand on le relâcha, son corps était agité d'un tremblement ataxique ; il avait l'air d'un octogénaire. La vie se montre à son endroit particulièrement ironique. En 1948, l'abondance revenue, il était complètement ruiné. Vêtu de loques, dévoré d'un insatiable appétit, il passe en courbant le dos devant les fastueuses charcuteries des Ternes. Aujourd'hui qu'on n'est plus rationné, il en est réduit à fouiller les poubelles. Le ciel, implacable, le prolonge indéfiniment sur cette terre. Quand Mme Lécuyer le croise, elle le dévisage avec insistance et lui dit cruellement :

— Alors, monsieur Lebugle, vous voyez où il vous a mené, votre ami Hitler ? Tout se paye dans la vie, tout se paye !... Ne comptez pas sur moi pour vous prêter cent francs.

Les cartes d'alimentation, comme on sait, ne furent abolies qu'en 1948. Les Poissonard, après quatre années d'occupation, vécurent encore quatre années fort prospères. Nous avons examiné en détail l'édification de leur fortune. Comment ils consolidèrent cette fortune, comment ils l'agrandirent, comment Charles-Hubert devint un véritable potentat ne présente pas un grand intérêt. Les inventeurs ne s'enrichissent pas, mais ceux qui exploitent méthodiquement les inventions. Charles-Hubert et Julie continuèrent, après le départ des Allemands, à appliquer les principes qui leur avaient si bien réussi jusque-là. L'incurie des ministres du Ravitaillement leur facilitait la besogne.

En 1948, par l'effet des dévaluations, des placements habiles, d'un négoce avisé, les crémiers possèdent tant en biens meubles qu'immeubles, titres, capitaux, investis, lingots d'or, napoléons, stocks, etc., quarante-sept millions de francs. Quand par hasard ils jettent les yeux sur les huit années d'effort qu'ils ont traversées, ils ne découvrent guère de souvenirs agréables. Il leur semble que, pendant huit ans, ils se sont ruinés tous les jours. Mais les quarante-sept millions sont bien là et l'on peut envisager avec confiance un avenir incertain sans inscription obligatoire, sans marché noir et sans tickets de matières grasses. Quarante-sept millions « qui n'ont pas fini de faire des petits », cela permet tout de même de « voir venir ». D'autant plus que le franc n'est pas bien solide et que spéculer sur les « devises » est toujours une fructueuse opération.

Notre monnaie inspire une telle méfiance aux Poissonard qu'on dirait que les billets de la Banque de France leur brûlent les doigts. Ils ne conservent jamais plus d'un million « en liquide » pour les menus besoins de l'existence et du commerce. Charles-Hubert dépense avec l'âpreté qu'il a déployée pour amasser. Dans la cassette personnelle de Julie s'entassent diamants, saphirs, rubis, émeraudes, perles et turquoises (elle a un faible pour ces dernières). La crémière possède vingt bagues (deux pour chaque doigt), quatre colliers, six bracelets d'or massif, plus diverses chaînes, sautoirs, rivières, clips, broches et autres babioles. La garde-robe du couple est admirablement fournie. Charles-Hubert a trente paires de chaussures à quadruple semelle, ce qui fait deux cent quarante semelles. Il y a aussi quelque part un manteau de vison dont on ne se sert pas, car c'est une « valeur de refuge », un placement, tout comme une action de la Royal Dutch.

L'opulence des Poissonard attire une foule de petits escrocs et revendeurs qui leur cèdent très cher des objets dont ils se passeraient aisément, mais que leur démon les pousse à acquérir. Charles-Hubert meuble ainsi l'appartement qu'il a acheté rue Pandolphe, juste au-dessus du *Bon Beurre*. C'est un appartement de « grand standing », six pièces dans lesquelles il faut bien mettre quelque chose. On y admire, entre autres curiosités, un pianola demi-queue, laqué rose (deux cent mille francs), une table gigogne (incrustée galuchat), la collection complète de *L'Illustration*, de 1910 à 1940, reliée demi-chagrin année par année, trente volumes (soixante mille francs), une tête de cerf dix cors naturalisée, sortant d'un écusson d'ébène (garantie provenant d'un château), un salon Louis XV en bois doré, recouvert de veau mort-né, six armoires « diamant » (une par chambre), deux vases de la manufacture de Sèvres, époque Félix Faure, hauts d'un mètre et garnis de roses artificielles (elles coûtent davantage que les vraies, mais on y gagne, car elles ne se fanent pas). La bibliothèque, qui occupe tout un pan de mur et a été « conçue » par un décorateur, renferme, avec les trente volumes de *L'Illustration*, l'Encyclopédie Quillet, le Larousse médical, les œuvres complètes de M. Pierre Benoit et douze rayons de faux livres, entièrement en maroquin.

On a recouvert le parquet de moquette beige jusque dans les moindres recoins. Le beige est salissant, mais on ne saurait nier qu'il soit joli. Sur cette moquette naviguent des Boukhara et des Chiraz (cent cinquante mille francs pièce) et des carpettes d'Afrique du Nord (moins dispendieuses, mais plus gaies). Une gigantesque peau d'ours blanc, avec la tête, les dents et des yeux de verre, s'y prélasse.

Il y a beaucoup de tableaux, bien entendu ; mais Charles-Hubert, qui a des idées sur la peinture, n'admet pas n'importe quoi chez lui. Par exemple, pour rien au monde, il ne prendrait du Picasso, lui en donnât-on. Le prix des tableaux le déconcerte. Une toile minuscule de Jean-Gabriel Domergue (son artiste favori) lui a coûté trois cent mille francs, et un énorme Rubens (quatre mètres sur quatre) quinze mille francs seulement. D'après l'Encyclopédie Quillet, pourtant, Rubens a l'air assez coté.

On a mis Jeannine, qui aime l'étude, au collège d'Hulst, rue de Varenne. Elle y fréquente des demoiselles du meilleur monde qui l'invitent quelquefois à goûter, s'orne l'esprit et apprend les belles manières.

Cette enfant a le meilleur cœur du monde ; elle chérit ses bons parents et ne rougit pas de leur métier. Elle traduit du latin, fait de la danse rythmique et patine. Comme elle s'intéresse à la musique, son papa lui a offert cinquante rouleaux pour le pianola, dont *Madame Butterfly*, de Puccini, *Cavalleria Rusticana*, de Mascagni, *La Sérénade*, de Toselli, et celle de Schubert, *Tristesse*, de Chopin, *Les Millions d'Arlequin*, *La Polka des Bébés*, une sélection de *Manon*, et *Estudiantina*, de Waldteuffel.

Quant à Riri, c'est un cancre, qui mâche du chewing-gum toute la journée, sèche le lycée pour aller au cinéma et fume des Craven dans les cabinets. Il dit « oké » pour oui et « sanks » pour merci. Ses notes sont déplorables. (A quatorze ans, pourtant, c'est-à-dire en 1950, il s'apprêtait à entrer en quatrième au lycée Carnot.)

Tous les dimanches matin, la famille Poissonard monte dans une automobile de marque *Vedette* et part pour la Sologne, où Charles-Hubert a des actions dans une chasse. Il fusille parfois un lapin, qu'on mange le lendemain en civet. Ces parties sont mortellement ennuyeuses, mais on ne voit pas de moyen de s'y soustraire. Sur les instances de Julie qui, avec l'âge, prend une âme bucolique, le crémier a acquis une « propriété » dans l'Eure-et-Loir : quatre-vingts hectares, maison de maîtres et ferme, le tout pour une bouchée de pain. On y passe les week-ends quand la chasse est fermée, et les vacances : c'est plus économique que l'hôtel et l'on est chez soi. Mais, comme dit Charles-Hubert, « la campagne, c'est pas marrant ». L'ennui serait-il la rançon de la richesse ? Heureusement qu'on a la T. S. F.

La façade du *Bon Beurre* a été refaite tout en marbre, et la crémerie dotée d'une installation frigorifique ultra-moderne. Croirait-on que les Poissonard, Crésus de la rue Pandolphe, ne se décident pas à embaucher un gérant ? Au contraire, ils vivent comme par le passé. Julie tient la caisse, Charles-Hubert, vêtu d'une blouse grise, continue à servir en disant des calembours. Maintenant qu'il ne va plus « au ravitaillement » dans les campagnes, il a une jolie camionnette, peinte de couleurs vives, étincelante de chromes, qui fait l'admiration des Halles. Ce sont de braves gens, bien simples. Un observateur superficiel ne se douterait pas qu'ils ont quarante-sept millions, une propriété et tout le reste.

Singulier effet de la réussite sociale : le langage de Charles-Hubert s'est détérioré ; il a perdu cette pureté populaire qu'il avait encore en 1940. Le crémier, alors, parlait à peu près comme un homme du XVIIIe siècle, et son argot avait une saveur honnête. Aujourd'hui, il se sert d'un jargon sophistiqué, rempli de *pernaga*, de *d'ac*, de *porcif sur le beignet*, d'*entourloupettes*, de *biseness à la gomme*, de *fafes*, etc. Il a des *con-*

dés, des *coupures ;* bref, il s'exprime comme un affairiste. Ce langage mesure le changement de son âme.

La richesse rend Julie bonne femme. Elle est fort consciente de cette richesse et méprise les pauvres, à qui elle ne consent aucun crédit. Son attitude s'est un peu relâchée ; elle sourit bien dix fois par jour dans la boutique. Tous les mardis, elle se rend chez « la coiffeuse » pendant trois heures. Elle en sort manucurée, frisée, massée, rutilante comme une casserole neuve. C'est la transformation la plus visible de son existence. Excellente mère, elle a toutes les faiblesses pour son chenapan de fils. Sa fille, qui est grande, belle, et ne manque pas de distinction, l'emplit de fierté. Jeannine est une espèce d'ange, qui s'assied sans façon à la caisse quand on le lui demande. A dix-huit ans, bien habillée, elle lit Anatole France, Verlaine et Charles Morgan. Elle suit assidûment les Concerts Pasdeloup. C'est une fanatique de Couperin, mais peut-être entre-t-il dans ce fanatisme un peu de pose.

Le destin chemine par des voies étranges. Charles-Hubert, un jour, entendit mentionner une concession à vendre au Père-Lachaise. Posséder un tombeau au Père-Lachaise est un fameux brevet de parisianisme. Pour huit cent mille francs le crémier enleva l'affaire. « C'est pas que j'y tienne, dit-il, mais c'était une occasion. » Or cette concession appartenait à Mme veuve Legrandier de la Ravette, dont les fils, Gérard et Yves, ne sont pas inconnus au lecteur.

Gérard Legrandier de la Ravette avait été attaché de Cabinet à Vichy, mais cet ambitieux et subtil jeune homme était doué d'un génie particulier grâce auquel il connaissait et comprenait bien son temps. Il opérait ses renversements d'alliance à la minute requise : ni trop tôt, afin que ce ne fût pas dangereux, ou qu'il cessât de bénéficier des avantages acquis, ni trop tard, pour qu'on ne l'accusât pas d'opportunisme. Ce génie est peut-être tout simplement du bon sens. Six mois avant tout le monde, Legrandier prévoyait l'évolution des événements. Dans les époques troublées, six mois d'avance, c'est inestimable. En 1943, par conséquent, il « renseignait » la Résistance. Il poussa la prudence jusqu'à s'inscrire nommément dans un réseau de la France Combattante.

Le 26 août 1944, un grand homme raide et froid, au teint blanc, entra dans le salon d'honneur de la Préfecture de Police de Paris, où étaient réunis les chefs de l'insurrection. C'était le général de Gaulle. Sans un mot, il serra douze mains, dont celle de Legrandier. Dans la cour, l'harmonie des gardiens de la paix jouait *La Marseillaise*. Legrandier, élégant et désinvolte, comme toujours, regardait avec dédain quelques fifis de haut grade présents à cette fête, sans cravate, et qui avaient le mauvais goût de porter un revolver à la ceinture. Il fut nommé préfet de la République. En 1949, il était député à l'Assemblée Nationale. On ne dira pas quel parti il représentait.

Le premier précepte de l'ambition est de ne pas la montrer. Legrandier, qui rêvait d'être ministre à trente-cinq ans, puis président de Conseils d'administration, ambassadeur et membre de l'Académie française, se présentait sous le jour le plus modeste. Gardant les yeux constamment fixés sur ces secrets, il conduisait sa destinée d'une main de fer. Le nom de Poissonard, fortuitement prononcé par sa mère, fit resurgir dans sa mémoire des figures et des réflexions vieilles de sept ans. Il prit des renseignements, eut vent des quarante-sept millions, bien que le fisc les ignorât, et échafauda un plan. Six semaines s'écoulèrent avant qu'il en accomplît le premier pas. Ce Machiavel au petit pied contraignit Mme Legrandier à recevoir toute la famille Poissonard pour fêter la concession à perpétuité. La réception dura deux heures trente-cinq. Riri s'était fait excuser, mais Jeannine était présente. Charles-Hubert surveilla son langage ; malgré cela, il ne pouvait échapper à personne qu'il n'était pas dans le ton de l'endroit. Mme Legrandier de la Ravette, bien chapitrée par son fils, déploya des grâces. La conversation languit fréquemment. Charles-Hubert se rinça la bouche avec son thé. Julie mastiquait les toasts dans un tintamarre vraiment prolétarien. Chaque fois qu'on lui présentait quelque nourriture, elle se soulevait à demi de son siège et inclinait la tête. Charles-Hubert déclara que le beurre des tartines n'était pas extra-fin. C'était, selon lui, du « Charentes de troisième ordre ».

— Quand vous voudrez du bon beurre, ajouta-t-il, faut me le dire à moi.

Julie, tenant délicatement sa tasse, l'auriculaire dressé, laissait jouer le soleil sur ses bagues. Elle étouffait dans son manteau de castor, mais, intrépidement, le garda jusqu'au bout. On parla politique. Mme Legrandier de la Ravette fit le procès du général de Gaulle qu'elle avait connu, avant la guerre, « petit colonel à Metz, et qu'elle n'aurait pas reçu chez elle ». Charles-Hubert défendit de Gaulle avec chaleur. En revanche, on s'accorda sur les communistes.

— Je n'aime pas les Rouges, dit Mme Legrandier de la Ravette. C'est une question de peau.

— Madame a raison, dit Julie. Ces êtres-là, c'est du sale monde, pas vrai, monsieur Poissonard ?

— D'ac! dit Charles-Hubert. Moi, les bolcheviques, je peux pas les sentir. Tout ce qu'ils veulent, c'est nous zigouiller pour prendre notre argent. Si j'étais le Gouvernement, je commencerais par mettre les communistes en prison.

— On devrait leur offrir à tous un petit voyage à Moscou, suggéra Mme Legrandier de la Ravette en souriant avec finesse. Au bout de deux mois, vous les verriez revenir, la

367

queue basse. Je vous assure qu'ils ne seraient plus communistes!

— Ça, c'est tapé! dit le crémier. Des femmes comme Madame, ça en a dans la cervelle, y a pas à dire.

Mme Legrandier de la Ravette accueillit cet humble hommage en grande dame. Jeannine se taisait modestement. Gérard, qui s'attendait à une fille de cuisine, était si agréablement surpris, qu'il dut se forcer un peu pour ne pas tomber amoureux. Quand Charles-Hubert eut fini de pérorer, Mme Legrandier de la Ravette posa quelques questions polies à la jeune fille. Celle-ci, avec une retenue charmante et une décente gaieté, parla de la licence de lettres qu'elle préparait en Sorbonne et de la musique de Couperin. Cela fit l'effet d'une cascatelle alpine égarée au milieu de Luna-Park. Legrandier l'invita à aller écouter le lendemain une célèbre claveciniste qui jouait pour quelques initiés dans un hôtel de l'île Saint-Louis.

— Quelles gens m'as-tu imposés, Gérard! s'écria Mme Legrandier après le départ des crémiers. Je viens de vivre le calvaire d'une mère.

Gérard éclata de rire.

— Tu n'es pas gentille pour mes beaux-parents, mammy, dit-il.

— Tes beaux-parents? Tu es fou! Ces gens sont d'une vulgarité à faire peur! La petite est gentille, j'en conviens, mais eux, ces par-

venus, ces nouveaux riches, je serais obligée
de les recevoir à dîner le mardi?

— Ils ont quarante-sept millions, mammy.

— Gérard, sois raisonnable. Ne joue pas
les *Gendre de Monsieur Poirier*, je t'en sup-
plie!

— Écoute : avec qui un noble se mariait-il,
en 1700? Avec une fille de fermier général,
Et en 1900? Avec une Juive. Aujourd'hui.
c'est avec une fille de crémier. Je marche avec
mon temps. Veux-tu me voir ministre?

Il lui fallut quand même trois mois pour
conquérir Jeannine. Selon son mot, elle ne
sentait pas du tout la crémerie. Dieu lui par-
donne, il avait pour elle une sorte d'attachement. Du moins elle ne lui ferait pas honte.
On fixa le mariage à janvier 1950. Charles-
Hubert tint absolument à ce que le repas
de noces eût lieu au *Terminus Gare de l'Est*.
Cet hôtel lui paraissait le comble du luxe.
Legrandier vécut là une journée cruelle. Il
est vrai que Jeannine apportait en dot un
appartement somptueux avenue Foch, six
millions en or, des bijoux, et des « espé-
rances ». Cela valait bien de danser une java
avec Mme Rasepion.

En montant avec sa jeune épouse dans le
train bleu qui devait les emmener en Italie, le
député dit :

— Tes parents, entre nous, quelles vieilles
fripouilles!

Erreur fatale! Jeannine avait pour les

Poissonard une vénération à l'épreuve des faits. Elle prit du coup son mari en exécration, resta crispée durant sa nuit de noces, et cela fit un mauvais ménage.

Les crémiers, eux, étaient bien contents d'avoir un député pour gendre. Le député, c'est le marquis du XXᵉ siècle.

Occupons-nous des comparses. Le frère de Gérard Legrandier de la Ravette, que nous avons quitté dans un oflag de Poméranie, avait été studieux élève et bon prophète. Quand on le libéra, en 1945, il se présenta à l'École de Guerre et fut reçu. Il n'a pas combattu en Indochine malgré les revers infligés par les Viet-Minhs à nos troupes. Aujourd'hui il est général et sa poitrine s'orne de nombreuses décorations dont la médaille des Épidémies.

Le bon Rappoport a récupéré *Marbeuf-Tissus*. Le temps efface son chagrin. Il a eu un peu de chance dans son malheur : l'appartement du boulevard Saint-Germain lui a rapporté un million de pas-de-porte. Rue Saint-Senoch, la lithographie de François-Joseph, respectée par la Gestapo, orne toujours son salon. Il va se remarier avec Mᵐᵉ veuve Eisenschitz, qui a enduré des épreuves analogues aux siennes.

Le major von Pabst et Helmuth Krakenholz sont morts devant Kiev en octobre 1943. Ils avaient été séparés pendant deux ans. Le même obus les pulvérisa. Ce n'est pas une vilaine mort, après tout, pour des amants wagnériens.

Les autres personnages, qui ont traversé ce récit, ont disparu dans les ténèbres et les méandres du présent. Impossible de mettre la main sur Delahausse, Deprat, les deux Arabes entrevus dans le train en 1940, etc. Le fourmillement innombrable des êtres humains dans le monde les a absorbés.

Léon Lécuyer prépare une thèse de doctorat. et fabrique des enfants à sa femme. Il est père de quatre petites filles. L'évolution de cet homme est déconcertante. Il a longtemps hésité à s'inscrire au parti communiste, puis y a renoncé. Quelques détails dans le stalinisme révoltent sa conscience sourcilleuse. Cette même conscience l'astreint à piocher sa thèse, bien qu'il n'ait pas le courage d'écrire. Pour soulever une plume, sa main pèse cent kilos. Le sujet qu'il a choisi est suffisamment révélateur : *L'expression littéraire du Socialisme français en* 1848. En étudiant les textes de Proudhon, Quinet, Blanqui, Victor Hugo, Tocqueville, Marrast, il lui semble qu'il débroussaille les origines de la pensée politique actuelle. Mais ce labeur aride le décourage. Il n'aperçoit guère d'humanité dans le fatras des ratiocinations qu'il compile.

Alphonse a légué à Léon son caractère morose ; il ne rit pas souvent. Seuls d'énormes contresens dans les versions latines de ses élèves parviennent à lui arracher un sourire. Du reste, ces enfants l'affligent. Ils sont arriérés. « C'est la génération de la guerre », dit-il en haussant les épaules. Jamais il n'a été chahuté. Ce caractère est le plus droit, le plus scrupuleux et l'un des plus hauts sans doute de l'Université. Ses collègues ne l'aiment pas. Ils lui reprochent de manquer d'entrain et surtout d'être jeune. A son âge, normalement, on est professeur à Murat ou à Carcassonne, pas à Paris. Pour lui, au contraire, il se sent vieux. A trente-cinq ans, il a l'expérience et la lassitude d'un homme de soixante. L'hostilité des universitaires ne lui échappe pas. On lui en veut d'avoir été résistant.

A la rentrée d'octobre 1949, la fatalité pénétra dans sa classe sous la forme d'un garçon de quatorze ans vêtu d'une façon cossue, à la figure carrée et obtuse. Cette apparition éveilla en Léon des souvenirs confus et le rendit triste. C'était Henri Poissonard. Les crémiers, apprenant que leur fils allait étudier sous la férule d'une connaissance, se réjouirent naïvement et assiégèrent Léon pour qu'il acceptât une invitation à déjeuner. Léon, qui avait constaté la nullité du jeune Poissonard, était bien ennuyé. Le festin se déroula dans le bel appartement de la rue Pandolphe. Les Poissonard étalèrent tout leur luxe afin d'éblouir le petit universitaire. Julie arborait six bagues et une rivière en diamants ; Charles-Hubert fuma coup sur coup trois *Coronas* de quinze centimètres. Léon, assis sous un nu (grandeur nature) de Jean-Gabriel Domergue, mangeait du bout des dents. Aux liqueurs, le crémier dit, désignant son rejeton :

— Faudra me l'faire travailler, hein, ce morpion-là, m'sieu Lécuyer? Je veux qu'il soit premier partout. C'est pas qu'il est pas doué, mais il est feignant comme une loche.

— Dis à maman que tu travailleras bien, mon trésor, implora Julie, et que tu feras pas enrager m'sieu Lécuyer.

— Merde, répondit Riri.

— Cause pas comme ça à ta mère! tonna le crémier. On dit « mince » quand on a envie de jurer, espèce de mal poli!

— C'est qu'un gamin, dit Julie. Faites pas attention, m'sieu Lécuyer. Dans le fond, il a bon cœur. Pas vrai, Riri?

— Si vous désirez n'importe quoi, continua le crémier en s'adressant à Léon, faut me le dire. Question nourriture, tout ce que vous voudrez, hein! Et puis si vous avez besoin d'un coup de piston, vous gênez pas. Mon gendre est député, c'est vous dire. Mais primo et d'une, je veux que Riri ait des bonnes notes sur son carnet.

Sur ces paroles explicites, Charles-Hubert cligna de l'œil, ce qui révolta Léon.

— Monsieur votre fils aura les notes qu'il mérite, répliqua-t-il sèchement.

Léon quitta les Poissonard en proie à un

profond dégoût et à une inexplicable mélancolie. Riri lui causait une sorte de peur. Il lui semblait avoir vu ce visage quelques années plus tôt. Les Poissonard, eux, blessés par l'honnêteté de Léon, s'accordèrent à le juger « pas sympathique ».

— Après un gueuleton comme celui qu'on lui a foutu, dit Charles-Hubert, il peut bien donner des bonnes notes au gosse, nom de Dieu! Ça doit pas lui arriver souvent de becqueter comme ça. Si il fait le mariole, il verra de quel bois qu'on se chauffe!

— C'est pas une raison parce qu'on est des primaires, ajouta Julie, et qu'on n'a pas d'instruction, pour qu'il prenne des grands airs avec nous. Ça se croit un monsieur alors que c'est tout juste un fonctionnaire.

Riri, bouché au latin, insensible au grec, fermé à la grammaire française, ignorant tout de l'orthographe et incapable d'inventer trois lignes, détestait Léon, lequel avait du mal à supporter ce cancre. A la maison, pour expliquer ses zéros, il contait que « M'sieu Lécuyer pouvait pas l'blairer ». Cela indignait les crémiers. Ils étaient en droit d'attendre un autre remerciement, après un « casse-croûte de dix mille balles ».

Cette année scolaire fut très pénible pour Léon. Quand il entrait dans sa classe, Riri, sournois et ricanant, le glaçait. Où avait-il vu ces yeux, ce front bas, cette mâchoire épaisse? Dans quelles circonstances atroces et oubliées avait-il rencontré un mauvais génie qui avait cette apparence?

C'est à la fin du mois de mai 1950 que le voile se déchira. Il se rappela tout à coup le rêve qu'il avait fait dix ans plus tôt dans la chambre d'Émilienne, la bonne des Bloncourt. Dans ce rêve, l'ange qui le frappait avait les traits de l'élève Poissonard. C'était donc cela! Ce souvenir, au lieu de libérer Léon, l'angoissa davantage. Riri, tandis que son professeur songeait de la sorte, peinait sur le thème grec de l'examen de passage et tentait de copier sur son voisin.

A l'affichage des résultats, Riri lut sans surprise qu'il était recalé. Il redoublerait la quatrième. Charles-Hubert vit dans cet échec, bien plus que l'insuffisance de son fils, la main de Léon Lécuyer. Ce dernier leur faisait là un affront caractérisé.

— Ce que le monde est mauvais tout de même, dit Julie. Pourquoi qu'il a fait ça le fils Lécuyer? Ça peut être que par jalousie. Je peux bien le dire maintenant : je l'ai jamais aimé, moi, ce type-là. C'est un exalté.

Charles-Hubert empoigna le téléphone et appela son gendre. Le député, le lendemain, parlait au ministre. Quinze jours plus tard, Léon Lécuyer apprit par les voies administratives ordinaires qu'il était muté au lycée Lamoricière, à Oran, professeur de cinquième. Son avancement est scié. En annotant les copies d'Henri Poissonard, il savait qu'il scellait son destin. Il s'attendait à une catastrophe. Considérant sa femme, enceinte pour la cinquième fois, il prononça ces paroles d'une sagesse, hélas! tardive :

— Mon fils sera crémier.

DU MÊME AUTEUR

LE PRINTEMPS DE LA VIE, *roman*.

CARNET D'UN ÉMIGRÉ

CINQ ANS CHEZ LES SAUVAGES, *essai*.

ŒUVRES COMPLÈTES, I

LE BONHEUR ET AUTRES IDÉES, *essai*.

DISCOURS DE RÉCEPTION À L'ACADÉMIE FRANÇAISE.

MÉMOIRES DE MARY WATSON, *roman*.

UN AMI QUI VOUS VEUT DU BIEN.

DE LA FRANCE CONSIDÉRÉE COMME UNE MALADIE.

HENRI OU L'ÉDUCATION NATIONALE, *roman*.

LE SOCIALISME A TÊTE DE LINOTTE.

LE SEPTENNAT DES VACHES MAIGRES.

LA GAUCHE LA PLUS BÊTE DU MONDE

Aux Éditions des Granges-vieilles

GALÈRE, *poèmes*.

Aux Éditions Julliard

PETIT JOURNAL 1965-1966.
MASCAREIGNE, *roman*.

Aux Éditions du Mercure de France

RIVAROL, *essai et choix de textes*.

Impression Bussière Camedan Imprimeries
à Saint-Amand (Cher),
le 27 décembre 1995.
Dépôt légal : décembre 1995.
1er dépôt légal dans la collection : novembre 1972.
Numéro d'imprimeur : 1/2946.
ISBN 2-07-036260-4./Imprimé en France.